MAX GALLO
de l'Académie française

Agrégé d'histoire, docteur ès lettres, longtemps enseignant, Max Gallo a toujours mené de front une œuvre d'historien, d'essayiste et de romancier. Ses œuvres de fiction s'attachent à restituer les grands moments de l'Histoire et l'esprit d'une époque (*Révolution française*, 2009). Parallèlement, il est l'auteur de biographies abondamment documentées sur de grands personnages historiques (*Napoléon* en 1997, *De Gaulle* en 1998, *Cesar Imperator* en 2003, *Louis XIV* en 2007). Un temps député de sa ville natale, Nice, puis parlementaire européen, il fut aussi secrétaire d'État et porte-parole du gouvernement. Il n'exerce plus de fonction politique depuis plusieurs années et se consacre tout entier à l'écriture.
Max Gallo a été élu le 31 mai 2007 à l'Académie française, au fauteuil du philosophe Jean-François Revel.

La baie des Anges

***

LA PROMENADE DES ANGLAIS

DU MÊME AUTEUR
CHEZ POCKET

CESAR IMPERATOR

LA BAIE DES ANGES

1. LA BAIE DES ANGES
2. LE PALAIS DES FÊTES
3. LA PROMENADE DES ANGLAIS

NAPOLÉON

1. LE CHANT DU DÉPART
2. LE SOLEIL D'AUSTERLITZ
3. L'EMPEREUR DES ROIS
4. L'IMMORTEL DE SAINTE-HÉLÈNE

DE GAULLE

1. L'APPEL DU DESTIN
2. LA SOLITUDE DU COMBATTANT
3. LE PREMIER DES FRANÇAIS
4. LA STATUE DU COMMANDEUR

LOUIS XIV

1. LE ROI-SOLEIL
2. L'HIVER DU GRAND ROI

RÉVOLUTION FRANÇAISE

1. LE PEUPLE ET LE ROI
2. AUX ARMES, CITOYENS !

MAX GALLO

La baie des Anges

***

LA PROMENADE DES ANGLAIS

ROBERT LAFFONT

Le papier de cet ouvrage est composé de fibres naturelles, renouvelables, recyclables et fabriquées à partir de bois provenant de forêts plantées et cultivées durablement pour la fabrication du papier.

ISBN : 978-2-266-20168-1

Pour Jacques Vingtras
et Martin Eden.
Pour mon frère.

Première partie

LES ŒILLETS ROUGES

1

Je me souviens du visage de mon père, ce jour-là.

Deux gendarmes sont entrés dans la cour. Ils ont appuyé leurs vélos contre le mur, près du porche. Ils regardaient autour d'eux, l'un cherchant dans sa sacoche de cuir noir, l'autre s'avançant vers moi. J'étais assis sur les marches qui conduisaient aux cuisines de l'hôtel. Je ne bougeais pas. Mais j'aurais voulu bondir, passer entre eux, rejoindre la rue, la Promenade, courir sur les galets, m'enfoncer dans l'écume et ils seraient restés les pieds dans les vagues cependant que je nageais.

— Revelli, dit l'un des gendarmes, tu sais où il habite ?

Un soir, dans l'une des rues proches du Palais des Fêtes, alors que défilait, entre les platanes du boulevard, un cortège, les drapeaux, les banderoles, les poings et les chants mêlés, mon père avait aperçu des hommes casqués, la jugulaire serrant leurs mentons, les jambières de cuir brillantes dans la lumière conique des lampadaires. Il m'avait saisi par le poignet :

— Tu peux courir ?

Nous avions, de rue en rue, moi me retournant, gagné la cour de l'*Hôtel Impérial* où nous habitions un corps de bâtiment, bas, perpendiculaire à la façade de l'hôtel.

Ils nous avaient rejoints.

Je gardais la tête baissée, je voyais les reflets du soleil sur les jambières. Quand j'ai levé les yeux, mon père, accompagné du directeur de l'hôtel, Gustav Hollenstein, traversait la cour.

Il venait vers moi, les mains enfoncées dans les poches de sa blouse maculée de graisse, des pinces et un tournevis dépassant de l'une d'elles. Je me souviens du visage de mon père, ce jour-là. Il me semblait recouvert d'une poussière blanchâtre, griffé de lignes creusées autour de la bouche, sur le front. Je cherchais les yeux. Puis, tout à coup, mon père a posé la main sur mes cheveux, elle a glissé sur ma joue, saisissant mon menton :

— Ça va, Roland ? a-t-il demandé.

Je n'ai pas osé répondre. J'ai regardé l'un des gendarmes qui se tenait en retrait, dans une zone d'ombre. Il passait ses doigts entre le col de sa vareuse et son cou, indifférent, se rapprochant pourtant quand mon père commençait à parler.

— Vous me cherchez ? disait-il.

— Vous êtes Revelli Dante, électricien à l'*Hôtel Impérial.* Vous habitez ici ?

Mon père montra notre maison qui formait l'un des côtés de la cour.

— Je suis le directeur de l'hôtel, dit Gustav Hollenstein, Dante Revelli est mon employé, il est indispensable au fonctionnement de l'hôtel, on nous a réquisitionnés.

— C'est sûrement rien, dit mon père.

Il gardait sa main contre ma joue.

— Il faut quand même qu'on vous emmène, dit le gendarme à mi-voix.

Mon père me caressait le visage. Il murmurait :

— Tu rentres, Roland. Tu expliques à maman.

Je me suis levé, j'ai marché à reculons, entendant Hollenstein qui s'exclamait : « Mais enfin, c'est un scandale, je me porte garant de Dante Revelli, la Côte est pleine d'espions nazis, fascistes, et vous l'arrêtez. »

Le gendarme écartait les mains en signe d'impuissance.

J'ai frappé avec le poing à notre porte. Ils n'avaient pas bougé, là-bas, sur les marches, dans le soleil. Aux fenêtres de l'hôtel, des garçons d'étage, des lingères étaient accoudés. L'un d'eux, penché en avant, se mit à crier :

— Oh ! Revelli, qu'est-ce que tu as fait ?

Mon père leva le bras.

— Je suis un ami de Hitler, il paraît.

Les gendarmes se rapprochèrent de lui. Je frappais encore et quand ma mère ouvrit je tombai contre elle, m'accrochant à sa taille, lui tenant les mains. Je ne voulais pas qu'elle parle, mais déjà elle disait :

— Je le savais, je le savais, il se croyait intelligent. Quelle honte !

Elle couvrait la bouche de ses doigts, elle répétait à voix basse « quelle honte ». Elle reculait vers le fond du couloir, elle prenait Christiane dans les bras au moment où les gendarmes arrivaient sur le seuil, mon père entre eux, Gustav Hollenstein à quelques pas. Les gendarmes saluaient.

— C'est sûrement rien, disait mon père.

Il décrochait sa musette de toile, celle des

matins de pêche quand nous partions, lui et moi, vers les rochers du cap de Nice ou vers la pointe Sainte-Hospice, au-delà de Saint-Jean.

Gustav Hollenstein s'était avancé. Il parlait à ma mère assise dans la salle à manger, les bras croisés sur la nappe brodée. Du bout des doigts, elle effleurait les roses de fil rouge.

— Vous savez, c'est une formalité, disait Gustav Hollenstein. Ils ont des listes, ils ont reçu l'ordre. Ils vont s'apercevoir que votre mari ne fait plus de politique depuis plusieurs années.

Je n'aimais pas le haussement d'épaules de ma mère. J'aurais voulu qu'elle réponde à mon père qui, passant près d'elle, murmurait :

— C'est rien, Denise, c'est rien.

Mais elle s'appuyait contre la table comme si elle avait craint que mon père ne la frôle. Ma sœur courait dans le couloir et l'un des gendarmes jouait avec elle. Je me suis approché de Christiane, je l'ai saisie brutalement par le bras. Le cri qu'elle poussait, je voulais qu'il se prolonge, colère et surprise. Ma mère s'est levée, a emporté Christiane dans la chambre.

— On y va, Revelli ?

Le gendarme fermait sa sacoche. Mon père avait posé son rasoir à manche de nacre sur la table.

— Pas ça, dit le gendarme. Pas de rasoir couteau.

— Tu le gardes, dit mon père en me le tendant.

Il m'embrassait, je serrais le rasoir.

— Je vais téléphoner à votre oncle, continuait Hollenstein. Carlo Revelli est aussi propriétaire de l'hôtel.

— Vous êtes parent avec l'entrepreneur ?

— Parent, dit mon père au gendarme. Parent, oui.

— Et vous êtes avec les autres ?

— Mais non, dit Hollenstein, je vous assure, je l'emploie, je sais bien.

— Nous...

Un hochement de tête.

Le gendarme se dirigeait vers la porte. J'étais collé contre le mur du couloir. J'apercevais mon père, là-bas, au fond de la chambre, qui embrassait Christiane, qui s'approchait de ma mère. Je ne voulais pas voir. J'imaginais qu'elle allait, comme elle le faisait souvent, détourner la tête d'un mouvement nerveux et mon père répéterait :

— Denise, allons Denise.

Il s'est penché vers moi. Sa main sur ma nuque, dans mes cheveux.

— Ça va fils ? C'est rien. Je reviens.

Ils l'ont gardé le temps que je découvre ce qu'est la mémoire.

J'avais sept ans en septembre 1939, quand ils l'ont arrêté. Je ne savais pas encore me souvenir. Mais le soir, quand nous n'avons été que trois autour de la table, dans la cuisine, j'ai entendu des bruits nouveaux. Le heurt des cuillers contre la porcelaine, le crissement des couteaux, et manquait la voix qui emplissait la maison de mots. J'ai commencé à essayer de les retrouver.

J'allais m'asseoir sur les marches, devant les cuisines de l'hôtel, je suivais le va-et-vient des livreurs, un mot venait que je tirais à moi, une scène, j'étais debout sur les épaules de mon père : « Tu vois ? » interrogeait-il. La foule autour de nous, de grands panneaux blancs sur la façade du journal, et les chiffres qu'on y écrivait en noir, des mots scandés : « *Front Populaire, Front Popu-*

laire. » Mon père qui sifflait quand nous rentrions par le bord de mer, il chantonnait et je reprenais avec lui :

Allons au-devant de la vie
Allons au-devant du bonheur

Il s'arrêtait, me montrait les étoiles : « Regarde le ciel, disait-il, chaque étoile, c'est comme le soleil, avec des terres, des centaines de terres qui tournent autour, et peut-être sur chacune, il y a des hommes, comme ici. Tu comprends, Roland ? »

Une femme sortait des cuisines, s'approchait de moi. Je voyais son tablier bleu :

— Qu'est-ce que tu fais là, toi ?

Elle m'embrassait, glissait un croissant tiède dans ma main.

— Vous avez des nouvelles de ton père ?

Combien l'ont-ils gardé ?

Gustav Hollenstein était revenu plusieurs fois.

— Carlo Revelli est intervenu, disait-il. Le maire a vu le préfet. Seulement votre mari, n'est-ce pas ? Il a..., il y a longtemps bien sûr, mais la police conserve tout, alors on le croit encore communiste, même si ça remonte à 1920. Ils en ont arrêté beaucoup d'autres. Barel, le député.

Hollenstein secouait son porte-cigarettes sur le bord de la fenêtre.

— Je ne pense pas qu'on l'inculpera, mais il faut comprendre le gouvernement, n'est-ce pas ? continuait-il. Nous sommes en guerre contre Hitler, et Staline est l'allié de Hitler. Vous me direz, les communistes ce n'est pas Staline, je veux bien, mais alors qu'ils le désavouent, ce n'est pas difficile. Pourquoi cette obstination ? Elle est stupide à tous les points de vue.

J'étais assis dans un coin de la salle à manger. Je faisais glisser sur les tommettes, vers des rades imaginaires, les navires de guerre que mon père avait construits, silhouettes de bois où j'embarquais avec lui pour de longues veilles, de Brindisi à Malte, une révolte devant Sébastopol, ou bien un coup de mer qui balayait la proue.

Mon oncle Antoine nous rendait visite. Il frappait à la fenêtre, je me précipitais. Il sentait le plâtre séché, ses mains étaient couvertes d'écailles blanches, il me soulevait. Ma mère ne l'embrassait pas.

— Votre frère, commençait-elle, avec sa politique, voilà le résultat.

— Dante, disait Antoine, Dante, il n'a jamais fait que parler, on va le relâcher, ne vous inquiétez pas.

Je partais avec lui. Il m'installait sur le cadre de sa bicyclette, je posais les mains sur le guidon alors qu'il pédalait lentement, les jambes écartées.

La Promenade des Anglais était une couronne sombre qui enfermait la mer. Lampadaires morts, vitres aveugles, je n'avais jamais vu de nuit aussi dense. Quelques cyclistes qu'on devinait au grincement du pédalier, des agents qui, à Magnan, avaient établi un barrage, éclats de lampes de poche, coups de sifflet, cris que l'obscurité amplifiait : « Lumière là-haut ! » La voix rebondissait sur les façades, blocs de rochers hauts et noirs.

Nous nous engagions dans le boulevard de la Madeleine. Une porte ou une fenêtre s'ouvrait, enfonçant un coin jaune dans la nuit. Je reconnaissais les platanes, le pont sur l'étroit canal, la maison de mon oncle Antoine et cette brise fraîche qui sentait la terre et les fleurs.

J'aimais ce quartier désordonné, ces arbres et ces herbes qui formaient des presqu'îles de liberté entre les murs.

J'étais un enfant des quartiers du centre, des rues tracées par la raison, de la mer et des jardins limités par les arceaux des barrières, le ciment quadrillé des trottoirs et le bitume lisse des chaussées. Ici, commençaient des chemins jaunes qui serpentaient à flanc de collines et je m'y engageais avec Edmond, le fils d'Antoine, mon aîné de deux ans.

C'est moi qui conduisais les jeux. Je franchissais le premier les ravins boueux, je marchais courbé vers les pinèdes ou les plantations d'œillets, je grimpais dans un figuier sauvage, écrasant les fruits à la peau tendue et verte qui éclataient sous mes doigts en une pulpe rouge et granuleuse. Je courais, je levais la main comme un chef de tribu qui arrête les siens sur le sentier de la guerre, et jambes croisées, je méditais sous une couverture tendue entre deux chaises.

Je pouvais, chez mon oncle Antoine, courir et rêver. Ma tante Giovanna nous appelait depuis la fenêtre. Chez moi, dans la cour de l'*Hôtel Impérial*, quand j'ouvrais la fenêtre, ma mère surgissait :

— On voit tout, disait-elle.

Elle fermait. Elle tirait les rideaux.

Il n'y avait pas de rideaux chez Giovanna. Les voix voisines se mêlaient aux nôtres dans la cuisine.

— Qu'est-ce que vous faites de bon aujourd'hui, madame Revelli ? Vous n'avez pas une gousse d'ail ? Je vous la rends.

Ma tante montrait le plat de pâtes, puis me servait. Je mangeais vite pour pouvoir parler, raconter moi aussi. Je disais :

— Mon père, quand il était marin, un soir de

Noël, pendant la guerre, son bateau est venu dans la rade de Villefranche, alors mon père a volé le youyou.

Je me tournais vers Edmond :

— Tu sais ce que c'est, un youyou ?

J'avais la tête pleine de récits.

Quand j'étais seul avec mon père devant l'établi dans son atelier, je l'interrogeais. Je prenais une vis couverte de rouille, je disais :

— Avec ça, qu'est-ce que tu fais, papa ?

Il la faisait tourner entre ses doigts :

— Ça, tu vois...

Il s'approchait d'un moteur, me montrait une pièce, ou bien il cherchait un mégot dans une boîte de conserve qui lui servait de cendrier, l'allumait et parlait sans me regarder :

— Une vis comme ça, un jour à Bizerte, on était dans un bassin de radoub, et le premier maître Guichen, je t'ai déjà parlé de Guichen ?

Sa vie, mes livres d'aventures.

Parfois la courroie d'un moteur sautait avec un sifflement aigu, mon père s'interrompait et je le suivais dans ce labyrinthe de caves où s'entassaient les vieux meubles de l'hôtel. Je m'accrochais à sa blouse, j'avais peur des rats qui couraient dans la pénombre poussiéreuse.

— Ça va ? demandait-il.

J'aurais marché sur les bords d'un cratère. J'étais marin, c'était la guerre. Nous arrivions devant les chaudières. Je craignais les flammes bleues du mazout, le souffle de la chaleur qui frappait au visage quand mon père ouvrait la porte devant les brûleurs.

— C'est comme ça que tu as eu l'accident ?

Je l'interrogeais pour ouvrir le livre.

— Avant que tu naisses, commençait-il.

Un autre monde où je perdais pied. Contrée de chevauchées et de combats, des sous-marins guettaient et des paysans de la forêt prenaient la route.

— Avant que tu naisses, je connaissais même pas ta mère encore, c'était quelques années après la guerre, j'ai ouvert comme ça, il y a eu une étincelle, je suis resté aveugle plusieurs jours.

Je fermais les yeux.

J'étais le fils de Dante Revelli, frère aîné de mon oncle Antoine, et chez eux, boulevard de la Madeleine, je parlais, je parlais.

— Il est comme Dante, celui-là, disait Antoine.

Il allumait une cigarette, s'appuyait des deux paumes à la table, se balançait sur sa chaise :

— Il t'a raconté, reprenait Antoine, quand, rue de la République, il a installé une sonnerie électrique ? Tes tantes Louise et Violette, demande-leur, c'était quelque chose avant 14. La sonnerie des Revelli, on en a parlé longtemps.

Rue de la République et avant, rue Saint-François-de-Paule.

J'avais la nostalgie de ces lieux d'avant moi.

Le dimanche matin, je m'installais sur la petite selle que mon père avait vissée sur le cadre de la bicyclette. J'étais entre ses bras. Rue Saint-François-de-Paule, après les jardins, il me montrait la maison du docteur Merani :

— C'est là, tu vois, que je suis né.

Je tournais la tête pour apercevoir encore l'entrée de la cour, les lettres au-dessus de la porte.

— Ils étaient pas durs, les Merani, de braves gens, mais à la manière des patrons, tu comprends ? Ma mère, elle voulait pas qu'on soit des fils de domestiques.

Nous prenions par les ruelles de la vieille ville, nous traversions la place Saint-François, nous faufilant entre les bancs des poissonnières, nous évitions les rails des tramways qui contournaient la place Garibaldi, et traçaient le long de la rue de la République des rayures brillantes. Mon grand-père Vincente nous attendait, appuyé contre le mur, près du porche. Je montais avec lui lentement les escaliers d'ardoise. Ils parlaient en niçois, cette langue clandestine que ma mère pourchassait. Ma tante Louise m'entraînait sur le balcon :

— Fais-toi voir.

Je riais. Elle me faisait pivoter en me tenant par les épaules.

— Tu es beau, Roland, sei beou.

Mon père vidait sur la table de la cuisine la caisse qu'il avait fixée, dans la cour de l'hôtel, au porte-bagages de la bicyclette. Morceaux de bois, pièces de cuivre, clous, dont mon grand-père s'emparait en riant. Il séparait le bois du métal, classait les clous selon leur taille, montrait à son fils l'armoire qu'il avait fabriquée ; là il allait ajouter une cornière, poser une étagère, et ce cuivre, ces clous, justement... Leurs doigts contre le mur, ce marteau qu'ils se passaient, les ongles noircis de mon grand-père. Ils s'asseyaient enfin de part et d'autre de la table, j'étais sur le balcon avec Louise, j'écoutais :

— Alloura, couma va, pa ?

Mon grand-père Vincente prenait sa pipe.

— E tu.

— Va, va.

Je regardais la cour. J'imaginais cette vie d'avant. Ma grand-mère Lisa morte de cette guerre qui était le grand livre où mon père lisait.

J'allais avec Louise jusqu'à l'épicerie Millo, qu'avait tenue son fils Lucien, mobilisé. La boutique sentait la cannelle, le fromage, la charcuterie, la saumure. Je plongeais mes doigts dans les tonneaux remplis d'olives et de morue. Louise achetait des réglisses noires, amères, qui tachaient mes lèvres et ma langue. Appuyé aux sacs de légumes secs posés à même le sol, j'écoutais ma tante parler de son fils :

— Lucien, il est dans un fort. Avec l'hiver, là-haut, ils vont attraper mal, et si les Italiens déclarent la guerre, vous vous rendez compte.

Lily, la fiancée qui s'occupait du magasin, m'embrassait.

— Ta tante Louise, disait-elle, elle voit tout en noir.

Mes mains s'enfonçaient dans les haricots blancs et froids comme des cailloux polis.

— Lucien, il reviendra, j'en suis sûre, ajoutait-elle.

Puis le canon du château tirait au-dessus du port le coup de midi. Je courais dans la rue, les pigeons de la place Garibaldi tournaient au-dessus des platanes, mon père était devant le porche, le vélo à la main.

— Miejou, midi, disait Louise en m'entraînant.

Nous laissions passer le tram, nous traversions rapidement :

— Tu viens nous voir, hein Roland, murmurait mon grand-père en m'installant sur la selle au milieu du cadre.

— Ciào, pa, lançait mon père.

Nous filions dans les rues déjà vides.

Dans la cour de l'*Hôtel Impérial,* je sautais :

— Dis-lui qu'on est là, disait mon père.

Au bout du couloir, ma mère.

— Tu es sale.

Elle se penchait vers moi, me frottait les lèvres à me faire mal, les bords de la bouche :

— Qu'est-ce qu'ils t'ont donné encore ? Tu ne vas plus avoir faim.

Elle boutonnait ma chemise :

— Tu veux me faire honte ?

Elle me coiffait :

— Tu sais, les gens, ils ont vite jugé, disait-elle. Il n'y a qu'à voir la façon dont quelqu'un s'habille. On reconnaît tout de suite un ouvrier, même s'il a un costume. Toi, au moins, ne sois pas comme lui.

Elle soupirait, regardait vers la cuisine où entrait mon père.

J'étais au milieu d'eux. Il me semblait qu'ils tiraient sur mes bras, serraient chacune de mes mains à me faire mal.

2

J'imagine et je me souviens.

Je quittais l'école l'un des premiers, je courais, je traversais les jardins et je tombais souvent. Le cartable glissait devant moi, les graviers déchiraient mes genoux, mes paumes, et jusqu'à mon menton, mais je me demande si je ne recherchais pas ces chutes, l'exploit, une attitude héroïque alors que mon père était absent.

Je me redressais avant que les vieilles, assises sous les lauriers, ne s'approchent. Je boitillais, je nouais un mouchoir, bientôt rouge, autour de mon genou et j'aimais que ma mère, plus tard, s'accroupisse devant moi et lave mes plaies à l'eau tiède.

Parfois j'arrivais dans la cour de récréation ainsi

blessé, je me battais encore jusqu'à ce qu'un instituteur me saisisse par l'oreille, découvre mes égratignures, m'entraîne dans une classe vide et me sermonne.

L'absence de mon père m'apprenait la mémoire et me donnait le regard. Je découvrais une autre ville, née de la guerre. Sur les rideaux de fer des boutiques, on avait collé une pancarte où j'épelais *mobilisé.* Dans la cour de l'*Hôtel Impérial,* devant les cuisines, les camions de l'armée venaient se ranger dans un crissement aigu de freins. Des soldats parlaient avec les lingères ; l'un d'eux, des galons d'or sur sa manche, s'appuyait à notre porte et je m'irritais que ma mère la laissât entrouverte, qu'elle écoute cet homme au visage rond. Je partais et, au moment où elle m'appelait, je commençais à courir.

Il me semble aujourd'hui que la course était ma manière d'être. J'entends encore le bruit de mes talons résonnant sur le trottoir de la Promenade des Anglais. Je bousculais les couples, je traversais, bondissant devant un fiacre, je sautais les tranchées qu'on avait creusées dans les pelouses, je revenais sur mes pas pour sauter à nouveau, surprendre l'une de ces langues étrangères, rugueuses, que parlaient de nouveaux touristes en pelisses noires, en costumes sombres que terminaient des guêtres blanches. La foule dense, sur la Promenade, s'écoulait, nonchalante. Je courais entre les fauteuils et les chaises longues bleues, je surprenais un mot et quelquefois je me laissais surprendre. Monsieur et Madame Baudis, les amis de ma mère, me retenaient par le bras.

— On ne voit plus ta maman ? Rien de grave, et ton père ?

Je secouais la tête, j'entendais, au moment où je m'éloignais :

— Madame Revelli, son mari...

Je reprenais ma course, je m'approchais de la station de taxis où n'attendaient plus que deux fiacres. Je me souvenais : mon père appuyé à la portière d'une voiture, et le chauffeur, sa casquette rejetée en arrière, les dents couvertes d'or :

— C'est ton fils, Revelli ?

Je prenais le volant pendant qu'ils parlaient en niçois, je klaxonnais, puis nous rentrions mon père et moi, longeant l'hôtel.

— Jaufret, ses dents, m'expliquait mon père, il les a perdues en Espagne, un coup de crosse, il s'est échappé, un miracle.

Jaufret n'était plus à la station. Ma course était interrompue, je descendais sur la plage. Souvent passait au large un bâtiment de guerre qui, tout à coup, se dissimulait dans un nuage de fumée noire et sur la Promenade les badauds s'agglutinaient, tendant les bras vers l'horizon, leur boîte à masque à gaz pendant à leur cou, sur leur ventre. Du château, à midi, on ne tirait plus le canon. Les chasseurs alpins occupaient l'emplacement au-dessus du port et leurs patrouilles parcouraient la grève.

Je rentrais. Ma mère et l'officier étaient debout devant notre porte, j'esquivais une gifle, je courais jusqu'à ma chambre, je les écoutais.

— Vous comprenez, avec tous ces réfugiés, presque tous juifs, allemands, et dans une ville-frontière, l'état-major est inquiet. Est-ce qu'on est sûr de tous ces métèques ? C'est facile de se faire passer pour réfugié, facile, et ils nous prendraient à revers.

Je fermais ma porte. Je haïssais cette voix, son assurance. Je n'avais, à l'entendre, aucune surprise. L'officier parlait comme Monsieur Baudis, des mots qui traînaient dans les cuisines de l'hôtel, dans les groupes de parents qui attendaient à la sortie de l'école. Mon père, lui, inventait chaque phrase, seul. J'essayais de les retrouver. Je plaçais sur les couvertures de mon lit l'escadre qu'il m'avait construite, je créais des tempêtes, des rades, j'attendais que ma mère crie plusieurs fois « Roland, Roland » pour me rendre à la cuisine. Me parlait-elle, ou bien n'était-ce que la litanie continuée de ses reproches ?

— Un homme qui n'a jamais pensé qu'à lui. Sa politique, et moi, avec deux enfants.

Je me levais, je prenais une pomme, je courais à nouveau vers l'école.

J'aimais ma ville, les rues blanches qui conduisaient à une allée de palmiers ou à la mer, les journées d'octobre où brûlait l'été et qui se prolongeaient en braises rouges au-dessus des collines de l'ouest. Le soir, après l'étude, au lieu de rentrer, je m'égarais dans les quartiers éloignés, vers l'est ou le nord. Sur les boulevards bordés d'acacias à peine éclairés par une lumière bleuâtre, la circulation était rare et je courais souvent au milieu de la chaussée. De temps à autre, pour me rassurer, j'imitais avec les lèvres un bruit de détonation, j'épaulais mon cartable, je tirais, j'étais l'agent du *Deuxième Bureau contre Kommandantur,* j'avançais courbé, j'entrais dans la cour de l'hôtel comme un soldat des corps francs, je poussais la porte.

J'ai reconnu un soir, son odeur, tabac froid et sueur, comme si j'entendais à nouveau son accent, ses récits, et quand ma mère s'est avancée, je n'ai plus douté. Il était revenu. Elle avait le regard assuré et méprisant, celui de leurs guerres, quand mon père criait et qu'elle se contentait de quelques mots, comme des dagues.

J'ai traversé la cour, je me suis enfoncé dans les caves m'appuyant contre les murs humides. Pas le temps d'avoir peur des rats. J'ai ouvert la dernière porte, celle de son atelier et je suis resté à la lisière de la lumière, n'osant ni fuir ni avancer, suivant chacun de ses gestes, le mouvement de la main qui essuyait ses yeux, prenait sur l'établi un chiffon dans lequel il se mouchait. J'avais devant moi un homme qui ressemblait à mon père, mais cette façon de baisser la tête, de cacher ses yeux sous ses paumes, les coudes appuyés sur les genoux, cette toux, je ne les connaissais pas. J'avais honte, je me sentais sale.

Il s'est levé, m'a vu.

— Je ne t'ai pas entendu venir, a-t-il dit.

Les moteurs de la soufflerie se mettaient à tourner, couvraient sa voix et quand il a voulu s'approcher, j'ai reculé, claquant les portes des caves comme s'il m'avait poursuivi, rassuré seulement quand j'atteignais la cour, que je criais :

— Maman, maman, il y a papa.

J'avais besoin de me précipiter contre elle pour qu'elle me protège.

— Je sais, je sais, répétait-elle. Il a dîné déjà.

Je l'ai vu le lendemain matin alors qu'il se rasait. Il avait posé un bol d'eau tiède sur la table, calé le miroir contre la boîte à sucre. Combien s'était-il passé de jours pour qu'il change — ou que je change — à ce point ? Durant son absence il avait été si grand, si jeune, avec sa cape moirée, son chapeau noir de magicien ; il prenait son élan dans la cour de l'hôtel, survolait la ville les bras étendus, il me vengeait. Mais il était revenu, le visage amaigri, couvert de mousse, il me regardait :

— Tu as bien travaillé ? demandait-il.

Je voyais sa flanelle jaunâtre, sa peau blanche. Je le trouvais vieux, comme mon grand-père Vincente, son père. On frappait à la porte. C'était un jour où le vent soulevait la pluie avant de la rabattre en lanières qui prennent les corps et les façades de biais. J'avais ouvert et une rafale s'était glissée, zébrant le mur. Je les ai vus, abrités sous les parapluies rouges du concierge de l'hôtel, Hollenstein qui s'avançait :

— Ton père est là, n'est-ce pas ?

Il sortait de la cuisine, le blaireau à la main, les bras nus, le tricot de flanelle couvrait sa ceinture. Ma mère, au bout du couloir, attendait raide, je devinais son imperceptible mouvement d'épaules, son humiliation, sa colère. Je voyais mon père avec son regard de femme fière, j'étais elle. Mais je voulais aussi qu'elle se taise, qu'elle parte, qu'elle ne dise pas à mon père ce que j'entendais.

— Tu aurais pu t'habiller.

Un autre haussement d'épaules et elle s'éloignait.

— Je suis content, disait Hollenstein. Vous le reconnaissez ?

Il s'écartait et j'apercevais un haut vieillard, au feutre noir.

— Je ne suis plus que le gérant de Monsieur, continuait Hollenstein, voici votre nouveau propriétaire. Vous pouvez remercier votre oncle, sans lui...

Mon père s'essuyait le visage lentement avec le bout des doigts, regardait Carlo Revelli.

— Ça fait longtemps, disait-il.

— C'est ton fils ? demandait Carlo.

Je sentais ses doigts osseux sur ma tête.

— Roland ?

— Roland, oui.

— Il a la tête dure comme toi ?

Carlo Revelli frappait de sa main fermée sur mon crâne.

— Vous avez tous la tête dure, disait Hollenstein. Vous aussi, Carlo.

— Ce n'est pas un défaut.

— Ceux qui ont la tête dure, a dit mon père, ils sont restés dedans. Moi, je suis sorti.

Je retrouvais l'expression surprise dans l'atelier, cette grimace, les lèvres qui s'avançaient et ces bras le long du corps qui semblaient tirer les épaules, contraindre mon père à se voûter.

— Sortir de prison, dit Carlo, c'est toujours bon, n'importe comment. Dedans il peut tout arriver.

J'étais appuyé contre le mur, je regardais Carlo Revelli, l'oncle Revelli le riche, celui dont on me montrait le nom — mon nom aussi — peint en lettres blanches sur les flancs des camions.

Un matin, après une tempête d'équinoxe qui avait duré trois jours, couvrant de sable et de galets la Promenade des Anglais, j'avais vu ces camions, des hommes sautant sur le trottoir et j'entendais le grincement de leurs pelles raclant le ciment, la grêle des pierres qu'ils envoyaient dans la benne métallique. Nous nous promenions, ce devait être un dimanche, mon père aimait s'approcher de la mer, voir les vagues s'avancer, déferler en nappes d'écume.

— Tu vois notre nom, m'avait-il dit. C'est l'oncle, mon parrain. Un jour, je te raconterai.

Il m'entraînait, une vague s'élevait, parabole éclatée, et nous courions vers l'hôtel. Je me souviens. Au milieu du repas, sans regarder mon père, j'ai dit :

— Il y avait des camions, avec Revelli, des ouvriers aussi, ils ramassaient les galets. C'est notre oncle Revelli ?

Ma mère se levait et à la façon dont elle repoussait sa chaise, je savais que je venais de lui donner une arme. Je gagnais et perdais dans ces affrontements qui les opposaient et que je provoquais parfois, d'un mot, d'une question, jamais tout à fait innocents ou coupables. Je les poussais l'un contre l'autre avec la détermination aveugle du somnambule. La voix de ma mère me réveillait :

— Lui aussi, ton oncle, disait-elle, il est arrivé pauvre. Tu entends Roland ? Ils se cherchent tous des excuses, la pauvreté, l'injustice, mais celui qui veut... Pense à Carlo Revelli. Ils étaient trois frères, ton grand-père Vincente, il n'a guère bougé. L'autre, puisqu'il est mort, il vaut mieux se taire, mais Carlo, il savait ce qu'il voulait, il est devenu quelqu'un.

J'attendais que mon père parle, qu'il trouve une réponse, mais il paraissait rêver.

— Qu'est-ce que ça veut dire, devenir quelqu'un ? murmurait-il en allumant une cigarette.

— Écoute-le, écoute-le, répétait ma mère.

J'étais le témoin et le juge. Christiane se mettait à pleurer. Tout en la berçant, ma mère marchait dans la cuisine, s'arrêtait derrière mon père :

— Le fils de Carlo, Alexandre, est architecte, et toi tu es ouvrier, ici, à l'hôtel. Et les enfants, tu leur laisseras quoi ?

Je me levais, je courais dans la cour et si j'entendais la mer battre, j'allais jusqu'à la Promenade suivre le mouvement gris de la houle d'où jaillissaient le cri strident et le vol lent des mouettes. Je m'imaginais fils ou petit-fils de Carlo Revelli, ou bien reconnu par lui.

— Tu es Revelli, toi ? Tiens.

Il me donnait ce Palais de la Jetée dont l'étrave fixe ouvrait la mer. On donnait à mon père. Certains soirs, il posait sur la table quelques pièces de monnaie, il les retournait, me tendait l'une d'elles, « une pièce anglaise », disait-il.

— Un pourboire ? interrogeait ma mère.

Mon père reprenait les pièces, les jetait dans un tiroir où elles s'accumulaient. Il commençait à expliquer, il avait réparé dans une chambre l'interrupteur et le client avait insisté.

— Un pourboire, répétait ma mère.

Mon père donnait un coup violent sur la table, puis il claquait la porte et je le voyais traverser la cour, descendre l'escalier qui conduisait à son atelier. Il allait passer l'après-midi là, devant l'établi et je le surprenais.

— Va voir ce qu'il fait, disait ma mère alors qu'il lisait, le journal ouvert sur ses genoux, la cigarette derrière l'oreille.

— On va démonter quelque chose, disait-il.

Je suivais le mouvement de ses doigts et la rotation rapide du tournevis.

— Électricien, Roland, c'est un métier, un métier d'ouvrier, pas de domestique. (Il s'interrompait.) Ta mère elle aurait voulu plus. Dans cette ville, c'est difficile d'être ouvrier, la femme d'un ouvrier, et ici, à l'*Hôtel Impérial,* enfin... tu comprendras.

Sur la Promenade, l'après-midi, je courais entre les promeneurs, ma mère avançant lentement, tenant Christiane par la main.

Je me haussais sur la pointe des pieds pour les apercevoir au milieu de la foule. Monsieur Baudis saluait ma mère d'un coup de chapeau, on m'appelait, j'apportais des fauteuils qu'on plaçait du côté de la mer.

— Votre mari ? questionnait Madame Baudis.

Je saisissais la gêne de ma mère. Elle soupirait, prenait Christiane sur ses genoux.

— Vous savez que l'Aga Khan est descendu à l'*Hôtel Impérial,* disait-elle.

— Je trouve que la Bégum vous ressemble, répondait Monsieur Baudis, vous êtes le même type de femme.

Nous rentrions, elle agrippait mon épaule, inquiète de me savoir prêt à m'élancer sur la chaussée, mais je me dégageais, et je traversais seul, l'attendant devant la station de taxis où Jaufret parfois l'interpellait.

— Et Dante, il va ?

Elle passait vite.

— Ces amis de ton père, disait-elle, tous des ouvriers. Si Monsieur et Madame Baudis t'interrogent, ce que fait ton père, tu ne dis rien, rien tu entends ? Je ne veux pas avoir honte.

J'ai vécu des années avec la honte sur les épaules. Cela serre comme un vêtement mal coupé, une cellule étroite aux parois transparentes et rien n'échappe au regard du gardien placé dans la haute tour centrale.

Mon père aussi devait porter la honte puisqu'il aimait ces caves de l'hôtel, cet atelier reculé où j'étais l'un des seuls à venir le retrouver.

Et je la devinais si lourde sur lui ce matin de pluie, quand Carlo Revelli et Gustav Hollenstein s'apprêtaient à ressortir. Déjà le portier, qui s'était mis à l'abri contre notre façade, s'avançait. Moi je ne bougeais pas, toujours appuyé au mur, la main de Carlo sur ma tête et j'étais heureux de reconnaître mon allégeance, j'abandonnais mon père qui faisait quelques pas vers la cuisine.

— Pour sortir de là-bas, a-t-il dit, j'ai signé leur déclaration. Ils ne m'ont pas libéré pour rien. J'ai signé, tout le monde est content, non ?

Il rentrait dans la cuisine, l'eau coulait dans l'évier, il devait se rincer le visage.

— Signé, demanda Hollenstein, quoi ?

Carlo ouvrait la porte. La pluie rebondissait sur le sol de la cour, frappait toujours de biais. Le portier de l'hôtel présentait les parapluies.

— Viens me voir à Gairaut, dit Carlo en tirant

sur mes cheveux. Je te ferai travailler au jardin. Je verrai si tu as la tête dure.

Il était sur le seuil, prenant l'un des parapluies au portier, montrant l'autre à Gustav Hollenstein, je m'avançais, j'écoutais.

— Bien sûr il a signé, disait Carlo. On n'a libéré que ceux qui condamnaient le pacte de Staline avec Hitler.

— Pourquoi n'aurait-il pas signé ? dit Hollenstein. J'ai parlé avec lui il y a quelques jours. Il ne comprenait pas. Il n'approuvait pas, pas du tout.

Ils s'éloignaient. Je les suivais sous la pluie qui glissait le long de mes joues, dans mon dos. Carlo s'arrêtait.

— Ce qu'il pense, c'est qu'il a cédé. Le pacte, le pacte, est-ce que c'est important pour lui ? Il a peur d'avoir trahi, si vous voulez.

— Je ne comprendrai jamais, dit Hollenstein. La politique, ce sont des faits, des actes. On approuve, on désapprouve. Trahir ? Qui ? Staline ? Vous comprenez, vous ?

— J'ai signé souvent dans ma vie, dit Carlo. Je n'en suis pas fier. Mais je suis là.

Il se tourna, me vit.

— Tête dure, dit-il, rentre.

Je m'immobilisais sous la pluie, au milieu de la cour, les regardant partir sous les grands parapluies rouges.

3

J'avais oublié les grands parapluies rouges. Il a fallu, trente ans plus tard, que je m'arrête devant les escaliers de marbre de l'*Hôtel Impérial,* qu'un portier dans son uniforme bleu s'élance vers un couple qui sortait. Il bruinait. Le temps, il me semble, à changé depuis mon enfance. Ma mémoire a retenu des averses et des incandescences et je retrouve maintenant la ville sous des ciels brumeux, le sol et les carrosseries couverts d'une pellicule brillante, une rosée du soir à l'automne, nouvelle, ou dont je n'ai gardé aucun souvenir.

Le portier déployait un parapluie rouge et j'ai revu la scène, dans la cour, j'ai éprouvé cette sensation de froid que j'avais ressentie en rentrant chez nous après être resté immobile à regarder s'éloigner Carlo Revelli et Gustav Hollenstein. J'avais les cheveux trempés. Ma mère se précipitait, me poussait dans la cuisine.

— Ce gosse, il me rendra folle, disait-elle.

Elle arrachait un torchon des mains de mon père, elle m'en frictionnait le cou, les tempes, les joues.

— Tu vas t'enrhumer, répétait-elle.

J'espérais que la fièvre m'engloutisse, couvre mes yeux, pour que je ne voie pas mon père tel que je l'apercevais chaque fois que ma mère retirait le torchon de mon visage. Il était appuyé des deux mains à l'évier, regardant couler l'eau, la tête baissée. Je me mis à tousser, j'appelais la maladie, j'espérais le retour à une enfance profonde, quand on ne comprend pas les mots, qu'on ne sait rien du père et de la mère, seulement qu'ils se penchent au-dessus du lit, qu'ils m'embrassent et la gorge s'anime pour un cri de joie.

Mais je savais déjà trop. L'arrestation, l'absence m'avaient initié. Je pressentais les changements, j'avais appris à voir, à deviner le sens. Les adultes n'étaient plus pour moi des statues bienveillantes et puissantes, mais des masques fissurés et je lisais dans la façon distraite qu'avait mon père d'agir, ou dans son silence alors qu'il avait l'habitude de parler, la honte et la défaite.

Il était revenu démuni, détrôné et je n'osais pas m'approcher de lui, dire :

— Raconte papa, raconte.

Ils avaient gardé là-bas le livre de ses récits. Il avait payé sa liberté de sa voix.

Il se tut durant des mois.

C'était, disait-on, la guerre, l'inattendu dans la vie, et je garde de ce temps le goût des événements et des surprises.

Devant une boutique proche de l'hôtel, une queue se formait, ma mère dans les premiers rangs, la plus grande des femmes. Elle tournait la tête vers ses voisines, les interpellait, criait parce que quelqu'un tentait d'entrer dans le magasin. Elle me voyait, me prenait par le bras, me plaçait près d'elle, glissait quelques pièces dans ma main :

— Tu achètes un kilo, toi aussi.

J'étais contre elle, je levais la tête et j'apercevais son visage résolu.

— Eh oui madame, c'est mon fils, lui aussi il mange du sucre, non ? Il fait la queue comme moi, il a droit.

Je la découvrais différente, forte, j'étais fier.

Nous posions nos boîtes de sucre sur la table :

— Tu as vu ? Je me suis débrouillée, il ne faut pas se laisser faire.

Mon père rentrait, la questionnait, mais elle ne répondait pas, haussant seulement les épaules, la joie s'effaçant de son visage.

Je gagnais la cour, je m'asseyais sur les marches des cuisines, à côté des soldats, j'essayais un calot, je respirais l'odeur de laine et de poussière des uniformes. Dans les rues, je guettais les signes nouveaux, une tranchée prolongée dans un jardin, une affiche tricolore : *Méfiez-vous, taisez-vous. Si la parole est argent, le silence est d'or.*

J'attendais l'affichage des nouvelles devant *L'Éclaireur* et quand les badauds se regroupaient l'un d'eux prenant la parole :

— Les Finlandais, moi je les connais, c'est pas les Polonais, ils se laisseront pas faire, et ça, ça peut tout changer. Pour les Russes, c'est fini la rigolade.

J'étais au premier rang dans le cercle, suivant les mots de l'un à l'autre, les mains qui ponctuaient les phrases.

Je courais jusqu'au port voir, depuis les marches de l'église, les vedettes lance-torpilles amarrées. Je m'approchais des marins. Je traînais dans les rues, aux aguets jusqu'à la nuit.

Les sirènes, un soir, ont fait éclater le silence, le ciel où pointaient comme des reflets de lumière sur des fuselages les premières étoiles.

J'entrais dans la cour, ma mère courait, Christiane dans les bras. Mon père ouvrait les portes des caves et nous nous asseyions sur des planches dans les couloirs, Gustav Hollenstein éclairant nos visages avec une torche, s'installant près de moi, appelant sa femme qui souriait, une cigarette au coin de la bouche :

— Une blague, disait-elle, cette guerre, c'est une blague.

— Tais-toi, Katia, murmurait Hollenstein, tais-toi.

Elle riait.

— Mais non, je ne me tairai pas, la France n'est pas un pays pour la guerre, personne ne veut la faire.

Une femme se levait :

— Je remonte, disait-elle. J'étouffe ici.

Je me glissais derrière elle, je répondais d'un mot au cri de ma mère et je rejoignais dans la cour la fille de Gustav Hollenstein.

— C'est toi, Roland ? me demandait Nathalie.

Elle me prenait par la main et je marchais près d'elle dans ce vide de la nuit inquiète. Sur la Promenade, le ressac, un coup de sifflet lointain heurtaient le silence, rebondissaient sur lui, retombaient.

— Tu n'aimes pas les caves ? Ta maman t'a appelé.

Nous nous approchions de la balustrade au-dessus des galets, la mer pailletée en face de nous, la ville dans notre dos, compacte et sombre.

— Tu sais que nous sommes un peu parents ? Je m'appelle Revelli, comme toi.

Peut-être l'avais-je suivie pour cela. J'étais en quête de Revelli glorieux, puissants. Et ma mère me les avait désignés, ces habitants de l'autre rive.

— Tiens, disait-elle à mon père, le fils de Carlo. C'est ton cousin, Alexandre ? Depuis qu'il a épousé la fille de Hollenstein, il n'est pas venu une fois te voir. À quoi ça servirait ? Il doit même avoir honte.

Nous étions face à l'entrée de l'hôtel, je voyais un couple : elle un bébé dans les bras, lui, un officier de chasseurs alpins, parlait à Katia Hollenstein.

— Même pas élégantes, disait ma mère. Nathalie s'habille comme une paysanne. Si j'avais ce qu'elle a.

Mon père s'éloignait, rentrait seul dans la cour et nous restions jusqu'à ce que Nathalie et Alexandre montent dans leur voiture.

— Leur fils, il n'a pas de souci à se faire pour

plus tard. Toi, Roland, ne compte pas sur ton père.

Je tentais donc, dès ce temps-là, d'atteindre l'autre rive.

Mon père arrivait au moment où s'essoufflaient les sirènes de la fin d'alerte, il essayait de saisir ma main.

— Je t'ai cherché dans les caves, disait-il, maman s'inquiète.

Je me dégageais. Je craignais qu'il ne me retienne, qu'on ne m'identifie à lui.

— Je trouve que Roland vous ressemble, commençait Nathalie, je ne l'avais pas vu depuis...

Je grimaçais, je m'accrochais au fût d'un lampadaire, je tournais autour jusqu'à ce que mes yeux se voilent, perdent la faible lumière bleue des ampoules peintes. Je ne rejoignais mon père et Nathalie qu'à l'instant où ils paraissaient ne plus se soucier de moi.

— Alexandre est toujours sur la frontière ? demandait mon père.

— On les déplace. Je ne sais rien pendant des semaines.

Ils marchaient vers l'hôtel, mon père la tête penchée, comme s'il avait eu peur d'être plus grand que les autres et quand je le voyais ainsi, respectueux, voûté, mes ongles s'enfonçaient dans ma paume, j'avais envie de marteler son dos pour qu'il se redresse, j'éprouvais le désir de le pousser en avant, de lui dire : « Parle aussi. »

Parfois, sans que je comprenne les raisons de son audace, sa voix s'élevait et il obligeait tous les autres à l'écouter. Je m'arrêtais de courir, je m'approchais, je les regardais tous, Monsieur et Madame Baudis, ou même le directeur Gustav Hollenstein, ou Lebrun qui travaillait avec mon père. Je dévisageais ma mère. Elle se forçait à l'indifférence, secouait la tête, bougonnait, haussait les épaules, disait même : « Il n'y a que toi qui parles », mais elle se taisait bientôt, et Monsieur Baudis, sa pochette de soie couleur lie-de-vin, l'écoutait aussi. Je m'appuyais à son fauteuil :

— Pour la droite, Monsieur Baudis, disait-il, Hitler n'est pas un ennemi, mais un allié.

Je ne comprenais pas, mais j'étais sûr avec ma poitrine que mon père énonçait la vérité et je m'imaginais marchant au premier rang d'un régiment, battant le tambour révolutionnaire. Ma mère se ressaisissait. Je devinais sa peur. Mon père s'était avancé trop loin, il avait dû jeter le masque.

— Ta politique, disait-elle tout à coup, tu ne sais parler que de cela ; viens Roland, allons viens.

Elle prenait ma main, se levait, obligeait ainsi mon père à s'interrompre.

Elle avait eu raison d'avoir peur puisqu'on l'avait arrêté, qu'il était revenu silencieux. Et je lui en voulais de s'être laissé prendre, d'accepter de se taire. Qu'avait-il donc pour être ainsi vaincu ?

— À sa dernière permission, continuait Nathalie, Alexandre me disait que personne ne veut se battre.

Je m'approchais pour mieux entendre. J'étais avide de savoir. Peut-être allais-je surprendre le secret, l'origine du pouvoir des autres, tous ceux que ma mère enviait.

— Ils en ont de la chance, répétait-elle.

Ils passaient devant nous sur la Promenade des Anglais et nous les regardions. Ils entraient à l'*Hôtel Impérial,* ils s'asseyaient avec désinvolture aux terrasses, ils payaient, faisant rouler l'argent sur la table comme s'il s'était agi de galets. Nous, quand mon père commandait un bock et deux panachés, Christiane trempant ses lèvres dans le verre de ma mère, ils en parlaient.

— Ça a fait... disait mon père. Avec ça, on achète deux litres de bière et un litre de limonade.

— Eh bien, on n'ira plus, répondait ma mère, puisqu'on ne peut même plus se payer ça.

Elle se mettait alors à marcher plus vite, m'entraînait.

— J'espère que tu ne seras pas comme lui, disait-elle.

J'en cherchais le moyen, pour elle, pour moi. J'essayais de comprendre.

— Si l'Italie déclare la guerre, Alexandre est en première ligne, ajoutait Nathalie.

— Mais non, répondait mon père. Madame Hollenstein n'avait pas tort tout à l'heure, dans la cave. Ce n'est pas une vraie guerre pour le moment.

— Ils vous ont arrêté ? demandait Nathalie.

— Libéré aussi.

Mon père s'écartait d'elle.

— Jean Karenberg, vous le connaissez ? reprenait Nathalie. C'était un ami d'Alexandre, nous étions parents, cousins, vous le connaissiez ?

— Je le connaissais, murmurait mon père.

J'avais joué avec les manettes de sa moto, près du port, alors qu'il parlait avec mon père, tous deux accoudés à la balustrade au-dessus des quais.

Jean Karenberg rejetait ses cheveux en arrière, me souriait quand il se retournait et à nouveau j'entendais :

— Les procès, qu'est-ce que tu veux, les procès, si c'est pour défendre la révolution, oui. Mais qu'est-ce qu'on en sait vraiment ?

Qui parlait, de lui ou de mon père ? J'étais près

d'eux, j'aimais voir mon père ainsi, grave, calme, le visage apaisé.

— Après tout, s'ils étaient innocents, ils le crieraient, non ?

— Est-ce qu'on sait jamais ? Staline, en URSS, il peut faire avec eux ce qu'il veut.

— Vous savez que Jean a tenté de se suicider, ajoutait Nathalie, après le pacte avec Hitler au début septembre. Alexandre est allé le voir à l'hôpital militaire. Il allait mieux.

— On s'est tous un peu suicidé, dit mon père.

— Alexandre, disait Nathalie, n'a pas compris pourquoi, ici, les communistes ont approuvé. Pourquoi ? Je n'ai d'ailleurs pas compris non plus.

— Y a rien à comprendre. (Mon père marchait plus vite.) Les gens ont une idée, c'est leur idée. Ils se sont battus. On leur a craché dessus pour ça, tapé sur la gueule. Les autres, ils ont tout. Ils ont même raison. Alors qu'est-ce qui vous reste ? On garde son idée. Et puis, est-ce qu'on sait les dessous ? Quand, à Munich, ils se sont tous mis d'accord avec Hitler pour l'envoyer contre l'URSS, qui est-ce qui a protesté ? Qui ?

Mon père s'était redressé, nous arrivions devant l'entrée de la cour.

— Moi, dit-il, de toute façon, je me suis dégonflé.

Nathalie s'arrêtait, je butais contre elle, elle prenait mon poignet, le serrait.

— Votre fils, disait-elle, c'est un chat sauvage. Venez un dimanche à Saint-Paul. Je vois souvent Violette, votre sœur vous aime beaucoup.

Violette aussi vivait sur l'autre rive.

Au moment des fêtes de Noël, alors que nous étions réunis rue de la République, chez mon grand-père Vincente, elle entrait dans la cuisine, allumait une cigarette, parlait comme les clientes de l'*Hôtel Impérial,* portait comme elles une veste de fourrure.

— Tu as vu, ta sœur, disait ma mère, c'est du renard argenté.

Violette offrait à mon grand-père un poste de T.S.F., puis elle nous raccompagnait en voiture. Elle ouvrait les portières, elle accomplissait ces gestes qui me paraissaient magiques, réservés à ceux qui n'appartenaient pas à ma race.

— Tu la conduis facilement ? demandait mon père.

— Tu veux essayer ?

Ma mère protestait.

— Ne le laisse pas, il ne conduit jamais.

J'aurais voulu que mon père prenne le volant, mais il s'asseyait derrière, avec moi. Je m'appuyais sur le dossier du fauteuil, je respirais le parfum de ma tante Violette, je suivais le mouvement des bracelets quand elle changeait de vitesse, qu'elle disait :

— C'est la voiture de Sam.

— Hollenstein a aussi une traction, une 11 CV, précisait mon père.

Violette, comme Hollenstein, comme les directeurs, les autres. Et pourtant elle avait vécu là, rue de la République, avec Dante et Antoine Revelli, avec Vincente et Louise, et elle avait su traverser seule. Je l'écoutais avidement.

— Tu te souviens, disait ma mère, *Haute Couture,* quand tu venais me chercher, ce Russe, un prince, qui m'attendait toujours, avec sa voiture.

Je me rejetais en arrière. Certains mots ne devaient pas être dits, comme il y a des portes qu'on n'ouvre pas.

Ma mère se tournait vers moi.

— Tu entends, Roland, un prince, avec une

voiture, une Delage je crois, décapotable. Il portait une grande casquette, comme un Anglais.

— Tu aurais dû monter, disait mon père.

— Oui, j'aurais dû.

Sauter, ouvrir la portière. Ne plus entendre.

— Comment s'appelait celui avec la moto, reprenait ma mère, il était dans le cinéma ; c'est lui qui t'a fait quitter les Galeries ?

— Philippe, disait Violette, Philippe Roux.

— Tu le vois encore ?

— Quand il passe à Nice. Il suit la guerre, un peu partout, en Chine, en Éthiopie, en Espagne, là où elle est.

— Je t'envie, disait ma mère.

Mon père et moi nous étions au fond de la voiture, qui longeait la Promenade. J'apercevais la coupole éclairée de l'*Hôtel Impérial,* les nervures du dôme du Casino de la Jetée, haubans de lumière tendus au-dessus de la mer. Je baissais la glace, j'avais besoin que l'air entre, salubre, je sortais le bras pour sentir la poussée de la vitesse, je me penchais.

— Tu vas te faire arracher la main, criait ma mère, remonte cette vitre.

Je les obligeais à revenir à moi, à ensevelir à nouveau le prince russe, la moto de Philippe Roux, la vie passée, ces émotions que je n'avais pas fait naître, cette vie manquée dont je n'aurai pas été issu. Je faisais taire cette femme qui s'appelait Denise, qui avait des regrets, des jalousies, des désirs, et je la contraignais, en lui désobéissant, en me penchant plus encore hors de la portière, à redevenir ma mère.

— On va descendre, disait-elle, on va rentrer à pied.

Violette arrêtait la voiture à la hauteur du Casino de la Jetée.

— Ces enfants, continuait ma mère, on n'est plus libre. Tu n'en veux pas ?

— Mon travail au studio, ce n'est pas facile, et Sam...

— Vous ne vous mariez pas ?

Violette embrassait ma mère sans répondre, elle se baissait vers moi, je sentais contre ma joue la douce tiédeur de la fourrure. Souvent elle cherchait mes doigts, y glissait quelques pièces. Mon père s'irritait :

— Mais non, mais non...

Ma mère, plus tard, disait :

— Si elle peut, c'est sa tante. C'est pas un pourboire.

Mon père lançait en niçois un mot violent avant de nous laisser rentrer, seuls, dans l'appartement. Je me retournais. Il descendait l'escalier qui conduisait à son atelier.

Parce que la présence de Violette faisait naître ce conflit entre mon père et ma mère, je craignais de la rencontrer, et pourtant, quand je la voyais garer sa voiture noire aux roues cerclées de jaune dans la cour de l'*Hôtel Impérial*, je courais vers elle comme vers une fenêtre ouverte.

Depuis le début de la guerre je ne l'avais vue qu'une fois, le lendemain de l'arrestation de mon père.

Elle était assise en face de ma mère, dans notre salle à manger, elle écoutait son monologue :

— Ton frère, Dante, récitait ma mère, n'aurait jamais dû se marier, ce n'est pas un homme pour une femme comme moi en tout cas, maintenant avec les enfants...

J'étais un obstacle, à quoi ? J'étais coupable, comme mon père.

Je sortais dans la cour, je faisais rouler, le long

d'un mur, une petite voiture, je m'enfuyais avec elle, je gagnais la zone des montagnes par des routes sinueuses, je traversais d'un seul trait des déserts de pierre, j'atteignais les rives de la mer et j'y enfouissais la voiture, plongeant ma main dans l'eau boueuse d'une flaque.

Violette m'avait surpris.

— Ton papa, m'avait-elle dit, il faut que tu l'aimes tu sais, il faut que tu lui écrives.

Le soir j'ai commencé ma première lettre et j'en revois aujourd'hui l'apparence, cette route que j'avais dessinée au milieu des montagnes, tout en haut de la page arrachée au cahier, et la voiture qui s'y engageait, avec, contre la marge, ces coups de crayon bleu, la mer.

Je retrouve le violet des pleins et des déliés, les boucles du R quand j'ai signé : *Revelli Roland,* accrochant ma plume. J'ai cherché une enveloppe dans le tiroir du buffet et j'ai aperçu cette photo, mon père tenant ma mère par la main, elle en robe blanche — peut-être était-ce le jour de leur mariage ? —, lui, dans son costume noir, le visage sans une ride, un sourire que je ne lui avais jamais vu, et leurs doigts qui s'entrecroisaient, leurs épaules qui se touchaient. Je n'ai pas refermé le tiroir pour regagner plus vite ma chambre, y cacher cette photo avant que ma mère ne me surprenne.

Mais je ne pouvais rien lui dissimuler longtemps. Elle savait d'instinct s'il y avait entre elle et moi un secret, elle m'agrippait par la manche :

— Qu'est-ce que tu as, Roland ?

Je détournais la tête, mais ce seul mouvement était un aveu déjà, et je ne résistais jamais à son inquiétude, à ses questions. J'avouais. Une chute dans un jardin, la bagarre dans la cour de l'école, le croissant que m'avait donné une femme des cuisines. Qu'importait alors pour moi sa colère, j'aimais sa fierté.

— Je suis une sorcière, Roland, disait-elle. Je sens, je devine, tu sais. Tu ne peux rien me cacher.

J'étais heureux qu'elle entre en moi. Sa victoire m'était douce. Je subissais son interrogatoire, me dérobant à peine le temps qu'il fallait pour aviver son désir de savoir et moi ma joie d'être forcé. Elle m'embrassait enfin, remettait de l'ordre dans mes vêtements, défroissait ma chemise, me coiffait.

— Tu seras un bel homme, tu verras, disait-elle.

Quand elle m'ignorait, j'allais vers elle. Je voulais qu'elle sache que je dissimulais, que le moment des questions était venu.

Après le repas de midi, elle s'allongeait dans sa chambre, proche du lit de Christiane. Je m'approchais, j'aimais les couleurs bleues du couvre-lit, je m'agenouillais, les bras croisés sur l'oreiller, caressé par la tiédeur blanche de la taie. Nous chuchotions pour ne pas réveiller Christiane, je disais :

— Maman, maman.

Elle posait son livre, se soulevait un peu :

— Quoi Roland ? Attention elle dort.

La lumière d'été était si vive que ses longs éclats rejaillissaient depuis la cour sur le plafond en traînées rousses et les volets tirés ne maintenaient l'ombre qu'au ras du sol.

— J'ai trouvé ça.

Je tendais la photo qu'elle regardait à peine.

— Tu fouilles partout, disait-elle. Remets-la à sa place.

Mais elle la tenait encore au-dessus de son visage.

— C'est toi et papa ?

— Tu vois bien.

— Le jour du mariage ?

Elle jetait la photo vers moi, reprenait le livre.

— Un mariage comme ça, disait-elle un peu plus haut.

— Il y avait Violette aussi ? Elle n'est pas mariée ?

— Violette, elle est plus intelligente que ça.

La voie avait changé, je me redressais.

— Tu m'embêtes à la fin, disait-elle. Tu vas être en retard.

Je partais tôt pour l'école. Je zigzaguais entre les façades, de l'ombre au soleil, je sautais par-dessus les bancs, je franchissais les barrières métalliques entourant les pelouses pour fouler le gazon, violer l'interdit, retrouver la peur d'être surpris, cette irritation, cette démangeaison douloureuse qui semblait battre dans le sexe, lui donner vie, et je recherchais cette émotion précoce, ce désir de poser ma paume entre mes cuisses, d'écraser comme on presse une figue entre ses doigts cette grosseur cachée qui me gênait.

Ma mère me lavait dans la cuisine. Elle posait sur le sol une bassine de zinc, elle m'y faisait asseoir, me frictionnait le cou, le dos, le torse, puis elle me donnait le gant de toilette.

— Ça, le reste, tu le fais tout seul.

Elle s'éloignait, paraissait se désintéresser de moi qui me recroquevillais dans l'eau savonneuse.

— Tu le laves ? demandait-elle tout à coup.

Enfin elle disait :

— Lève-toi, tourne-toi.

Il fallait cacher la face tubéreuse du corps, la différence, alors que ma mère pouvait regarder, montrer le lisse bas-ventre de ma sœur.

Par là j'appartenais à mon père, mais j'essayais de ne pas voir notre ressemblance, ces pantalons qu'il reboutonnait lentement et j'avais honte de lui, de ma curiosité, de notre identité. Car je savais.

Je l'avais aperçu un matin, dans la cuisine, à demi nu. Quand il m'a vu, il a noué sur ses reins une serviette.

— Oh ! Roland, tu es déjà levé ?

J'ai couru jusqu'à ma chambre, j'ai placé mon visage contre le bois du cosy-corner, rouge ma honte, rouge ce souvenir, rouge comme un bloc de viande sur le blanc du marbre.

Ce devait être peu après que mon père ait été libéré, sans doute le matin de notre départ pour Saint-Paul alors que l'idée de cette visite à ma tante Violette m'avait réveillé. Nous nous installions dans la voiture de Gustav Hollenstein.

— Vous êtes trop gentil, Monsieur, nous aurions pu, avec le car, disait mon père.

Katia Hollenstein assise devant, à côté de son mari, fumait, soulevant de temps à autre les cheveux de sa nuque. J'étais entre mon père et ma mère. Christiane somnolait sur les genoux de ma mère.

— Votre sœur Violette, disait Gustav Hollenstein, c'est une forte personnalité. Je l'aime beaucoup. Elle me fait penser à votre oncle, Carlo Revelli.

Sur le pont du Var, des gendarmes avaient établi un contrôle. Ils ouvraient les portières, nous dévisageaient. « Pas de permissionnaires ? » Je me retournais comme la voiture démarrait, j'apercevais, encoches blanches dans la lumière intense de l'Est, les hauts massifs de la frontière alpine sous la neige.

— Tout cela est ridicule, disait Katia.

Elle regardait ma mère, s'accoudait au siège, le menton sur l'avant-bras.

— Vous étiez vendeuse à *Haute Couture,* disait-elle. Vous vous souvenez nos premières présentations avec Violette ? Nous ne savions même pas marcher devant les clientes avec nos robes longues.

Elle riait. Par bribes, j'apprenais le passé, je découvrais la trame, le croisement des vies, l'écart qui se creusait entre elles.

— Alexandre devrait être en permission, disait Hollenstein. Ma fille est très inquiète pour lui, il est sur la frontière, et si l'Italie déclare la guerre...

Katia haussait les épaules.

— Une guerre pour rire, des alertes, des contrôles, mais il ne se passe rien, reprenait-elle. On chante, on fait des soirées pour les mobilisés, voilà votre guerre.

J'avais vu dans les salons de l'*Hôtel Impérial* les poneys empanachés sauter des haies de bois blanc sous les applaudissements des officiers et des dames en robe du soir. Dans le salon aux colonnes, sous les guirlandes de lampes tricolores que mon père avait accrochées, le député Ritzen avait remis la coupe au cavalier vainqueur. J'étais avec le personnel de l'hôtel, nous regardions depuis l'office, les serrements de mains. Nous écoutions le discours de Ritzen : *... notre solidarité aux combattants, nos soldats, s'est affirmée, ce soir...*

— Y en a qui pendant ce temps se font casser la gueule en Alsace, lançait Lebrun.

Je reconnaissais la voix gouailleuse de l'autre électricien de l'hôtel, je m'approchais de lui.

— Tu es là aussi, toi ? disait Lebrun.

Il me pinçait la joue.

— Fiston, la nôtre, celle qu'on a faite, ton père et moi, continuait-il, c'était pas la même rigolade, tu sais. Mais celle-là, elle est de trop. Comédie et compagnie. Puisque Hitler a bouffé la Pologne, pourquoi on continue ? Et les pauvres cons vont quand même se faire crever la paillasse. Et pour qui ?

Il parlait à la cantonade et je l'avais souvent entendu répondre aux conseils de prudence de mon père :

— Je les emmerde. Ils m'ont bouffé les poumons en 16, et maintenant, je dis ce que je veux.

Parfois, quand j'approchais de l'atelier, je surprenais une de leurs disputes.

— Tout critiquer, c'est facile, disait mon père. Tu as le beau rôle, mais ça fait avancer quoi, ça sert à qui ? Ça te donne des satisfactions ? Tu te crois malin ?

— Tu suis, tu files comme un mouton, répondait Lebrun. T'es un curé à ta façon, tu crois ce qu'on te raconte. Moi, de ta dictature, prolétariat ou pas, j'en veux pas. Je me démerde. Et je me démerderai. Ils m'ont eu une fois, ça suffit.

Contre mon père, je prenais le parti de Lebrun. Il avait l'audace des mots et des attitudes. Il possédait une petite voiture avec laquelle nous avions été jusqu'au cap Camarat, au-delà de Saint-Tropez. Nous avions dressé la tente sous la pinède, je marchais sur la plage de Pampelone jusqu'à un avion de la marine qui s'y était posé, accidenté, et je revenais le sable séché collé sur mes jambes, la peau brûlante de sel. J'étais surpris de voir Yvette, la femme de Lebrun, s'asseoir sur ses genoux, l'embrasser. Il riait.

— Fais-nous le café, disait-il lui donnant une tape sur les fesses.

Cette façon qu'il avait de parler, de se mouvoir, sans gêne, à l'aise dans la vie, j'aurais aimé que mon père la possédât. Lebrun, pourtant, n'était qu'un ouvrier comme lui. Mon père n'avait donc aucune excuse. Il avait choisi le camp des vaincus. Et dans la voiture de Gustav Hollenstein, il se taisait.

— Vous, Revelli, qu'est-ce que vous en pensez de cette guerre ? demandait Hollenstein.

— Pas grand-chose, Monsieur, répondait-il.

— Vous savez, continuait Hollenstein, on est entre nous. Katia est une Russe blanche, c'est vrai. Elle n'aime pas beaucoup les bolchevicks, mais (Hollenstein caressait le visage de sa femme) elle ne vous dénoncera pas.

— Qui sait ? disait Katia.

Elle riait aux éclats, secouant ses cheveux, montrant Saint-Paul, les hauts murs bruns dans la lumière ardente.

Gustav Hollenstein s'arrêtait au pied des remparts, près des platanes où stationnaient des groupes, soldats et paysans mêlés. Un joueur de boules prenait son élan, le bras à l'horizontale, le corps penché en avant et je suivais la trajectoire de la boule qui heurtait le sol, tournait sur elle-même dans le gravier, alors que s'approchaient les badauds.

Mon père ouvrait le coffre de la voiture, en sortait les paquets. Je cherchais ma mère. Elle s'éloignait déjà avec Christiane, pour ne pas rester là, comme une domestique qui attend qu'on lui donne la permission de sortir. Je la rejoignais au moment où Nathalie et Alexandre apparaissaient sous l'entrée voûtée du village, Yves, leur fils, marchant devant eux, trébuchant sur les pavés et Katia Hollenstein se précipitait.

— Pour tous ces gens, murmurait ma mère, qu'est-ce que nous sommes ? Regarde, regarde ton père.

Il était debout près des paquets, à l'écart.

Gustav Hollenstein lui faisait signe de s'approcher.

— Ce vieux, Hollenstein, je me demande s'il se doute, reprenait ma mère. Katia je l'ai bien connue, avant. Elle couchait à droite, à gauche, avec n'importe qui.

Elle semblait me découvrir.

— Ne reste pas dans mes jambes. Cours.

Les autres entraient dans le village par les rues en pente, Alexandre relevant le col de veste fourrée car le froid coulait le long des rues empierrées, vides. Mon père les suivait, un peu en retrait, portant deux paquets, et pour lui parler, Alexandre devait l'attendre.

— Cette guerre, disait-il, on l'arrête ou on la perd. Est-ce qu'elle a encore un sens, maintenant que la Pologne est occupée ? Que les Russes sont les alliés de Hitler ?

Devant marchaient Katia et Nathalie, Yves entre elles tombant souvent, avançant à genoux et ils s'arrêtaient tous pour le regarder, s'exclamant, mon père comme eux. Je me retournais, je voyais Christiane qui devait avoir l'âge de Yves, deux à trois ans. Qui se souciait d'elle ? Nous, nous devions savoir marcher.

— Et c'est la pagaille, continuait Alexandre, les obus ne sont pas du calibre des pièces. Quant au moral : la paix, la paix. Il y a trois jours, nous avons eu une inspection du colonel Ritzen, le fils du député. Je lui ai parlé des obus. Vous savez ce qu'il m'a répondu ? « S'il n'y avait que ça ! » À voix basse bien sûr. Mais enfin, il commande le secteur. Alors, qu'on s'arrête si on peut. Ce n'est pas votre avis ?

La conversation continuait plus tard dans l'atelier de Sam Lasky où Violette nous avait reçus.

Alexandre et Nathalie Revelli s'étaient joints à nous au début de l'après-midi avec Katia Hollenstein et Yves. J'étais assis dans un coin de l'atelier, Yves et Christiane près de moi. Je leur lançais des billes, mais j'étais avec les autres, avec ma mère assise seule, boudeuse, toutes ces femmes qui n'étaient pas plus belles qu'elle — Nathalie, Violette, Katia — mais elle était mariée à un pauvre, condamnée. Il me suffisait d'effleurer son visage pour deviner ce qu'elle allait dire, ce soir, quand nous serions rentrés, qu'elle aurait d'un mouvement brusque ôté son manteau, le jetant sur son lit, commencé à préparer notre repas, vive, nerveuse. Il suffisait d'un geste maladroit de sa part, ou bien ce serait mon père qui la heurterait au moment où elle poserait les assiettes sur la table et sa voix s'enflerait, hargneuse :

— Tu les as vues, et tu voudrais que je sois moi, ici, dans ces trois pièces qui...

Je me jurais de posséder un jour tout ce dont elle manquait. J'aurais voulu que mon père se lève et dise :

— Tu veux quoi ?

Il l'aurait entraînée dans une caverne.

— Sésame ouvre-toi. Prends.

Mais il se taisait, semblait ignorer les désirs de sa mère ou, pis encore, quand il les découvrait, il abdiquait.

— C'est comme ça, disait-il. L'argent je ne suis pas capable, ça ne m'intéresse pas. Je suis un ouvrier, je te l'ai jamais caché.

Moi il fallait que je prenne sa place, que j'ouvre un jour la caverne, pour elle. Peut-être alors l'acquitterait-elle, après tant d'années, grâce à moi puisque j'étais son fils à lui, et je les verrais, côte à côte, les doigts entrecroisés, les épaules l'une contre l'autre, pareils à ce couple qu'ils avaient été, elle en robe blanche, lui en costume noir, sur cette photo trouvée dans le tiroir du buffet.

Nous allions partir quand Sam Lasky est arrivé. Il lançait sa valise sur le parquet, criait :

— Réformé, cinq mois pour découvrir ça, que je suis inapte, cinq mois de conneries.

Violette restait assise et tout à coup, Sam s'interrompait, paraissait oublier notre présence, s'avançait vers elle, lui prenait le visage dans les paumes, puis lui caressait les cheveux.

— Qu'est-ce qu'il y a, demandait-il, tu es malade ?

Nous nous levions, nous les laissions sans qu'ils nous retiennent. Violette, au moment où mon père sortait, le rappelait.

— C'est mon frère, Dante, disait-elle à Sam, le marin, on l'a arrêté, libéré.

— Qu'est-ce qu'elle a ? interrogeait Sam.

Mon père faisait un signe d'ignorance, sortait aussi.

— Tu as remarqué, disait Katia Hollenstein à Gustav, cependant que nous roulions lentement, les phares éclairant à peine la chaussée d'une trace bleutée, Violette est enceinte.

Katia se tournait vers mon père.

— Je l'aime bien votre sœur, n'imaginez pas que parce que je dis cela, je la juge, mais elle est enceinte, et ce n'est pas de Sam.

— Les femmes, répondait Hollenstein, vous vous épiez les unes les autres. Violette est libre.

— Cet Italien, continuait Katia, celui qui avait été blessé en Espagne, l'année dernière au Véglione, elle dansait avec lui.

— Sori, dit ma mère, Rafaele Sori.

Elle était attentive, passionnée, elle commençait à raconter.

— Je les ai vus souvent ensemble. Ça a commencé entre eux il y a longtemps, au baptême de Roland, chez nous. C'est là qu'ils se sont rencontrés pour la première fois, c'est vous dire, il y a huit ou neuf ans.

Je m'appuyais à mon père. Je partageais son silence, son refus.

— Sori, c'est le frère de notre belle-sœur Giovanna, expliquait ma mère. Il s'est engagé, il est... (Elle interrogeait mon père.) Tu sais où il est, toi ? Antoine t'en parlait.

Mon père allumait une cigarette, me prenait par l'épaule.

— Ça va fils ? murmurait-il.

Je faisais oui, j'avais envie de m'endormir contre lui que je retrouvais. Katia riait.

— Les hommes, madame Revelli, disait-elle, ils font les choses, les pires, après ils sont d'une pudeur. Ils n'aiment pas qu'on en parle. Les enfants naissent dans les choux. Ils me font rire.

Sa voix s'était tendue, voix des lèvres et des dents.

— Violette voulait un enfant, elle l'a, continuait-elle. Le vieux et bon Sam Lasky l'adoptera. Tu ne crois pas, Gustav ? Tu n'adopterais pas un enfant que j'aurais eu avec un homme jeune ?

Elle passait ses doigts aux ongles teints sur la nuque de Gustav Hollenstein.

4

À son fils, ma tante Violette a donné le prénom de Vincent, celui de son père à elle, et je lui en voulais de ce que j'imaginais être une habileté. Elle me volait mon grand-père Vincente.

Je regardais le bébé, je voyais mon grand-père dans la cuisine de la rue de la République, le prendre dans ses bras. Violette riait, Louise posait un coussin sur la table.

— Mete lou aqui, mets-le ici, disait-elle.

Mon grand-père plaçait l'enfant au milieu de l'oreiller, s'essuyait avec le bout de ses doigts, les joues.

— Sieu bestie, je suis bête, répétait-il.

Il se frottait le nez avec sa manche, essayait de m'attirer, mais je m'enfuyais, je sautais de palier en palier les marches d'ardoises, je courais dans la cour, je m'approchais du puits fermé par une plaque de tôle. Si je réussissais à la soulever, je pourrais me cacher là, et je les entendrais crier mon nom : « Roland, Roland », mais je ne sortirais qu'à la nuit pour les surprendre.

La plaque était scellée, mon père m'appelait depuis la cuisine. Je fuyais encore. Je traversais la rue, j'entrais dans l'épicerie Millo, je passais derrière le comptoir, j'embrassais Lily, la femme de Lucien, j'écoutais.

— Qui sait où il est, disait Lily aux clientes, ils me l'ont mobilisé, il n'a eu que trois jours de permission pour le mariage.

Elle versait la farine dans un sac de papier gris, la tassait en tapotant le sac sur le comptoir de marbre.

— Il était à la frontière, vers Isola, reprenait-elle, puis ils me l'ont mis dans la ligne Maginot. On les laisse plus écrire.

Elle se penchait :

— Tu te caches, Roland ?

Je les attendais, mon père ou mon grand-père. Louise devait ouvrir la fenêtre sur la rue, tenter de m'apercevoir dans l'épicerie de son fils, mais j'étais assis entre des sacs, dissimulé par le comptoir.

Enfin j'entendais la voix de mon grand-père.

— Es aqui, Roland ? Il est ici, Roland ?

Il me soulevait, je m'accrochais à son pantalon de toile bleue qui sentait le tabac.

— Tu es trop lourd, disait-il.

Je résistais, je voulais qu'il me porte comme Vincent, et j'avais envie de pleurer.

Quand Christiane était née, quelques années avant, que j'avais vu dans la chambre de mes parents, contre le mur, le berceau et ses voiles, mon père le visage détendu assis près de lui, le tenant par la main comme s'il avait craint que le berceau s'écarte, je m'étais approché. Une veilleuse brillait à la tête du lit et j'apercevais ma mère qui me semblait pour la première fois apaisée, eau calme que soulevait la respiration régulière, souffle long qui se terminait par un soupir. Je voyais son corps dessiné par les plis des couvertures, les jambes écartées, le ventre plat, presque un creux.

Mon père m'avais pris par le poignet, tiré vers le berceau, et j'avais aperçu une roseur plissée, boule plus sombre sur le blanc du drap. Je m'étais dégagé, j'avais couru jusqu'à ma chambre. Mon père, venu me rejoindre, riait, répétait :

— C'est ta petite sœur, Christiane, qu'est-ce que tu as ?

Il me semblait que j'avais moins. Moins de la chambre de mon père et de ma mère. Maintenant, après la naissance de Vincent, moins de mon grand-père Vincente.

— Tu es trop lourd, Roland, répétait-il.

J'ai noué mes mains derrière son cou, il m'a porté quelques mètres, je me suis alors laissé glisser contre lui :

— Pourquoi il s'appelle comme toi ? ai-je demandé.

Nous entrions dans la cuisine, mes tantes regardant Vincent couché sur le coussin, à demi dissimulé par ses vêtements de laine bleue. Mon père fumait, assis près de la T.S.F.

— Vincent, Vincente, vous m'oublierez pas comme ça, me répondait mon grand-père.

Je m'approchais de la table, je touchais les mains de Vincent, froissées, et j'aurais voulu les porter à ma bouche, les mordre comme je le faisais souvent avec mes jouets, des morceaux de bois ou de caoutchouc. J'étais sûr ainsi qu'ils étaient à moi, que je pouvais les tordre, y laisser la trace de mes dents.

Violette m'a attiré sur ses genoux :

— Tu étais comme lui, disait-elle, pas plus grand.

Je regardais mon grand-père.

— Lui aussi ?

Ils riaient, même Louise et si je me souviens si bien de leurs visages, de leurs gestes, mon grand-père Vincente qui nettoyait sa pipe sur le rebord de la fenêtre, Violette qui disait à Louise : « Alors, tu me le gardes ? Pour une heure ou deux, je passe aux studios », sa sœur prenait Vincent par la taille, l'embrassant en l'appuyant contre sa poitrine, « Si tu veux me le laisser tout le temps » répondait-elle, si je me souviens, c'est que mon père a crié : « Vous pouvez vous taire, non ? » Il jurait en niçois, ces syllabes rocailleuses qu'il lançait parfois chez nous, avant de claquer la porte, et ma mère, bien qu'il fût déjà sorti, criait à son tour :

— Tu es bien un Niçois de la vieille ville.

Vieille ville, j'ai cru longtemps qu'il ne s'agissait que d'un seul mot, qu'on prononçait avec une moue de dégoût, comme quand on touche quelque chose de sale.

— Vierga petan, répéta mon père.

Il tourna le bouton de la T.S.F. et la voix fit vibrer la paroi du haut-parleur comme, là-bas, les chenilles d'acier faisaient trembler les ponts.

Ce matin, à 3 h 35, les troupes allemandes, infanterie et blindés, ont pris possession des ponts sur la Sûre et la Moselle et ont pénétré au Luxembourg et en Belgique. Dans un communiqué du 10 mai, 3 h 50, l'État-Major hollandais a annoncé le franchissement de la frontière des Pays-Bas par des éléments motorisés de la Wehrmacht qui tentent actuellement de se diriger vers Arnhem et Roermond. Des parachutistes sont signalés en plusieurs points du territoire, et de nombreux terrains d'aviation ont été bombardés tant en Belgique qu'en Hollande. En France le Grand Quartier Général, en accord avec le gouvernement belge...

— Cette fois...

Mon père s'est levé. Je les revois tous, la voix était passée sur eux, elle se perdait maintenant plus loin : *À Paris, les dernières nouvelles ont été accueillies avec calme, la condamnation de l'Allemagne par l'opinion internationale ne peut que favoriser...* les laissant là, Louise qui serrait Vincent contre elle et secouait la tête, les lèvres tremblantes, comme si elle priait, mon grand-père et Violette regardant mon père.

— Il faut que je voie Sam, dit Violette.

Sam Lasky était venu chez nous plusieurs fois, après notre visite à Saint-Paul, au début de l'année 40. Je laissais la porte de ma chambre entrouverte, je me levais pour l'apercevoir, debout les mains dans les poches d'une longue veste à carreaux blancs et noirs, dont il soulevait le col. Ma mère répétait de temps à autre :

— Vous ne voulez pas vous asseoir, Monsieur Lasky, vous voulez boire quelque chose ?

Il répondait à peine, s'adressait à mon père.

— Violette, disait-il, elle fait un gosse, très bien. Ce n'est pas une raison pour disparaître. Vous êtes des conformistes. Je croyais pourtant, vous, avec ce qu'elle m'a raconté, et vous lui donnez raison quand même ?

Sam Lasky s'appuyait à la table, se penchait vers mon père.

— Je ne tiens pas à l'ennuyer comme un vieux dingue, continuait-il. Je l'aime bien, c'est pour elle, qu'elle attende au moins chez moi la fin de la guerre, et si Rafaele revient... Vous l'avez vu ?

Mon père tournait la tête vers ma mère, puis fouillait dans ses poches, mais Sam posait sur la table un paquet de cigarettes, un briquet.

— Vous l'avez vu ? demandait-il à nouveau.

— Vous savez bien qu'il l'a vu.

C'était ma mère, vive, avec une sorte de jubilation dans la voix, comme quand elle était assise à côté des Baudis sur la Promenade des Anglais, qu'elle racontait, et je me rapprochais pour l'écouter :

— Nathalie, disait-elle à Madame Baudis, la fille de Hollenstein, je vous ai dit qu'elle s'est mariée avec un cousin de mon mari, Alexandre, l'architecte, le fils de Carlo Revelli, l'entrepreneur. Vous savez que Hollenstein a épousé cette Russe, Katia, elle a, je ne sais pas, vingt-cinq ans de moins que lui. Je l'ai bien connue, Katia, elle était mannequin à *Haute Couture,* eh bien, Nathalie et Katia, il suffit de les regarder, elles ne peuvent pas se sentir, si elles pouvaient se tuer.

J'en voulais à ma mère de ces récits. Elle décrivait une guerre sournoise et impitoyable, sordide aussi. Les amis, les parents devenaient des rivaux comparant leurs biens. Ils usaient des regards comme d'armes acérées. « Tu as vu Violette... », commençait ma mère. Mais ce pouvait être aussi : « Tu as vu Nathalie Hollenstein » ou bien « Tu as vu cette femme ? Quel carnaval ! ». Vêtements, coiffures, et parfois seulement une paire de gants, il suffisait d'un objet pour que le conflit soit engagé et perdu.

J'étais assis près d'elle sur la Promenade, nous attendions les Baudis. Les passants défilaient devant nous, entre les rangées de fauteuils.

— Regarde celle-là, et celui-là.

Les Baudis s'installaient près de nous.

— Vous avez vu ?

Quand j'allais chez mes grands-parents Raybaud, que ma mère redevenait entre eux leur petite fille silencieuse, je reconnaissais les phrases : « Tu a vu les... il a une très belle situation, leur fils a épousé... »

Mon père ne nous accompagnait jamais chez les Raybaud.

— Et ton mari ? interrogeait ma grand-mère.

Ma mère s'apprêtait à partir, elle ne répondait pas mais dans la rue me disait :

— Ton père, il me fait honte, devant mes parents.

— On l'a vu Rafaele Sori, disait-elle, bien sûr on l'a vu, pourquoi le cacher à Monsieur Lasky ?

Mon père quittait la salle à manger, passait devant ma chambre sans lever la tête, sortait dans la cour. Je voulais fermer ma porte, ne pas entendre, ne pas trahir, mais j'étais entraîné par le mouvement de la voix.

— C'était la semaine dernière, disait ma mère, attendez, cinq, six jours après qu'on vous a rencontré à Saint-Paul, quand on a compris pour Violette. Un enfant, elle en voulait un depuis longtemps, moi, je le savais. Oh ! elle ne m'a jamais rien dit, mais une femme, des choses comme ça, elle les devine, donc, la semaine dernière, chez mon beau-frère...

Posé sur la table, dans la salle à manger de mon oncle Antoine, j'avais vu dès l'entrée le képi de légionnaire, reconnu Rafaele Sori qui se levait, senti la gêne de mon père.

— On reste pas, disait-il.

— Violette va venir, répondait Giovanna, attendez.

Avec Edmond, nous étions descendus dans la rue. Il s'asseyait le dos contre le mur, les jambes écartées, construisait avec cinq billes ce que nous appelions le moulinet, et je visais, maladroit parce que je guettais la voiture de Violette, que peu m'importait de perdre à chaque coup une bille, que je voulais courir au-devant de ma tante, la prévenir. « Il y a Rafaele. »

Elle me prenait par la main, nous entrions ensemble. Rafaele Sori était le seul qu'elle n'embrassait pas.

— Je suis toujours à Marseille, expliquait-il. J'ai demandé à partir au front, mais est-ce qu'il y a un front ? En première ligne, ils labourent, ils tracent des sillons, avec charrues, chevaux, et les Allemands en face, tout ce qu'ils font, c'est gueuler dans un haut-parleur ! Je crois qu'on va nous envoyer au Maroc. Si ça dure comme ça, je déserte.

— On les a laissés seuls, vous comprenez, racontait ma mère à Sam. On est sortis avec Antoine et Giovanna. Quand on est rentrés, à peine une heure, Violette était déjà repartie, et Rafaele, vous savez, il n'a plus dit un mot.

Nous avions, Edmond et moi, essayé son képi, joué à la guerre et maintenant elle était là. La T.S.F. répétait l'annonce de l'attaque allemande.

— Pourquoi tu veux voir Sam ? demandait mon père à Violette.

Nous sortions, moi entre mon père et ma tante. J'essayais de découvrir si la voix de la T.S.F. avait déferlé dans la rue de la République, mais les tramways roulaient, les ménagères, avec leurs filets de toile cirée noire, bavardaient au bord du trottoir, devant l'épicerie Millo, Lilly prenait à pleines mains des aubergines dans l'un des cageots posés près de l'entrée, elle nous interpellait :

— Alloura, va ?

Elle pesait, versait dans le cabas de la cliente.

— Tu as des nouvelles ? interrogeait mon père.

Elle avait des cheveux courts, une frange noire couvrant le front. Elle regardait Violette, revenait à mon père.

— Qu'est-ce qu'il y a ? Vous savez quelque chose ?

— Les Allemands sont entrés en Belgique, en Hollande ce matin. C'est la T.S.F. Remarque, s'il est dans la ligne Maginot, pour l'instant, c'est le nord.

Lily se signait. La voix venait de la frapper et quand nous la quittions, elle restait immobile, le plateau de la balance au bout de la main, bouclier dérisoire qu'elle avait baissé.

— Sam, disait Violette en s'asseyant dans sa voiture, j'ai confiance en lui. Il sait ce qui se passe. Il me dira ce qu'il faut faire. Si l'Italie déclare la guerre je ne veux pas rester ici avec Vincent. Philippe (elle s'interrompait), un ami, il a fait des reportages en Espagne, il m'a raconté les bombardements des Italiens sur Barcelone. S'ils bombardent Nice, je veux demander à Sam...

— Si les Allemands gagnent, les Italiens feront la guerre, dit mon père. Mussolini se mettra du côté du plus fort. Ils l'ont tous applaudi, le fascisme c'est l'ordre, l'exemple, ils vont voir.

Violette avait mis le moteur en marche, elle se penchait hors de la voiture.

— On dirait que tu es content ? disait-elle.

Mon père m'entraînait, je m'asseyais sur la petite selle, au milieu du cadre du vélo, il murmurait :

— On va aux nouvelles.

Place Garibaldi, des groupes sous les platanes, des voix qui se mêlaient, puis à nouveau les rues calmes, des communiantes aperçues devant l'église du Vœu, la mousse blanche des voiles qu'elles soulevaient d'un ample mouvement du bras, et les voiles restaient un instant suspendus à l'horizontale, avant de retomber comme une aile légère qui se replie. Nous traversions la place Masséna, ellipse fermée par les façades roses. Sous les arcades, des groupes encore, puis le long de l'avenue, les voitures immobiles, la foule sur la chaussée à la hauteur de *L'Éclaireur de Nice et du Sud-Est.*

Mon père calait le vélo contre un platane, paraissait m'oublier, s'approchant des panneaux où l'on inscrivait les communiqués.

HAVAS *14 heures : les troupes françaises ont pénétré ce matin aux premières heures en Belgique en plein accord avec le gouvernement belge. Les éléments motorisés du général Giraud poussent vers Anvers et Tilburg afin d'entrer rapidement en contact avec l'ennemi. Des sabotages ont été signalés. Ils seraient l'œuvre d'espions de la Cinquième colonne et de parachutistes.*

Je déchiffrais lentement les phrases noires. Je suivais mon père qui s'arrêtait près de chaque groupe, écoutait, penchait sa tête vers le centre vide du cercle où se croisaient les mains et les voix, *« Pétain, en 17 »..., « les Boches »... « Et vous croyez que Weygand »...*

Je retenais ces noms, *Hitler, Maginot, Verdun, Pétain.* Je dévisageais ces hommes — il n'y avait que des hommes devant le journal — qui parfois élevaient le ton. *« Mais qu'est-ce que vous dites ? »* l'un d'eux s'écartait, revenait : Moi, la guerre, je l'ai jamais voulue, qui vous a demandé votre avis, qui ? »

Des agents repoussaient avec leurs bicyclettes les badauds sur le trottoir, tentaient de dégager la chaussée pour les voitures. Mon père m'appelait. Nous roulions bientôt sur la Promenade, je sentais ses bras tendus contre mes épaules, il sifflait, disait :

— Tu les as vus ? Ils imaginent tous que ce sera comme pour l'autre guerre, regarde-les.

Dans le jardin Albert-1er, devant la statue du roi des Belges — moutonnement de bérets noirs tacheté par quelques chapeaux blancs — les hampes des drapeaux s'inclinaient pendant la frêle sonnerie d'un clairon dont, alors que nous atteignions l'*Hôtel Impérial,* il me semblait encore entendre l'écho.

La guerre, les premiers jours de mai 40, ce fut cela, l'angoisse de mes tantes, de ma mère, des rassemblements d'hommes vieux devant les monuments, les journaux. Les instituteurs qui oubliaient de nous faire aligner après la cloche et nous restions dans la cour cependant qu'ils parlaient, graves, sous les platanes.

Je guettais ces signes. Au lieu de rentrer directement à l'Hôtel Impérial, je passais par l'avenue, je m'attardais devant *L'Éclaireur,* je me faufilais entre les badauds, j'essayais de comprendre le grand jeu des hommes en armes, je regardais avidement ces adultes qui paraissaient d'expérience, qui disaient : « *Nous, dans les tranchées, quand Pétain nous a...* » ou bien : « *Ils vont les attendre sur la Marne, vous verrez...* »

Mais déjà, sur les panneaux du journal, je lisais *Saint-Quentin* et *Laon, Péronne, Amiens.*

Les hommes commentaient : « *Ce n'est pas possible ! Ou alors c'est qu'il y a quelque chose, parce que enfin...* »

Mon père mangeait debout près de la T.S.F., passant d'une station de radio à l'autre, collant son oreille contre le tissu brun du haut-parleur et j'entendais des voix nasillardes. « *Ici Moscou sur la bande des...* » Les récoltes s'annonçaient abondantes dans les plaines d'Ukraine, les peuples soviétiques, les Ouzbeks et les Tatars marchaient vers le bonheur, guidés par le grand Staline.

— Va te coucher, me disait mon père quand il voyait que je m'approchais.

Il allumait une cigarette, tournait le bouton. Ma mère débarrassait la table.

— Tu crois encore que tes Russes, ça t'a pas suffi ? Vous êtes vraiment des naïfs, disait-elle.

Il sortait, je l'apercevais qui allait et venait dans la cour, d'un mur à l'autre mur.

— Va te coucher, me criait ma mère.

Elle parlait seule, à mi-voix, rageuse, « cette guerre, c'est leur faute, toutes ces idées, pour ce à quoi ça sert ».

Elle bordait mon lit, me caressait les cheveux.

— Mon Roland, disait-elle, qu'il ne t'arrive rien, jamais rien, sinon...

Elle m'embrassait avec fougue, répétait mon prénom comme si j'avais été menacé. Je me découvrais précieux et vulnérable. Héroïque.

J'aimais la guerre. Mes tanks, mes soldats, mes navires avaient envahi l'espace hors de ma chambre. J'avais imité les sirènes et les mitrailleuses : elles hurlaient le long du front et je m'approchais des vitrines pour voir les cartes, les photos de ces hommes en uniforme que je plaçais le soir sur les tommettes, dans les creux des couvertures, que j'abattais d'une rafale, ma main les couchant, les relevant. J'étais ce général Weygand, ce maréchal Pétain dont on disait devant *L'Éclaireur* qu'ils allaient sauver la France.

J'aimais la peur et le désarroi des adultes, l'école qu'on fermait, les fêtes inattendues, la foule devant l'église Notre-Dame, les fleurs qu'on lançait sur la statue de Jeanne-d'Arc, les femmes qui s'agenouillaient sur les marches et le trottoir, la voix de l'évêque : *« Prions Jeanne-d'Arc la libératrice qui a conduit nos armées à la victoire »,* la longue procession le soir sur l'Esplanade, mes grands-parents Raybaud me tenant chacun par une main, ma mère marchant près de nous, les flammes des bougies couchées par la brise qui modulait aussi le chant : *Sauvez, sauvez la France au nom du Sacré-Cœur.*

Nous rentrions par les rues obscures, je courais devant ma mère et ses parents, je revenais, je butais contre eux.

— Les Italiens ? Des lâches, disait mon grand-père Raybaud. Je l'ai toujours dit. Pas des soldats. Mais ils vont s'y mettre parce qu'on est à genoux. Les Boches, c'est autre chose, ceux-là ils savent se battre, mais les Italiens, en 17, si on les avait pas aidés, et maintenant ces salopards...

Dans la cour de l'école, nous poussions contre un mur Squillacci, l'un des nouveaux. « T'es un sale Italien, toi » criions-nous. Il baissait la tête, se lançait contre nous poings devant le front, nous le pourchassions jusqu'à ce que l'instituteur s'interpose, crie en passant dans nos rangs :

— Mais vous êtes tous des Italiens, imbéciles, tous.

J'aimais ce mois de mai aux longues soirées rouges. Louise pleurait assise dans la cuisine, mon grand-père Vincente regardait le ciel à l'ouest.

— J'ai peur, disait Louise, j'ai peur qu'il soit arrivé quelque chose à Lucien, tout ce sang.

Elle montrait le crépuscule, les flaques de lumière dorée qui glissaient le long des rails du tramway.

— Il n'y a même pas eu de bataille, disait mon père. Rien. Et dans le fond, avec les chefs qu'on a, il a peut-être mieux valu.

Dans la cour de l'*Hôtel Impérial,* plus tard, Violette venait à notre rencontre. Sa voiture était garée entre les camions militaires que des soldats chargeaient, faisant la chaîne, lançant des caisses.

— L'Italie, dit Violette, c'est sûr, ils vont déclarer la guerre. Oncle Carlo est venu le dire à Nathalie. Il le sait, je ne sais qui, le préfet, la police l'ont prévenu.

Elle avait les mains enfoncées dans les poches d'une veste de toile bleue, je devinais ses poings sous l'étoffe.

— Ils vont bombarder, continuait-elle. Venez à Saint-Paul, j'y monte avec Vincent.

— Bombarder, dit mon père en haussant les épaules.

— Les enfants, répondit Violette. (Puis plus bas :) Je ne veux pas être seule à Saint-Paul avec Sam.

J'ai aimé ce départ, la campagne en juin, Sam Lasky qui peignait torse nu, Violette qui fumait en cuisinant, les vergers, la nuit, quand ma mère imaginait des alertes et qu'elle nous entraînait sous les arbres ma sœur et moi, le ronflement sourd des bombardiers italiens qui survolaient la côte, les fumées du côté d'Antibes ou de Cannes. « Ils ont dû lâcher leurs bombes sur la Bocca. » La T.S.F. qu'on écoutait dans l'atelier toutes lumières éteintes avec le bleu argent de la nuit limpide, rideau brillant contre la verrière.

Une fois par semaine mon père montait à Nice à bicyclette. J'allais à sa rencontre par le chemin des serres, je courais sur la route en pente, j'arrachais des olives vertes dont j'aimais la saveur âcre, je m'allongeais sur l'herbe déjà jaunie, le dos appuyé à un platane, suçant une pousse de vigne au jus aigrelet.

Je l'apercevais enfin, montant à pied la côte, la casquette repoussée en arrière et je m'élançais vers lui. Il me semblait que la pente entraînait mes jambes de plus en plus vite, que je ne pourrais pas m'arrêter, que j'allais glisser et la peur me prenait au fur et à mesure que je m'approchais de lui. Je criais. Il posait son vélo au milieu de la chaussée, ouvrait ses bras et je butais enfin contre son corps. Il m'asseyait sur le cadre et poussait le vélo, penché sur le guidon, me questionnant.

— Et maman, qu'est-ce qu'elle fait ?

Je ne réussissais pas à répondre.

Dès qu'ils étaient l'un près de l'autre, ne fût-ce que dans une phrase, j'étais sur mes gardes, je craignais que l'un ne m'oblige à choisir contre l'autre. Ma mère souvent m'y contraignait ou bien je m'alliais à elle sans même qu'elle fasse appel à moi, par instinct, ce flux de violence que je sentais naître contre mon père à certains moments. Mais sur ce chemin des Serres, alors que dans les vitres des maisons des remparts de Saint-Paul le soleil se brisait, j'avais besoin de le voir, de me précipiter vers lui. J'oubliais tous mes ressentiments, mes humiliations jusqu'à ce qu'il me pose à nouveau la question :

— Et maman ?

— Rien, rien.

Je répétais ce mot, je sautais du cadre, je marchais sur le bord du chemin ou bien je courais devant mon père, rentrant seul dans le jardin de Sam. Je me couchais sous les oliviers, je guettais leur rencontre, quand mon père s'approcherait de ma mère, qu'il tenterait de la saisir par les épaules, de l'embrasser et qu'elle aurait un mouvement de refus et de gêne.

Puis nous déjeunions dans l'atelier, tous ensemble.

— On ne sait rien du fils de Louise, disait mon père. Elle ne mange plus.

— Il est prisonnier, ils sont tous prisonniers, répondait Sam.

Il avait placé la T.S.F. près de la table et, dès que la musique s'interrompait, nous nous taisions.

Reynaud, la Seine, Pétain, Bordeaux, Vichy.

Les Allemands bousculaient les villes, effaçaient les fleuves.

— Ils vont arriver ici, si ça continue, s'exclamait Sam. Avant les Italiens.

On se battait à Menton. La population avait été évacuée, installée dans les hôtels de Nice. On racontait que les Sénégalais s'étaient fait des colliers avec les oreilles des soldats italiens.

— Dans la vieille ville, expliquait mon père, la

police a installé des barrages. On a arrêté des fascistes, ils sont au Fort Carré.

— Ce coup de poignard dans le dos, disait ma mère. Les Italiens, ils ne sont capables que de ça.

— Les Italiens, et qu'est-ce que je suis ? s'exclamait mon père. Qu'est-ce que ça veut dire Italiens, Allemands. Le fascisme, oui.

Ma mère, d'un geste nerveux, l'interrompait.

— Ta politique encore, italien, toi tu es italien si tu veux, pas nous. Pas les enfants.

Elle me serrait contre elle. J'étais français. Je haïssais ce pays de traîtres dont mon père se réclamait.

Dans l'atelier, cependant que Sam chantonnait assis en face de l'une de ses toiles, j'écrivais *Roland Raybaud* ou bien *Roland Revel,* pour gommer l'origine, ce *i* de l'Italie.

Le lendemain mon père redescendait à Nice et j'avais hâte que la semaine passe pour qu'il soit là, à nouveau.

Je jouais avec Yves, le fils de Nathalie Revelli, je surveillais Christiane et Vincent, je sortais avec Violette le matin.

— Tu l'aimes bien Sam ? me demandait-elle.

— Sam, il sait tout.

Je n'osais dire : j'aurais voulu un père comme lui. Cette pensée m'humiliait, j'en rougissais comme d'une délation, j'avais le même sentiment qu'au moment où ma mère, devant eux tous, Sam, Violette et parfois Nathalie, ne répondait pas à mon père, qu'elle se contentait de hausser les épaules, de sourire avec mépris.

— Tu l'aimes bien Sam alors ? répétait Violette.

— Et toi ?

Violette riait.

— Qu'est-ce que tu en penses ?

Ils ne se parlaient pas mais j'écoutais leur silence si différent de celui qui séparait mon père et ma mère. Sam prenait un cigare, levait les yeux, et si Vincent était dans la pièce il n'allumait pas le cigare, le plaçait dans l'une des poches de sa chemise et je surprenais le clin d'œil qu'il faisait à Violette. Ma tante détournait la tête, mais elle souriait et parfois elle lançait à Sam la boîte d'allumettes.

Ma mère, le soir, dans notre chambre, s'indignait.

— Ta tante, enfin, tu ne peux pas comprendre, mais quand même, elle exagère, être ici. On va partir, parce que moi je ne suis pas comme ça. Il y a des choses, quand on a un peu de dignité, qu'on ne fait pas.

Elle interpellait mon père :

— Tu l'as vue ? Après son histoire avec Rafaele, et Vincent est là, devant Sam. À sa place, je sais bien comment je la traiterais.

— Il est intelligent, répondait mon père.

Une alerte ou bien simplement un avion qui survolait la région et ma mère s'affolait, elle enveloppait Christiane d'une couverture, saisissait mon poignet et courait vers le jardin, les arbres.

Nous apercevions parfois, du côté de la mer, les regards blancs des projecteurs qui perçaient le ciel.

— Quand finiront-ils ? s'indignait-elle. Quand ?

La T.S.F. un jour annonça la fin.

Nous écoutions dans un après-midi de chaleur, assis derrière les rideaux de l'atelier qui faisaient naître une pénombre poussiéreuse. Ce silence brusquement qui se creusait dans la pièce, dans le poste de T.S.F., après l'annonce :

« Le maréchal Pétain, chef du gouvernement, va s'adresser au pays dans quelques instants » et enfin

les mots : « *Françaises et Français... C'est le cœur serré que je vous dis aujourd'hui qu'il faut cesser le combat.* »

— Voilà, dit Sam, ils ont gagné.

Violette avait pris Vincent sur ses genoux. Nathalie pleurait, ma mère parlait :

— Il va revenir Alexandre, lui disait-elle. Maintenant, avec l'Italie, c'est une question de jours.

— Mais taisez-vous, cria tout à coup Sam. Taisez-vous.

Ma mère sortit, voulut m'entraîner mais je restais dans l'atelier.

— Je me demande, disait Sam, combien de temps la Gestapo mettra pour s'installer en France. Ils sont efficaces et avec tous les salauds qu'il y a, ils ne manqueront pas de renseignements.

Il était devant Violette.

— Partons aux États-Unis, dit-il. Avec lui.

Il caressait le duvet noir soyeux qui couvrait la tête de Vincent. Violette se leva.

— Ou alors, continua Sam, il faudra se battre. Ce sera long, tu sais.

Violette traversait l'atelier, tirait les rideaux, la brume en bancs légers masquait peu à peu le relief et Saint-Paul paraissait dominer une plaine cotonneuse.

— Bon, dit Sam, on se battra.

Il me donna un coup de poing dans l'épaule.

— On se battra, n'est-ce pas Roland ?

Encore quelques jours et nous allions regagner Nice, l'*Hôtel Impérial* fermé, le Palais de la Jetée silencieux, navire désarmé dont je faisais le tour, chassant les mouettes qui revenaient se poser sur la balustrade de la Promenade avec des cris stridents. Je tendais la main vers elles. Elles s'élevaient, planant au-dessus des vagues, des plages désertées et je rentrais, traversant les salons de l'hôtel, m'aventurant dans les étages, sautant à pieds joints les raies blondes du soleil que laminaient les volets clos.

L'armistice avait, comme un été torride, assoupi la ville et j'aimais ce calme où l'on entendait, de la cour de l'hôtel, la vague déferler sur les galets, le trot d'un cheval de fiacre sur la Promenade, ou le battement du marteau de mon père qui travaillait dans l'atelier.

Les Baudis semblaient avoir quitté la ville, les fauteuils face à la mer étaient vides. Ma mère rentrait tôt. « Il n'y a plus personne », disait-elle.

Parfois nous quittions la Promenade pour le centre de la ville. Des drapeaux cravatés de crêpe aux fenêtres, la lettre de Monseigneur Rémond affichée sur le portail des églises :

Vous avez entendu la voix du maréchal Pétain, cela suffit. Il n'y a qu'à obéir. Les mots d'ordre à l'heure actuelle sont : Silence, Discipline, Calme, Confiance. N'écoutons pas la voix du dehors. Nous avons un chef que nous vénérons, groupons-nous autour de lui.

— Cette voix du dehors dont parlait Monseigneur Rémond, disait Alexandre Revelli...

Dans le salon aux colonnes de l'hôtel, j'étais debout près de mon père. Carlo Revelli et Alexandre s'asseyaient côte à côte. Gustav Hollenstein, le porte-cigarettes au coin de la bouche, s'était appuyé au piano.

— Vous avez compris, continuait Alexandre, cette voix du dehors, c'est le secrétaire d'État à la Guerre, celui qui est passé en Angleterre. Le colonel Ritzen, quand nous nous sommes repliés après l'armistice, m'a parlé de lui, un bon général, paraît-il. Il a lancé un appel, mais continuer avec quoi ? Avec qui ? L'Angleterre tiendra combien ? Un mois ? Si les Russes...

— Ça a été dur ? demanda mon père.

— Ils n'ont pas pu faire cent mètres. Un massacre. Nous tenions les crêtes, les Italiens étaient en bas. Voilà.

Carlo se levait.

— Tu es vivant, disait-il en prenant son fils par l'épaule. Dans une guerre, c'est ce qui compte.

— Vous croyez qu'elle est finie ? dit Gustav Hollenstein.

— Pour nous, oui.

Carlo Revelli s'approchait de moi.

— Tu n'es toujours pas venu me voir à Gairaut. C'est ton père qui ne veut pas ? Il est encore têtu ?

Je me rapprochais de mon père, le regardais.

— Oncle, c'est loin Gairaut, répondait mon père, et avec les événements...

Carlo Revelli s'éloignait.

— C'est fini, répétait-il. Vous connaissez Charles Merani, mon beau-fils ? (Il s'adressait à Hollenstein.) Il revient de Vichy. Il a je ne sais quel poste avec Darnand. Il a vu le Maréchal ou Laval, ou les deux. (Carlo faisait une moue, secouait la tête.) L'Angleterre va capituler dans deux ou trois semaines. Après (il entourait les épaules de Hollenstein de son bras) nous aurons les touristes allemands. Ils aimeront la côte, vous verrez. Vous avez eu tort de me vendre vos hôtels, Hollenstein.

— Je suis juif, dit Hollenstein à mi-voix.

— Allons, allons, commença Carlo Revelli (il s'interrompit, s'appuya à sa canne, grimaçant). Allons, reprit-il, j'étais italien, moi, et maintenant nous sommes français, vous et moi.

— Juif, répéta Hollenstein, ce n'est pas italien.

— La même chose, dit Carlo.

Il se pencha vers moi :

— Viens à Gairaut toi, que je sache un peu si tu es un vrai Revelli.

Ils sortaient, je suivais en courant leur voiture, je traînais dans les rues. Avenue de la Victoire, sous les platanes, des hommes en chemises noires, le bras levé, criaient *Nizza nostra, Nizza nostra.* Sur le trottoir opposé les passants s'arrêtaient, quelqu'un lançait *Vive Pétain, vive la France,* une dizaine d'agents cyclistes survenaient, entouraient les chemises noires.

Je m'approchais, je regardais ces hommes aux visages tendus, j'avais le désir de me mêler à eux.

J'aimais, c'est vrai, le grand jeu de la guerre.

5

Ma mère était belle. Le matin, pendant les vacances, je l'accompagnais. Nous partions tôt, Christiane dans une poussette à laquelle souvent je donnais de l'élan. Ma sœur criait, je courais autour d'elle, je saisissais à nouveau la poussette, la dirigeant vers les mouettes, zigzaguant au milieu des fauteuils, longeant la balustrade de cette Promenade des Anglais que nous empruntions toujours parce que ma mère ne se lassait pas de l'horizon ouvert, du jeu doré du soleil sur les façades des grands hôtels.

Elle marchait devant nous, regardant autour d'elle, altière, les mains libres puisqu'elle avait accroché les filets à provisions à la poussette.

J'aimais la voir ainsi. Je me souviens de ses jambes brunes, musclées, et le soir, tendant le pied pour faire surgir le mollet, je m'assurais que ma jambe ressemblait aux siennes, que nous avions la même peau, lisse et foncée.

Je ne savais pas que ma mère était belle. J'éprouvais seulement la joie de la voir, dans la beauté matinale de la mer, devant les palmiers me tendant la main pour traverser la chaussée, la brise fraîche qui venait de la terre soulevant sa robe de tissu imprimé.

Parfois, alors qu'elle paraissait seule, un homme s'approchait d'elle, marchait à ses côtés. Je retenais la poussette, je me perdais parmi les passants, nombreux déjà, car la ville, vide quelques semaines, s'était à nouveau peuplée et sur la Promenade, dès le matin, les oisifs étaient là, chapeaux et guêtres blanches, chemisette rayée, ou bien vêtus de noir, frileux malgré l'été.

— Des métèques, disait Monsieur Baudis. À Paris, ils n'ont plus la vie belle, alors ils filent ici comme des rats. Nous sommes devenus l'égout de la France.

J'apercevais ma mère qui haussait les épaules, tournait vivement la tête, me cherchait des yeux, m'appelait :

— Roland ! Roland, viens.

Sans doute était-ce pour l'entendre ainsi réclamer mon aide, pour m'assurer qu'elle ne m'abandonnerait pas, qu'elle me choisirait toujours contre ces hommes qui l'abordaient, que je me dissimulais, pour la mettre à l'épreuve.

— Tu as vu cet imbécile ? disait-elle quand je la rejoignais.

Mais je devinais sa fierté. Elle marchait plus vite, regardant droit devant elle et je savais qu'un jour elle dirait à mon père :

— Tu sais, je n'ai qu'à lever le doigt, des hommes... Seulement je suis idiote.

Je me sentais alors rougir comme si j'avais favorisé des rencontres, armé contre mon père la main d'un ennemi.

Nous quittions la Promenade, nous traversions les jardins où les pelouses avaient été transformées en potager. Nous prenions la rue Saint-François-de-Paule, passant devant la maison Merani. Ma mère ralentissait son pas et souvent elle regardait la façade, la mosaïque au-dessus de la porte.

— Il est né là, votre père, disait-elle.

J'entrais dans la cour, la poussette m'entraînait sur la pente, vers les hangars, je secouais Christiane pour qu'elle se taise, ma mère survenait, me giflait.

— Vous avez fini ! criait-elle.

Cette gifle aussi je la recherchais, sacrifice à mon père que j'accomplissais rituellement, si bien que ma mère empruntait souvent le trottoir opposé pour m'empêcher d'entrer dans la cour, de reconnaître ce passé.

Nous arrivions enfin au marché aux légumes. Et la guerre était là. Cris et bousculades, queues, courses pour être parmi les premiers devant un banc où l'on espérait une livraison de tomates. Ma mère allait d'un étal à l'autre, aux aguets, autoritaire.

— Reste là, disait-elle.

Je gardais sa place dans une queue, elle haussait le ton si quelqu'un protestait. Je l'admirais. J'étais rassuré d'être près d'elle, si grande, si forte.

Quand le marché était vide, que nous arrivions les derniers devant la planche de l'étal où il n'y avait plus qu'un peu de terre, ma mère prenait elle-même la poussette, s'engageait dans la vieille ville.

— Si ton père était malin, disait-elle, est-ce que j'aurais besoin de courir ? Mais avec ce qu'il gagne.

J'étais honteux pour lui.

Nous montions chez mon grand-père Vincente. C'était déjà la fin de la matinée.

— Je viens voir si Lily n'a rien à l'épicerie, disait ma mère. Et Lucien, vous avez des nouvelles ?

Louise s'essuyait les yeux. Prisonnier, Lucien, deux lettres seulement. Tout allait bien écrivait-il.

— Ils mangent, eux, allez, disait ma mère.

Je la voyais qui traversait la rue de la République, entrait dans l'épicerie Millo, ressortait bientôt, m'appelait.

J'obligeais ma sœur à sauter les marches.

— Elle est gentille Lily, murmurait ma mère, mais qu'est-ce que tu veux, elle n'a presque rien.

Nous rentrions par la Promenade. C'était à nouveau l'apparente profusion malgré les hôtels encore fermés, la disparition des voitures, et ces vélos-taxis arrêtés à la place des fiacres.

Il faisait chaud quand nous arrivions dans la cour de l'*Hôtel Impérial.* Dès qu'elle avait fermé notre porte, ma mère se déshabillait.

— J'étouffe, disait-elle. Il n'y a pas d'air dans ce taudis.

Elle s'allongeait, les jambes écartées, et je la revois en combinaison bleue, s'éventant, des poils noirs sous les aisselles.

Puis c'était le repas, la faim. J'étais servi le premier et souvent ma mère me donnait sa part. Christiane était assise près de mon père et c'est à elle qu'il disait :

— Tu en veux encore ?

— Donne à Roland, répondait ma mère.

Souvent elle poussait d'un mouvement de la main le plat de mon père vers le mien. Je refusais, je mettais mon bras sur mon assiette, je secouais la tête, je me levais pour ne pas tendre mes doigts, porter à ma bouche ce morceau de pain gris, ces tranches d'aubergines grillées au four, ces oignons bouillis, notre nourriture.

Je n'avais pas conscience de ma faim, mais je ne pensais qu'à manger et quand mon père parfois revenait de l'hôtel avec un morceau de jambon rance qu'il faisait bouillir, je restais près de lui devant le fourneau, fasciné par la rotation de la viande qu'entraînait le mouvement de l'eau. Des officiers allemands et italiens de la Commission locale d'armistice s'étaient installés à l'*Hôtel Impérial*. C'est à eux que les cuisiniers dérobaient cette nourriture dont mon père volait les restes.

Dans la cour ou bien devant l'entrée principale, je guettais ces guerriers vainqueurs. Je m'écartais quand passaient les Allemands qu'il me semble aujourd'hui avoir toujours vus rire aux éclats, soldats aux mâchoires de carnassiers, hommes parés de cuir et de métal, un poignard noir pendant à leur ceinturon et leur main gantée en tenait la garde.

Mon père ne les regardait pas. Il vivait dans son atelier comme si le plein jour était devenu la nuit et l'obscurité des caves la lumière. J'imaginais qu'il avait peur et j'ai commencé à avoir peur aussi. Des cauchemars : ces bottes comme ils en portaient qui m'écrasaient le ventre et la gorge. Je me levais. J'ouvrais la porte de Christiane, je m'assurais qu'elle dormait, sa poupée blonde entre les bras. J'avançais jusqu'à la chambre de mes parents, écoutant la respiration rauque de mon père. Je me recouchais, mais des récits me hantaient.

Nous avions été un dimanche, mon père et moi, jusqu'à la maison de Carlo Revelli, à Gairaut. J'avais poussé le vélo de mon père dans la montée de la colline, restant en retrait quand mon père sonnait, hésitant quand Anna, la femme de Carlo, m'appelait, m'invitait à entrer.

— Dante, disait-elle, ça fait si longtemps. C'est ton fils ? Roland ?

Elle marchait voûtée, descendant lentement l'escalier, se tenant à la rampe, respirant difficilement.

— Tu connais pas mon petit-fils Robert ? Le fils de Mafalda ? (Elle baissait la voix.) Ils sont là, avec Charles Merani, l'avocat.

Mon père s'arrêtait.

— On s'en va, disait-il. On est passés comme ça, on montait vers Aspremont. On veut pas vous déranger.

Ce mot, cette attitude : nous dérangions toujours. J'avais envie de fuir, j'étais honteux puisque nous étions de trop parmi eux, les Revelli puissants qui me faisaient asseoir devant une table de pierre. Mafalda me tendait une assiette lourde de confiture rouge et de biscuits.

— Mange, mange va, disait Carlo. On n'en trouve plus beaucoup de cette qualité. Mais ici ça manquera pas.

Il était devant moi, appuyé à sa canne, poussait avec elle un cageot vide vers mon père.

— Tiens Dante, va prendre des tomates. Regarde ce qu'il y a d'autre. Anna te donnera de l'huile.

Nous étions venus parce que nous avions faim et maintenant mon père se baissait, riait trop fort « merci oncle, merci », s'éloignait vers les plants de tomates et de haricots et je ne voyais plus que son dos, je l'entendais quand il criait « che toumati ».

Charles Merani souriait avec condescendance.

— C'est le Revelli communiste ? Votre neveu, n'est-ce pas beau-père ?

Carlo haussait les épaules, s'asseyait sur un banc sous les oliviers.

— Laissez les Revelli, continuez votre histoire, je l'ai bien connu Ritzen, avant.

— Politiquement, reprenait Merani, depuis le vote des pleins pouvoirs au Maréchal, Ritzen était un homme mort. Il a voté contre.

Carlo plaçait sa canne entre ses jambes, je suivais le mouvement de ses doigts qui jouaient avec elle, la faisaient tourner.

— Et parce qu'il était mort politiquement, vous l'avez...

— Il s'est tué lui-même tout simplement, beau-père, interrompait Merani. Suicidé. Il n'a pas su accepter la nouvelle situation, la défaite, Pétain. Bref il n'a rien compris, ni la révolution nationale ni la collaboration. L'ennemi, pour lui, c'était toujours l'Allemagne. Au fond il était resté un petit policier borné.

— On l'a enterré ? demanda Carlo.

— À Antibes. Il n'y avait que Jules, le médecin. L'autre fils, le colonel, est passé en Angleterre. Ritzen avait le sens de la discipline et ça non plus, la désertion de son fils aîné, il ne l'a pas accepté, croyez-moi.

Merani me faisait face.

Plus tard j'ai rêvé de ce visage rond, à la peau bistre, aux cheveux noirs plaqués, aux mains de Merani, à cette chevalière d'or où je lisais entrelacées ses initiales puisqu'il avait ses doigts sur la table, près de moi.

— Croyez-moi, disait-il, je vais m'employer à ce qu'on n'oublie pas le colonel Ritzen. Son frère partage mon sentiment. Douze balles dans la peau, c'est un officier félon.

— Il faudrait le prendre d'abord, dit Carlo.

— Vous ne croyez pas à la victoire allemande, beau-père ?

Carlo Revelli se leva, s'avança dans le jardin, cria :

— Oh ! Dante, tu m'en laisses un peu quand même !

Mon père revenait le cageot à bout de bras, à demi rempli de tomates et de courgettes. Il le tendait vers Carlo Revelli.

— Va, oncle, j'ai...

Je m'éloignais. Nous étions des mendiants. Les autres possédaient, nous nous excusions, on nous donnait. Je me souviens de ce sourire qui figeait mes joues comme un masque. Derrière, je grimaçais de honte et de rage. Il y avait ce témoin méprisant, Charles Merani qui ne nous saluait pas, marchait dans le jardin, paraissant ne pas nous voir. Anna et sa fille Mafalda nous raccompagnaient. Elles plaçaient au-dessus des légumes une bouteille d'huile, parfois un pain rond de la campagne, un fromage de chèvre ; mon père refusait d'abord mais elles insistaient, cachant la bouteille avec quelques feuilles de figuier.

— On a ce qu'il faut ici, Dante. Ils doivent manger, vos enfants.

Nous roulions vite vers la ville. Je tenais à deux mains le cageot placé sur un porte-bagages en avant du guidon. Quand nous avions atteint le bas de la colline de Gairaut, mon père s'arrêtait. Nous prenions chacun une tomate, il me donnait un quignon de pain, y versait quelques gouttes d'huile.

— Mange, elle est bonne, tu verras, disait-il.

La tomate était douce, pulpeuse, l'huile presque amère à force de saveur, le pain craquait et fondait dans la bouche. Mon père mordait dans la tomate, se contentant de la goutte d'huile qui avait coulé le long de la bouteille et qu'il recueillait avec le doigt.

— Il est bon ce pain ? me demandait-il.

Il faisait tourner la boule croustillante entre ses mains, la sentait, puis la replaçait avec la bouteille sous les feuilles râpeuses de figuier.

— Maman et Christiane, disait-il, elles vont se régaler.

Je criais quand nous rentrions :

— Maman, on a de l'huile !

C'est moi qui apportais. Je vidais le cageot sur la table, je prenais une tomate dans chaque main, je les montrais à ma mère, je lui tendais la bouteille d'huile, une traînée de minuscules bulles blanches traçait sa voie dans l'onctueuse épaisseur verdâtre.

— Tu crois que je n'ai jamais vu d'huile ?

Ma mère saisissait la bouteille, la rangeait dans le buffet, ajoutait :

— Il n'y en a pas plus d'un demi-litre.

Quelquefois, c'était avec elle que je partais vers la campagne de l'autre côté du Var.

On nous prêtait des vélos, nous traversions le pont, le soleil projetant nos ombres obliques sur le parapet, le vent froid glissant le long des galets du fleuve, nous obligeant à baisser la tête, à pédaler en danseuse comme si nous grimpions. Puis c'étaient les chemins de terre entre les roseaux et les cultures maraîchères, au delà de Saint-Laurent-du-Var, les maisons cubiques des paysans d'origine piémontaise, le crépi rose écaillé, un palmier masquant parfois à demi la façade, les volets verts.

Je gardais les vélos adossés à un muret de

pierre, traçant du bord de ma semelle des dessins dans la terre caillouteuse, cherchant à ne pas entendre, à ne pas voir ma mère qui riait avec l'un des paysans, un homme âgé déjà, qui lissait avec le pouce et l'index les coins de sa moustache rousse. Mais leurs paroles et leurs visages alors qu'il me semblait ne jamais écouter, ne jamais regarder, je ne les oubliais pas cependant que nous rentrions, nos ombres devant nous sur le pont, poussés par la brise de mer et nous filions le long du champ de courses, de l'aéroport désert, traversant le quartier de la Californie, cette avancée sableuse et plate où s'élevaient, au milieu des lauriers, des villas massives isolées.

— Moi, avait dit le paysan, si j'avais une belle femme comme vous, je la laisserais pas seule, parce que... Qu'est-ce que vous me donnez pour ces légumes ? On échange ? L'argent aujourd'hui, mais vous avez autre chose, non ? Vous le savez bien.

Ce demi-pas de ma mère pour s'éloigner du paysan sans trop s'écarter de lui, cette façon qu'elle avait de secouer la tête, de répondre :

— Vendez-moi toujours quelques légumes, allez.

Je la laissais vider le cabas sur la table, je sortais, bousculant Christiane qui s'accrochait à moi, voulait jouer. Pour me dégager je lui donnais un coup de pied, elle tombait, pleurait. Je criais « sale menteuse, menteuse ». Je claquais la porte.

L'école avait recommencé. Nous nous mettions en rang de part et d'autre du mât blanc placé au milieu de la cour, entre les platanes. Il m'arrivait souvent, parce que j'étais au premier rang, d'être désigné pour le salut aux couleurs. Je tenais dans mes bras le tissu de lin tricolore qui caressait ma peau, enveloppait mon visage au fur et à mesure que Bernard Halphen, mon camarade, tirait sur le cordon blanc. Nous restions au garde-à-vous au pied du mât, le drapeau se mêlant aux feuilles qui commençaient à jaunir, nous chantions avec les autres :

Maréchal nous voilà
Devant toi, le sauveur de la France
La Patrie renaîtra
Tu nous as redonné l'espérance
Maréchal, Maréchal nous voilà.

Puis nous rentrions en classe, et je m'installais à mon banc, face à la chaire du maître. J'attendais la question, je me dressais alors, le bras tendu :

— Moi, M'sieur, moi.

À la fin, après avoir interrogé tous les autres, l'instituteur m'autorisait à répondre, à compléter la phrase, à terminer la division et j'aimais cette odeur de craie, de poussière humide, l'effritement de la barre sur l'ardoise, le silence des élèves, parfois l'ordre du maître pendant que j'écrivais au tableau :

— Copiez sur vos cahiers... Continue Revelli, continue.

Je m'étais séparé de mes camarades. Debout sur l'estrade, près du maître, j'avais été distingué, honoré, moi, seulement moi, ni mère ni père pour me retenir, je devenais un autre Revelli, différent d'eux, personne ici ne pouvait me réduire à mes origines.

La porte de la cour fermée, la classe commencée, j'entrais dans la lice avec mes seules armes et les autres pouvaient être le fils du tailleur de la rue de France ou du médecin de la Promenade qu'une bonne en tablier blanc venait chercher à la sortie, j'étais avant eux, levant le premier le bras. Je les vengeais, mes parents, ma mère de mon père, et lui d'elle, et je me vengeais d'eux qui m'humiliaient chacun à leur manière. L'école, c'était aussi le lieu où ils se rejoignaient, en moi.

— Travaille bien, disait mon père. Moi si j'avais pu, mais à cette époque, ingénieur, c'était...

— Une femme, m'expliquait ma mère, à l'école, j'aurais pu pourtant, l'institutrice voulait, mais mon père, il était comme ça, alors toi...

Bons points, tableaux d'honneur, prix. Je jetais devant eux mes trophées, mon tribut dont ils s'emparaient. Mon père me donnait une tape sur la nuque.

— Bien, fils, bien, disait-il, tu te défends bien.

Ma mère, quand il était sorti, reprenait mes cahiers, relisait les appréciations à l'encre rouge.

— Heureusement que tu es là, murmurait-elle, sans ça, qu'est-ce que j'aurais.

Elle appelait Christiane :

— Toi aussi, ma fille, toi aussi, heureusement, mais Roland, c'est un garçon tu comprends, un garçon.

Je les tenais à l'écart de l'école — et plus tard du collège —, je craignais, s'ils s'étaient approchés, lui en blouse grise, elle qui aurait commencé à parler avec les mères, devant la cour, qu'on ne m'identifie à eux, et je n'aurais plus su me battre, vaincre. Ils m'auraient lié avec leurs défaites et je n'aurais plus rien pu pour eux, alors qu'ils avaient besoin que je gagne. Il fallait que je leur donne cela pour qu'il leur reste quelque chose de la vie. C'était ma tâche.

Cela, j'en parle clairement aujourd'hui, je démêle et j'explique mes comportements d'alors, quand je n'étais que ce gamin auquel l'instituteur lançait souvent : « Revelli, tais-toi donc, laisse un peu répondre les autres », qu'il tirait sur mes cheveux dans la cour, pour arrêter l'une de ces bagarres auxquelles j'étais toujours mêlé, me poussait vers l'escalier : « Monte en classe, sors la carte d'Afrique. »

Je courais dans les couloirs, ma main glissait le long des murs verts, j'ouvrais la boîte des cartes, j'accrochais l'Afrique au tableau, je déchiffrais les villes, j'allais le long des fleuves vers des chutes et des sources, *Zambèze, Kilimandjaro,* là le Nil était Bleu, la mer Rouge.

J'attendais, je regardais par la fenêtre, au-dessous des feuilles mouvantes des platanes, la cour, les autres qui continuaient de courir, leurs cris me paraissaient lointains et quand la cloche sonnait, que leur piétinement m'annonçait qu'ils se mettaient en rang, j'étais seul au-dessus de leur silence, à part.

Ils couraient dans les travées pour regagner leur place. J'étais déjà assis à la mienne, prêt à répondre.

Un matin quelqu'un a levé la main en même temps que moi, le nouveau que j'avais remarqué dans les rangs, qui pénétrait sur mon territoire et que je craignais déjà avec sa longue écharpe rejetée dans le dos, ses chaussettes à carreaux qui montaient jusqu'aux genoux et ses gants de cuir. Il répondait avec les intonations de la puissance et ses vêtements en étaient déjà les signes.

Nous — moi le fils de l'électricien de l'*Hôtel Impérial,* Catto, celui du concierge de la rue d'Italie, Marcel dont la mère était bonne, presque tous les autres — nous portions des vêtements marqués par nos origines, par la guerre, écharpes tricotées avec des bouts de laine de couleur différente, pantalons courts souvent rapiécés. Nos gants dépareillés, nous les perdions et nous restions doigts nus, la peau rouge crevée par les engelures.

Bernard Halphen avait des mains lisses, l'accent des clients de l'*Hôtel Impérial*, ceux du Nord, de ces contrées que j'imaginais comme celles des maîtres.

Depuis le début de l'année scolaire, trois nouveaux, qui ressemblaient à Halphen, étaient arrivés dans notre classe. J'avais été dupe quelques jours de leurs apparences. Ils connaissaient des mots que j'ignorais. Ils restaient entre eux, parlant de rues inconnues. Ils eurent leurs courtisans et leurs ennemis. J'attendais un tournoi. Calcul, dictée, rédaction, récitation. Ils plièrent le genou.

Bernard Halphen ne s'inclina pas. Nous répondions d'une même voix, nous terminions ensemble les opérations, je me tournais vers lui, il me regardait, mordillant son crayon ou bien l'enfonçant dans ses cheveux noirs frisés. L'instituteur nous plaça côte à côte. Je me suis d'abord à demi couché sur le cahier, mon bras gauche l'entourant, pour qu'il ne copie pas et lui aussi faisait de son avant-bras un écran, puis il l'a retiré, a poussé sa page vers moi, au milieu du banc :

— Combien trouves-tu ? a-t-il murmuré.

Nous avons parcouru ensemble la ville. Il habitait Promenade des Anglais, au-delà de l'*Hôtel Impérial*, une villa dissimulée par des palmiers et des lauriers. J'entrais après lui dans les salons aux volets clos. Les meubles recouverts de housses blanches semblaient de grands animaux assoupis, et je chuchotais :

— Tu habites là ?

Une voix, au haut de l'escalier, qui répétait :

— Qui est-ce ?

Bernard répondait à sa mère que j'apercevais, tassée, un châle sur ses épaules, des cheveux gris relevés en chignon. Elle caressait le visage de Bernard en me regardant.

— Vous êtes son ami ? Il vous aime beaucoup.

Nous nous sommes assis autour d'une table de marbre dans une cuisine au plafond haut, et la mère de Bernard devant la cuisinière, sous la hotte de verre, paraissait encore plus petite, fragile, cependant qu'elle préparait le thé. J'ai eu la certitude en la voyant ainsi de dos, maladroite, appelant Bernard à son aide, qu'ils étaient menacés, plus pauvres que moi, malgré l'accent des riches, leur villa, l'écharpe et les chaussettes à carreaux. J'ai osé conduire Bernard dans la cour de l'*Hôtel Impérial*. Mon père remontait de l'atelier, s'essuyait les mains à sa blouse.

— En classe, Roland, il s'en sort ? demandait-il.

J'entraînais Bernard, nous courions le long de la grève, nous nous accrochions aux poutrelles d'acier du Casino de la Jetée-Promenade, nous allions jusqu'au port, nous aventurant sur les blocs de ciment, cubes gris jetés en avant de la digue du phare. Je montrais les bureaux de l'entreprise Carlo Revelli, je disais « c'est l'oncle de mon père, c'est le plus gros entrepreneur », mais Bernard se désintéressait.

— Mon père, commençait-il.

Il s'interrompait, nous revenions vers la ville, par la rue Saint-François-de-Paule, je rentrais dans la cour de la maison Merani, j'expliquais, puis comme nous nous approchions de la place Masséna, nous les entendîmes.

Depuis, j'ai recherché la date. Je sais que c'est le 5 octobre 1940, que Bernard et moi avons vu, devant le Casino municipal, cette foule d'hommes qui occupait la chaussée, le terre-plein central, leurs bérets noirs, leurs drapeaux, le portrait de Pétain, ses couleurs pâles, rose de la peau, marron délavé de l'uniforme, et tricolore presque estompé, accroché à la façade. Des haut-parleurs, bouches rondes de part et d'autre du balcon, hurlent des noms, *Darnand, Merani,* des phrases, *révolution nationale, la légion des combattants.*

Je me souviens de la chevalière aux initiales gravées que je regardais à Gairaut.

Sur la place, ils chantent la Marseillaise, un drapeau monte, une voix crie : *Maréchal nous voilà !*

Nous nous éloignons, nous courons dans les jardins, rejoignant enfin le bruit de la mer, la Promenade.

— Tu sais, dit Bernard, nous sommes juifs. Les Allemands ont arrêté mon père à Paris. Nous, on est venus ici pour ça.

J'ai répondu :

— Mon père aussi, ils l'ont arrêté.

Nous avons repris notre course, nous sommes descendus sur la plage et ensemble nous avons lancé des galets qui dessinaient sur l'eau des cercles qui se confondaient.

6

La guerre m'a appris des mots. Aujourd'hui encore, alors qu'elle n'est plus qu'un souvenir d'enfance que je reconstitue, il en est qui sont comme des cicatrices neuves. La peau se tend autour. Il suffit de la page d'un journal, papier gris des temps de restriction, l'encre déborde des caractères, un titre noir : *Le Petit Niçois* ou *L'Éclaireur de Nice et du Sud-Est.* Je déploie lentement le journal mais la pliure est trop ancienne, elle est devenue coupure comme une plaie qui, au lieu de se refermer, s'est ouverte, envenimée. Je lis pourtant ces lettres rongées : *Les Allemands ont pénétré profondément ce matin dans le territoire de la Russie soviétique. Le Führer, dans une proclamation au peuple allemand... Déjà des milliers de prisonniers...*

Gustav Hollenstein, ce journal à la main, avait traversé la cour, interpellé ma mère :

— Votre mari est à l'atelier ?

Elle faisait un signe d'ignorance.

— Les Allemands ont attaqué la Russie, continuait Hollenstein, je descends le voir.

Depuis, il avait pris l'habitude de retrouver mon père. Il s'asseyait le dos à l'établi, il offrait une cigarette. Mon père la coupait en deux.

— Pour plus tard, disait-il.

Hollenstein présentait à nouveau le paquet :

— Prenez-en trois ou quatre, Revelli.

Mon père hésitait et je n'aimais pas cette manière gauche qu'il avait de saisir le paquet, de faire glisser les cigarettes dans sa paume, de remercier.

Je quittais l'atelier, mais je ne m'éloignais pas, je m'installais dans l'ombre de la cave, assis sur une caisse, j'attendais.

— Alors Revelli, reprenait Hollenstein, ces événements, vous croyez que les Russes vont tenir, qu'est-ce que vous en pensez ? Vous avez écouté Londres ?

Mon père, parfois, fermait la porte de l'atelier et je restais dans le silence, imaginant.

Londres : l'un de ces mots de la guerre, une fable à soi seul que je me répétais. Mais il en était d'autres.

Les *Allemands,* disait Hollenstein...

Je n'entendais plus rien, ils pénétraient dans les caves, aux aguets, casqués, leurs manches retroussées, doigts crispés sur l'acier des armes, tels qu'ils apparaissaient sur la couverture des magazines. J'avais envie de lever les bras, de m'approcher d'eux, soldat qui se rend, mais j'aurais jeté ma grenade comme un partisan, comme un juif du ghetto, casquette d'homme sur visage d'enfant, manteau trop long battant les mollets nus, musette dont la sangle serre les épaules.

Juif, un mot qui couvrait les façades de certaines boutiques. *À bas les juifs.* Il est imprimé à la première page des journaux que j'ai sous les yeux. Je lis :

Sus au métèque. Il choque la vue, il donne à Nice cette allure de ville où tout peut se faire et l'on s'étonne qu'on tolère encore la présence de ces parasites. Ces personnes émigrées ou expulsées de leur pays constituent un danger pour la tranquillité et l'ordre public. À notre avis, on pourrait beaucoup plus utilement les grouper dans des camps et les employer à des travaux d'intérêt national.

Monsieur Baudis se penchait vers ma mère assise près de lui dans un fauteuil, sur la Promenade des Anglais.

— Vous avez lu ce qu'écrit *Le Petit Niçois* à propos des juifs ? disait-il. Ils ont soi-disant un statut, qu'attend-on pour l'appliquer ?

Il regardait sa femme, s'adressait à un ami, installé sur une chaise longue.

— On ne va plus pouvoir respirer ici cette odeur de youpin.

Il riait.

Je courais jusqu'à la villa de Bernard. Je sifflais dans l'espoir de le voir pousser les volets, mais il avait déménagé, quitté l'école.

— Tu sais, les juifs, m'expliquait ma mère, avec

eux on ne sait rien ; il n'y a qu'entre eux qu'ils se soutiennent. Ils n'ont pas tort. Hollenstein, le directeur, c'est un juif.

Juif. Elle prononçait le mot avec mépris et respect. Je regardais mon père.

— Ton copain Bernard, disait-il. Il fait pas ce qu'il veut en ce moment ; moi aussi j'ai des amis que je ne vois plus.

Il partait vers l'atelier, je m'apprêtais à le rejoindre mais ma mère m'agrippait.

— Toi, reste là, disait-elle.

Je le suivais des yeux par la fenêtre pendant qu'elle marmonnait :

— S'il n'en a pas assez fait, ça le regarde, mais s'il arrive quelque chose, ce n'est pas moi qui le plaindrai.

J'essayais alors de rassembler tous les indices et le premier c'était l'expression de mon père, plus calme, plus grave, sans cette crispation qui plissait tout le visage et le vieillissait. Il me semblait que je reconnaissais l'homme d'avant, celui qui m'entraînait dans une ronde autour de la table, chantait.

Malgré les protestations de ma mère il avait descendu le poste de T.S.F. à l'atelier. J'avais aimé qu'il ne cède pas et je ne m'étais pas ligué contre lui, avec elles, ma mère, ma sœur.

Je guettais ces silhouettes qui s'avançaient au centre de la cour, hésitaient, puis se dirigeaient vers l'atelier. J'apercevais Antoine. Il ne frappait pas à notre porte, repartait, un cageot sous le bras.

Il y eut la visite de cet homme que ma mère refusait de laisser entrer, elle avait à peine entrouvert la porte.

— Je ne sais pas, répétait-elle.

— Voyons, madame Revelli, vous me reconnaissez, Jean Karenberg (moi, je le reconnaissais, maintenant), je venais rue de la République. Je ne vous demande rien. Dites-moi simplement à quelle heure je peux voir votre mari ?

Elle faisait non de la tête.

— Je ne sais pas, disait-elle encore.

L'homme enlevait ses lunettes, les essuyait lentement.

— Je réussirai à le rencontrer. Alors pourquoi ?

Elle claquait la porte. Elle s'en prenait à moi parce que j'étais près d'elle et qu'elle me heurtait.

— Je les connais. Ils savent que ton père est un mou, qu'il se laisse faire. Ils vont lui demander... et moi, je resterai avec vous. Des égoïstes, mais...

Je m'étonnais du ton nouveau de leurs disputes. Ils parlaient à voix basse, la déformation de la bouche indiquant seule qu'ils voulaient crier, mais qu'ils avaient peur que Christiane et moi, ou peut-être quelqu'un dans la cour, les entende.

— C'est comme ça, disait tout à coup mon père. Fais ce que tu veux. Tu as tes parents, va là-bas.

— J'irai, j'irai.

Un soir, dans l'escalier, près des caves, j'ai reconnu Rafaele Sori qui me clignait de l'œil.

— Allez file, file, disait-il.

J'avais atteint notre porte quand mon père me rejoignait, me prenait par la main, m'entraînait vers la Promenade et nous nous dirigions vers ces fines zébrures violettes qui, au-dessus de l'Estérel, marquent l'automne et le soir.

— Tu l'as vu, Rafaele ? (Il posait sa main sur ma nuque.) Tu dis rien à maman. C'est la guerre, tu comprends ? Si on le sait, on peut arrêter Rafaele.

— Toi aussi ?

— Moi aussi.

— Elle veut qu'on t'arrête ?

Il me rassurait en me tapotant l'épaule.
— Tu parlerais à Christiane si tu savais où est ton copain Bernard ?
Nous étions face à face. Il me souleva, m'asseyant sur la balustrade, le dos à la mer. J'étais ainsi plus grand que lui.
— D'accord camarade ?
Il me serra la main.
Ainsi commença notre réconciliation, par la guerre, par un mot de ce temps-là, *camarade*.

Ma mère a vite perçu que j'avais cessé d'être son allié inconditionnel. Je ne haussais plus les épaules en même temps qu'elle. Mon père avait une façon de me dire « ça va Roland ? » qui ne la trompait pas. Elle fit alors de Christiane sa complice. Je n'étais plus Roland son fils. Elle disait :
— Ton frère, il mangerait tout, ne le laisse pas faire, c'est un égoïste, comme tous les hommes.
Elle fermait les placards à clef et la faim me tenaillait.
Je cherchais dans la ville le long des boulevards, au nord, les caroubiers, et je mâchais lentement ces longs fruits bruns qui ressemblaient à des fèves. Je sautais les barrières pour arracher des oranges maigres et odorantes que je plaçais, humides, contre ma poitrine, sous ma chemise. En classe, j'échangeais, contre des livres que je volais à l'*Hôtel Impérial* dans les bibliothèques du salon aux colonnes, les biscuits vitaminés qu'on distribuait après les récréations.
J'avais faim parce que le litre d'huile valait mille francs d'alors, que la région niçoise était pauvre, les transports difficiles.
J'avais faim parce que je grandissais comme une plante malade qui pousse en hauteur.
La faim et la guerre m'apprenaient la rapine, la

resquille, le troc, la duplicité. J'apportais, après les avoir rapidement lus, les gros volumes rouges à la tranche dorée que je n'osais pas montrer en classe à un vieux bouquiniste qui posait sa main sur ma cuisse avant de me tendre un billet.

Je cherchais dans les caves les bouteilles vides, qu'on me payait quelques francs quand je les posais sur le comptoir des épiceries. J'achetais des galettes noires qui donnaient soif, dont la croûte était sèche et le cœur gluant. Je les mangeais seul, assis, face à l'*Hôtel Impérial* sur la Promenade et c'est de là qu'un après-midi j'ai vu les voitures aux roues jaunes s'arrêter devant l'entrée.

Des hommes armés de gourdins prenaient place sur les marches ; d'autres, qui sautaient d'une camionnette garée dans la rue perpendiculaire à la Promenade, bondissaient dans l'hôtel, en criant : « À bas les youpins, à bas les métèques. »

La porte à tambour tournait sur elle-même, manège d'où surgissait bientôt Gustav Hollenstein, les mains sur le visage ; les gourdins se levaient, il glissait sur l'escalier de marbre, je voyais les pieds des hommes armés dans leur mouvement saccadé que le corps de Hollenstein interrompait.

Un vieux client que j'avais aperçu était projeté à son tour dans la lumière dure du soleil, il hurlait « je suis un invalide de guerre » et des coups de gourdin écrasaient les mots sur la bouche en une traînée rouge. Une femme encore, jetée à terre, traînée sur le trottoir.

Près de moi, le silence de quelques badauds groupés, d'autres le visage tourné vers la mer restaient immobiles, la peur sur leur nuque.

J'ai traversé la chaussée, je me suis approché, j'avais envie de voir comme une faim insatiable. Je suis passé entre les hommes des voitures, les dévisageant, puis je suis entré dans la cour et là j'ai couru jusqu'à l'atelier.

Les lumières étaient éteintes, mais il me semblait reconnaître l'odeur de tabac. Mon père était là, j'en étais sûr.

Je chuchotais :

— Papa, papa.

Il m'a saisi par le bras dans le noir.

— Remonte, tu me diras quand ils seront partis.

À la nuit, j'ai marché devant le couple que mon père avait caché dans les caves de l'hôtel durant la rafle, je me retournais quand la rue était libre et seulement alors ils avançaient.

Place Masséna, la femme m'a tendu un billet plié et ils ont disparu sous les arcades. J'ai regagné l'*Hôtel Impérial*.

À table, ma mère parlait avec une fébrilité anxieuse.

— Ils les ont tous pris, disait-elle, tous, même Hollenstein, et tu sais, tu sais qui j'ai vu ? Katia, Katia Hollenstein, je t'assure, elle ne pleurait pas, ah ! non, elle n'a pas fait un geste, c'est elle, j'en suis sûre. Si Carlo Revelli n'avait pas tout racheté, elle aurait tout maintenant, tout, mais tu verras, elle saura se débrouiller, celle-là...

Je sentais ma mère effrayée et admirative.

— C'est le P.P.F., disait à voix basse mon père, les types de Darnand ou de Merani. Ils en ont pris dans toute la ville, à la synagogue.

Il se levait, lançait à ma mère :

— Tu raconteras ça à ton Monsieur Baudis, il sera content.

Il ouvrait la porte. J'ai aperçu Bernard Halphen debout dans l'embrasure, je reconnaissais le cartable qu'il tenait devant lui, qui masquait les genoux. Il avait maigri, avait des cernes bruns sous les yeux et les cheveux étaient coupés presque ras, sans une boucle.

— Ils ont pris ma mère, a-t-il dit. Je suis tout seul.

Mon père a entraîné Bernard dans la pièce, et a poussé la porte derrière lui.

7

J'ai mis en ordre le passé. J'ai tracé en lui les larges avenues de la compréhension. Je peux donner un sens aux actes, un nom à ces silhouettes qui traversaient prudemment la cour de l'*Hôtel Impérial*, Barnoin, Bartoli le mécanicien, Alexandre Revelli qui descendait de Saint-Paul, appuyait son vélo près de notre fenêtre, me tendait une caissette remplie de fruits, des mandarines ou des figues, puis se dirigeait vers l'atelier. Venaient souvent mon oncle Antoine, Rafaele Sori qui se faisait appeler alors François Rossi, Jean Karenberg dont le nom de guerre était Jean Serge. Je sais que mon père tirait sur une vieille machine de l'hôtel des tracts pour la Résistance, que Lebrun, avec l'aide d'une femme de chambre, photocopiait les documents que les Allemands et les Italiens de la Commission d'armistice recevaient de Berlin ou de Rome.

Tous craignaient Katia Hollenstein qui était redevenue Katia Lobanovsky depuis que son mari avait disparu, poussé dans une voiture basse, enfermé dans l'un de ces camps que gardaient des gendarmes français.

— Elle est montée à Saint-Paul, expliquait Alexandre. Nous étions chez Sam, elle l'a menacé :

« Je connais les juifs, criait-elle. Je vous ai supportés, maintenant, fini, fini. » Elle en voulait surtout à Hollenstein d'avoir tout vendu à mon père, une folle. Elle est capable de dénoncer Nathalie ou Sam, n'importe qui.

Katia arrivait en vélo-taxi devant l'entrée de l'hôtel, grand chapeau, jupe à amples plis, chaussures à haute semelle, bras nus. Elle croisait un officier de la Commission d'armistice qui s'inclinait en claquant les talons, s'arrêtait au centre du hall. C'est là que je l'apercevais alors qu'elle appelait le portier, mon père parfois parce qu'une des lampes dans les rosaces ne s'allumait pas.

— Qu'est-ce que vous faites, Revelli ? De la politique je parie ? Attention, je vous dis attention.

Elle entrait chez nous accompagnée d'un nouveau chef du personnel, faisait face à ma mère :

— Madame Revelli, conseillez à votre mari de rester tranquille, n'est-ce pas ? Je veux bien le protéger. Vous, je vous aime bien, mais les Revelli, non, même Violette. Qu'est-ce qu'ils croient ? Quand je pense que Gustav, cet imbécile... Ils m'ont dépouillée, mais nous allons revoir ça, croyez-moi. Je n'ai pas l'habitude de me laisser faire.

Nous étions, Bernard et moi, assis sur mon lit, immobiles ; Katia s'avançait, nous regardait à peine.

— Plus tard, quand j'aurai repris l'hôtel, qu'il sera à moi, je vous donnerai quelque chose de mieux, un appartement plus grand, disait-elle à ma mère.

J'entendais son pas qui s'éloignait dans la cour.

— Il ne peut plus rester ici, il ne peut plus, murmurait ma mère.

Bernard se levait, passait devant elle qui le retenait.

— Attends, attends, disait-elle à Bernard.

Ma mère s'habillait, revenait dans ma chambre, parlait vite :

— Tu vas voir, disait-elle, tu seras bien là-bas, mes parents sont bons tu sais, demande à Roland ?

J'ai appris de la guerre d'autres mots, indifférence et lâcheté.

Déjà j'avais vu les visages inexpressifs des badauds, ces hommes qui, dans leur fauteuil, restaient face à la mer, cependant que dans leur dos, sur les marches de l'*Hôtel Impérial*, on écrasait d'autres visages. Maintenant j'entendais mon grand-père Raybaud qui ne nous avait même pas fait entrer dans son salon :

— Tu sais ce que tu fais ? Ce que tu me demandes ? répétait-il à ma mère.

Il dénouait et renouait les cordons de sa veste d'intérieur dont il avait relevé le col. Il ne nous regardait pas, Bernard et moi, il secouait la tête.

— Non, non, ce n'est pas possible, nos voisins ici, tout de suite ils comprendraient. La rafle, tout le monde en a parlé. Il a bien des parents quand même ? Enfin ils ont toujours des parents, toujours.

C'est moi qui ai ouvert la porte. J'avais honte, même s'ils ne s'appelaient pas comme moi, même si je ne les aimais pas.

Ma mère continuait de parler avec son père, j'écoutais ses derniers mots :

— Bien sûr, tu as raison papa, disait-elle, pour Roland et pour Christiane il vaut mieux. Les siens d'abord, surtout en ce moment. Mais tu imagines Dante, ce qu'il va dire, avec ses idées ?

J'ai poussé Bernard dehors et j'ai couru sachant qu'il me suivrait parce que nous avions souvent mêlé nos souffles, nos pas, que l'un prenait le rythme de l'autre et je n'entendais déjà plus ma mère hurler :

— Roland, Roland, qu'est-ce que tu fais ? Tu es fou.

Je prenais la rue Barla, le pont sur le Paillon sans savoir où je le conduisais. Je sautais sur le marchepied d'un tramway, je tendais la main à Bernard, nous roulions vers Cimiez et je descendais en marche, notre course renaissant de l'élan.

Je m'accoudais au parapet, au-dessus de la voie de chemin de fer, je m'imaginais bondissant sur le toit d'un wagon et Bernard derrière moi. Je regardais. La ville était partagée par la voie, la verrière de la gare où jouaient les rouges et les ors de la lumière d'été. Je reprenais ma respiration et la phrase est venue :

— On va chez ma tante Violette, elle, tu verras.

Cimiez était une colline désertée, villas à la dérive dans des jardins en friche, grilles rouillées comme des ancres échouées, on mesurait le vide et l'espace au silence du boulevard, que Bernard se mit tout à coup à briser :

Maréchal nous voilà
Devant toi le sauveur de la France

J'ai repris le refrain marchant au pas près de lui, bras tendus comme à la parade, sur le trottoir qui se déroulait, vide.

Je savais que Violette avait quitté Saint-Paul, l'atelier de Sam Lasky pour Cimiez.

Un dimanche, en revenant de chez Carlo Revelli, nous nous étions arrêtés chez elle avec mon père. Un grand appartement au rez-de-chaussée d'une villa, des arbres dont les branches basses paraissaient entrer dans les pièces, le berceau de Vincent sous une véranda et Violette qui lisait à une vieille dame.

— Miss Russel, expliquait-elle, une Anglaise, elle est trop âgée pour rentrer, elle ne craint rien. J'étais ici, avant d'aller chez Sam, je suis revenue.

Miss Russel riait, s'appuyait des deux mains à sa canne, des dentelles blanches s'échappant de ses vêtements noirs. Elle montrait le berceau de Vincent :

— Elle est revenue, avec le petit miracle en plus.

J'ai retrouvé la villa. Je ne me souvenais pourtant ni de son nom ni de celui de la rue, mais je n'avais pas oublié une allée bordée de palmiers et j'aimais déjà la noblesse bienveillante de ces arbres ; j'avais ramassé une poignée de dattes au pied de leur tronc, fruits sans pulpe à la peau sèche collée à un noyau blanchâtre.

La villa était au bout de l'allée, ma tante ouvrait elle-même, son fils dans les bras, elle nous dévisageait :

— Ton père ? me demandait-elle.

— C'est mon ami, il faut qu'il vive avec toi.

De la main gauche, elle prenait la nuque de Bernard.

— Un grand garçon, disait-elle, qu'est-ce que tu racontes ?

J'avais le sentiment d'avoir changé depuis que je m'étais enfui. Moins d'une heure cependant, mais je découvrais qu'agir transforme. Je saisissais la main de ma tante, je fermais la porte. Je murmurais :

— Il est seul. Maman ne veut plus. Ils ont pris sa mère, l'autre jour, le jour du directeur de l'hôtel.

Ma tante me donnait Vincent à porter, elle se baissait, posait ses deux mains sur les joues de Bernard, le regardait longtemps, puis :

— Tu vas voir, disait-elle, je vais si bien t'installer ici que Roland sera jaloux.

Bernard, mon ami, dont le visage, depuis le soir où je l'avais vu devant notre porte, paraissait immobile, les paupières seules de temps à autre par leur mouvement rapide et instinctif disant l'émotion, s'est tout à coup mis à grimacer, le menton pris d'un tremblement, la bouche déformée. Il a baissé la tête, s'est jeté contre le corps de ma tante pour y dissimuler ses sanglots.

Je suis parti avant qu'il ne redresse la tête, ma tante prenant Vincent que je lui tendais, me murmurant :

— Ne t'inquiète pas, Roland, je garde ton ami avec moi.

Tout le long du boulevard de Cimiez j'ai sauté, un pied, l'autre, et mon corps semblait rebondir, l'élan, la descente, je m'accrochais à un platane, je franchissais un banc, prenais par les larges escaliers qui conduisent au centre de la ville et je continuais de sauter. Je m'arrêtais avenue de la Victoire devant le centre de propagande de la Révolution nationale. Pétain me faisait face dans la vitrine, fleurs et drapeaux autour du vieillard patelin. J'entrais.

Déjà plusieurs fois j'étais venu avec Catto, le fils du concierge, mais cette fois-ci j'avais l'audace que donne la réussite. Je choisissais des brochures, les plus épaisses, à la couverture glacée marquée de la francisque d'argent. Je passais entre les rayons, je paraissais attentif aux photos du Maréchal debout dans le jardin de sa propriété de Villeneuve-Loubet, je surveillais les messieurs en béret qui parlaient entre eux.

— Darnand et Merani me l'ont répété mot à mot, disaient-ils, Pétain les a reçus à Villeneuve-Loubet, il leur a dit : « Dénoncez les ennemis de l'ordre nouveau en vous inspirant de ma formule : je n'aime pas les juifs, je déteste les communistes, je hais les francs-maçons. » Voilà mon cher, mot à mot, voilà.

Je glissais ma main vers les écrins, mes doigts rencontraient ces francisques d'argent, ces casques gaulois que les légionnaires portaient à leur boutonnière, je me baissais, je les plaçais dans mes chaussettes, puis j'avançais vers les messieurs, je les interrompais :

— S'il vous plaît, Monsieur, je peux avoir cette photo du Maréchal, s'il vous plaît ?

Ils me donnaient, généreux et bienveillants, des cartes postales. Alors seulement je sortais, je me dirigeais lentement vers le boulevard Victor-Hugo et là, sous les platanes que commençait à secouer le vent du soir, je courais à perdre haleine, serré par la peur et la joie. J'entrais dans l'une de ces maisons somnolentes, vieilles rentières immuables, je sonnais aux portes de chêne à deux battants, je présentais mes revues, mes francisques, je disais :

— C'est pour le Maréchal, vous donnez ce que vous voulez.

Les bonnes appelaient leurs maîtresses. J'attendais dans des antichambres où les glaces décorées réfléchissaient les lustres de cuivre ou de cristal.

Parfois je devinais les soupçons :

— Mais qui t'envoie ?

— L'école, Madame. C'est pour le Maréchal.

Avais-je appris à sourire ou bien l'instinct des pauvres accumulé en moi m'avait-il légué cette fausse candeur qui les trompait si bien ? J'avais bientôt les poches pleines de monnaie frappée de la francisque, de billets.

J'achetais mes galettes noires et je rentrais à l'hôtel.

J'ai aperçu mon père qui m'attendait devant l'entrée de la cour. Il s'avançait jusqu'au milieu de la rue, regardait dans les deux sens, mais je m'étais dissimulé dans une porte, par jeu, parce que la guerre, ces bandes d'Actualités toutes déchirées de rafales et des hurlements des avions qui piquaient vers les routes, m'avaient enseigné qu'il faut surprendre, bondir quand l'autre se tourne, se coucher à nouveau derrière un repli du terrain, et j'avançais ainsi vers mon père en franc-tireur, de porte en porte. Je me suis précipité vers lui, entourant ses jambes, criant :

— Tu es mort, tu es mort.

Il se dégageait brutalement, me secouait, me giflait, criait :

— Où étais-tu, imbécile, des heures que tu t'es enfui, où étais-tu ?

Trahi par mon camarade. Il se calmait, m'expliquait.

— Tu es parti avec Bernard, comment veux-tu qu'on sache ? (Il baissait la voix.) Où est-il ?

J'inventais — pourquoi ? — une rencontre inattendue avec Violette dans la rue Barla. Elle avait voulu garder Bernard chez elle, j'avais été obligé de les accompagner.

— Il est là-bas ?

Ma mère, comme nous entrions, marchait vers moi, la main levée : « Salaud, salaud. » Un mot qui salissait sa bouche, dont elle me souffletait pour la première fois, et je la défiais, la méprisant si fort qu'elle baissait le bras, se mettait à pleurer, répétait :

— Ils me feront crever.

Mon père essayait de la calmer.

— Assieds-toi, disait-il. Il est là, il n'a rien. Son ami est chez Violette. Ça s'arrange bien.

Elle se secouait comme si, parce que mon père la touchait, elle avait eu le corps couvert d'insectes.

— C'est toi, c'est toi, avec tes idées, toi, criait-elle.

Christiane, debout sur le seuil de sa chambre, balançait au bout de son bras, la tenant par un pied, sa poupée blonde et tout à coup elle la jeta sur moi.

8

J'étais le gardien d'un secret. Je ne trahirais pas. Il me semblait être suivi. Je tournais le coin d'une rue, je m'élançais avant qu'on me rejoigne et je butais parfois contre ces sentinelles, maigres soldats aux vêtements sombres, leur fusil armé d'une longue baïonnette, miliciens à peine plus âgés que les plus grands de notre école.

L'un d'eux, après la garde, venait dans le jardin où nous jouions, Catto, Marcel, moi, des filles, Danielle, Julia, Monique et d'autres adolescents du quartier, Paul, Julien.

Il s'approchait de nous. Nous étions assis sur le bord des pelouses prêts à nous disperser quand nous apercevrions le gardien, nous dissimulant dans les tranchées de la défense passive et j'en connaissais les détours, les coins reculés, j'y entraînais Julia, Danielle ou Monique. Nous nous collions à la terre humide et fraîche, nos mains se rencontrant dans l'obscurité, et nous chuchotions :

— Tu crois qu'il nous voit ?

Nous nous enfoncions encore et nous entendions leurs appels :

— Roland, Monique.

Elle se mettait à courir dans la tranchée vers les marches de rondins et la lumière qui me rendait ses cheveux blonds.

Le milicien, les mains passées dans le ceinturon, s'arrêtait devant nous qui nous taisions.

— On va partir se battre en Russie, disait-il. Je vais vous montrer.

Il dégrafait l'étui de son revolver. Nous nous levions tous, nous approchant de lui. Il sortait l'arme, faisait jouer le chargeur, le cran d'arrêt, une à une il glissait les balles dans sa paume et nous donnait l'arme pour que nous la soupesions.

— Avec ça, à cent mètres, je fais éclater la tête, comme je veux.

Il reprenait le revolver, tendait son bras dans la direction d'un vieillard assis sur un banc.

— Chiche, on le descend ?

Nous nous écartions, il riait, replaçait les balles, le chargeur, fermait l'étui, et s'éloignait vers l'hôtel de la Milice proche du jardin.

— Si on t'arrêtait, disait Julia, tu trahirais ?

Je prenais un caillou au bord tranchant comme une lame, je traçais une ligne droite sur mon avant-bras, j'enfonçais, je déchirais la peau jusqu'à ce que le sang perle. Je ne trahirais pas. Ils pouvaient me lier les mains derrière le dos, mon visage pouvait prendre ce teint livide qu'on voyait aux *terroristes,* paupières gonflées, pommettes tuméfiées, leur chemise échancrée sur le cou, et la corde était là, devant eux, à hauteur de gorge.

En Ukraine, sept bandits, des terroristes coupables d'avoir assassiné trente-huit personnes après les avoir torturées dans des conditions particulièrement atroces, ont été condamnés à mort par un tribunal militaire allemand et vont être exécutés en présence de la population du village qu'ils rançonnaient.

Je n'écoutais plus le présentateur des Actualités, je sortais du cinéma, j'hésitais ébloui par le soleil frappant directement la chaussée de plein fouet car cette année-là on avait élagué les platanes, et l'état brûlant, le souvenir de ces visages — et l'un, je m'en persuadais, ressemblait à celui de mon père, quand il ne se rasait pas, les joues grises —, ma résolution, la faim peut-être aussi et la peur, me faisaient chanceler, j'étais sûr de m'évanouir, et j'imaginais qu'ils seraient là autour de la civière, m'interrogeant :

— *Où est Bernard Halphen, quel est son nom ?*

Maintenant, Bernard s'appelait Revelli, comme moi.

Nous étions, avec mon père, montés chez son oncle Carlo. Pluie du début novembre, quand il semble que jamais elle ne cessera — et il suffit pourtant d'une heure parfois — qu'elle étouffe l'horizon.

Nous étions dans la cuisine, au bas de la maison, Carlo assis devant la cheminée, les pieds proches du feu et, avec sa canne, d'un mouvement résolu, il repoussait les bûches dans le foyer. Sa femme, Anna, servait du café à Violette et Nathalie ; Alexandre et mon père se tenaient l'un et l'autre penchés en avant, dans la même attitude, les avant-bras posés sur les cuisses, les yeux dans le feu. Bernard et moi cassions des noix. Les cheveux de Bernard recommençaient à boucler et souvent, alors qu'il venait d'ouvrir une noix, il tirait sur ses mèches noires, fixant la noix brisée.

J'écoutais Carlo Revelli, je voyais sous le bord large de son chapeau les cheveux blancs.

— Pour le gosse, les papiers, c'est grâce au maire et à l'évêque.

Il faisait un geste à Anna qui lui tendait une enveloppe. Il la donnait à mon père :

— Voilà, continuait-il, il s'appelle Revelli, c'est comme si Violette avait eu un fils de plus. Tu vois Dante, le maire, tous ces gens que tu critiquais, finalement, ils t'aident.

Mon père confiait l'enveloppe à Violette, qui lisait l'extrait de naissance, le certificat de baptême, classait les cartes d'alimentation, venait les poser entre nous, sur la table :

— Vous les enfants, disait-elle, vous comprenez ? Toi Bernard, tu t'appelles Revelli, comme Roland et toi (elle caressait ma joue), Bernard c'est ton cousin. Tu sauras garder ce secret ?

— Tes amis, continuait Carlo, eux aussi, on les en a sortis.

— C'est toi oncle, d'abord, répondait mon père.

— Moi, si tu veux. Ça sert en somme d'être riche, non ? Même pour tes idées ?

Deviner, être à l'affût d'un mot, d'une allusion, cela la guerre me l'apprenait.

Plus tard je sus que Jean Karenberg et Rafaele Sori avaient obtenu de faux papiers par Carlo Revelli, qu'il les avait embauchés sur l'un de ses chantiers : Jean Karenberg était devenu comptable ; Rafaele Sori n'avait eu qu'à reprendre son métier de plâtrier.

Carlo s'appuyait sur les bras du fauteuil, se redressait, venait vers nous et je n'osais pas affronter son regard sous les sourcils blancs. Il prenait deux noix, les serrait dans sa main et elles s'écrasaient avec un bruit sec. Il ouvrait ses doigts, les morceaux de coquilles et de chair tombaient sur la table.

— Il est fort le vieux Carlo, hein les enfants ? disait-il.

— Ce qui m'inquiète, disait brusquement Nathalie. Il faut que je vous en parle, parce que depuis qu'ils ont pris mon père, je ne peux pas m'empêcher de penser, j'ai peur de Katia. Katia, elle vous en veut. Mon père, je suis sûre que c'est elle, elle l'a dénoncé, elle voulait l'hôtel, et comme il est à vous, maintenant.

Nathalie se rapprochait d'Yves. À la manière dont elle surveillait son fils, se précipitait dès qu'il montait sur une chaise, qu'il courait, je découvrais son anxiété, un autre fruit de la guerre. Alexandre rejoignait sa femme, la serrait contre lui et elle posait la tête contre sa poitrine, Yves entre eux, elle, se mettant à pleurer sans bruit.

— Katia, commençait Alexandre, c'est vrai qu'elle est inquiétante.

— Sam, murmurait Violette, tu te souviens ? Ce dernier Veglione, juste avant la guerre, Sam nous l'avait dit, elle avait ce loup noir sur le front, je la revois. Elle m'avait fait peur déjà, ce masque de velours, une rage pour danser, une impatience, elle nous accusait, tu te souviens Nathalie, tu étais partie, toi aussi tu étais déjà inquiète.

Bernard et moi nous cessions de briser des noix. La guerre, sorcière, poussait vers nous les loups, peut-être étaient-ils à l'affût au haut de l'escalier, les hommes eux-mêmes les craignaient.

— Elle vit avec un type de la Milice, reprenait Alexandre, un adjoint de Darnand, Tricoux, un cagoulard qui en 37...

Il se tournait vers nous :

— Vous ne jouez pas, les enfants ?

Il ouvrait la porte sur le jardin.

— Il ne peut plus, courez un peu.

Nous sortions lentement, nous revenions nous coller à la porte parce que la nuit montait de la ville, qu'ils parlaient des loups, de cette guerre qui n'était pas qu'un jeu.

Un soir, rentrant du port avec mon père, je portais les deux cannes à pêche et il m'expliquait comment, pendant l'autre guerre, sur les côtes de Grèce, il suffisait de jeter un seau à la mer et de le remonter, pour prendre du poisson.

— On commençait par lancer du pain, racontait-il, on les voyait près de la coque. L'eau, ils étaient tellement nombreux, des bancs entiers, la mer tremblait. Elle devenait noire, argentée, alors on laissait descendre le seau, juste au milieu et on tirait, un coup sec, on en avait toujours.

J'avais senti brutalement sa main serrer ma nuque.

— Attends.

La voix étouffée.

En face de nous, à la hauteur du monument aux morts, ce barrage, des silhouettes avec leurs bérets, des brassards, et des rangs serrés de porteurs de torches qui s'ébranlaient. Nous les suivions de très loin, à une centaine de mètres d'un groupe d'agents cyclistes qui fermaient cette longue flamme sinueuse qui parcourait les rues scandant : *France ! France !*

— J'ai reconnu tous les cagoulards, disait mon père à Lebrun. Ils montaient aux arènes.

Lebrun, le lendemain, dans l'atelier, se penchait sur le journal, regardait la photo, ces hommes à genoux sur le sable, le bras droit tendu : *Êtes-vous prêt à tout moment et en tous lieux à obéir au chef sans discussion et sans réserve ?... Je le jure.*

Je les écoutais parler de Darnand, du Service d'Ordre Légionnaire, de la Cagoule. J'imaginais des bourreaux qui appuyaient leurs mains sur le manche de la hache, le visage recouvert d'une cagoule.

— Tricoux, continuait Alexandre, était à la cérémonie des Arènes, pour la fondation du Service d'Ordre de la Légion, avec Darnand, et ton beau-fils, papa (Alexandre se tournait vers Carlo puis vers Dante), car le mari de Mafalda, Dante ne le sait peut-être pas, c'est Charles Merani, un autre cagoulard d'ailleurs et l'adjoint de Darnand aussi.

Bernard et moi nous poussions la porte. Derrière chaque arbre, ils étaient là, miliciens, Allemands, masqués, le revolver à bout de bras. Alexandre essayait de nous renvoyer dans le jardin, mais Carlo levait sa canne :

— Laisse ces enfants, ou ils ne comprennent rien et ça n'a pas d'importance, ou bien ils comprennent, et si vous comprenez (il dirigeait sa canne vers nous) n'oubliez pas. Moi, je n'ai rien oublié, rien. Mon père se mordait les poings parce qu'il avait faim, on avait faim tout le temps, comme maintenant, mais c'était pas la guerre (il baissait sa canne), une guerre quand même pourtant.

Il respirait en plaçant sa main gauche ouverte sur sa poitrine :

— Toi et ta mère, reprenait-il en posant son chapeau sur l'un de ses genoux, en tendant sa canne dans la direction d'Alexandre, vous me critiquez pour ce mariage de Mafalda avec Charles Merani. Vous avez tort et vous aurez tort.

— Un salopard, dit Alexandre. Un jour, quelqu'un le descendra.

— Et qu'est-ce que tu veux que ça nous fasse ? (La canne tournoyait au-dessus des flammes.) Tu connais le contrat de mariage ? Même si on le juge, si on le dépouille de tout, même s'il divorce, tout est à Mafalda, tout. Il était pas si malin que ça, le vieux Merani. Le patron de Vincente, tu l'as connu Dante, tu es né dans sa maison, non ? Ah ! la rue Saint-François, je m'en souviens.

Il s'éloignait du feu. Nu-tête, le visage paraissait plus osseux, la forme du crâne à peine dissimulée par les cheveux blancs bouclés mais fins, si fins qu'ils me semblaient transparents.

— Vous Nathalie, vous avez peur de moi, continuait-il, parce que j'ai tout racheté à votre père et que la garce veut tout reprendre. Vous savez quel était le défaut de votre père ? Il croyait qu'un atout ça suffit. Hollenstein, votre nom, ça sent le riche de naissance, Nathalie. Et ça ne sait rien les riches. Moi, j'ai appris seul une règle, et simple vous savez. Tu entends Alexandre ? Toi Dante, aussi, et vous les gosses, vous êtes déjà assez vieux pour retenir ça : si on n'a pas tous les atouts, c'est comme si on avait rien. Tous les atouts et un couteau en plus. Alors seulement on peut jouer.

Carlo Revelli, quand il parlait, je ne pouvais plus le quitter des yeux. Entre les mots, il serrait les mâchoires et comme il était maigre, la peau usée, on imaginait les dents, le gonflement des gencives sur leurs racines.

Il abattait le poing sur la table :

— Et Charles Merani, il me sert maintenant. C'est lui qui va me défendre contre votre Katia.

Heureusement qu'il est milicien, tout ce que vous voulez. Je lui ai déjà dit, si vous me laissez dépouiller par Katia Lobanovsky, parce qu'elle a été un moment Madame Hollenstein, si elle me reprend l'*Hôtel Impérial* et l'*Hôtel des Îles,* que j'ai bel et bien achetés, qu'est-ce qui restera à Mafalda ? À votre femme, mon cher Merani ? Vous êtes mon beau-fils, et votre petit Robert, qu'est-ce qu'il aura ? Rien. Alors il court, Charles Merani, il va voir son ami Darnand, il calme Monsieur Tricoux. Et je suis tranquille, Nathalie. Tout ça, ça ira à Yves, à votre fils, à un petit Revelli. Et c'est pas ça qui m'empêche de dormir bien, c'est dedans. (Il se frappait la poitrine, toussotait.) C'est vieux, une vieille corde, tous les brins se défont, un jour ça casse.

Il remettait son chapeau, commençait à monter l'escalier.

— Tu les raccompagneras, Alexandre, avec la voiture. Vous, vous rentrerez à Saint-Paul demain.

D'un mouvement autoritaire de la main, il empêchait son fils de répondre.

— Demain matin. Tu verras pourquoi.

Violette s'asseyait entre Bernard et moi dans le fond de la voiture. Mon père, à genoux près de la portière gauche, vérifiait l'allumage du gazogène, et nous commencions bientôt à descendre moteur coupé, vers Cimiez.

— Ce débarquement, disait Alexandre, si la flotte rejoint l'Algérie, l'Afrique du Nord aux mains des Alliés, ça change tout, ici aussi ça peut basculer, même Pétain, il peut s'entendre avec de Gaulle.

Les oliviers, les platanes glissaient de part et d'autre de la route, au-dessus de la ville noire comme un lac pris dans de hautes falaises qui se soudaient au ciel nuageux.

— La marine, dit mon père, je les connais les officiers, droite, extrême droite. (Il avait la voix que j'aimais, forte et sûre, il commençait à raconter.) Mon pacha... Tu sais ce que ça veut dire, Roland ?

J'étais fier de la question. Il me désignait comme son fils.

— Le commandant de ton bateau.

— Le commandant du *Cavalier*, de Jarrivon, celui qui nous en a fait donner en 19, à moi et aux camarades, pour quelques années, à casser du caillou, tu sais ce qu'il est ? Dans l'état-major de Darland, le grand ministre du Maréchal. Vichy c'est les amiraux, alors la flotte.

— Ils vont nous occuper, dit Violette (elle se penchait vers Alexandre), c'est peut-être ce que voulait dire ton père pour demain. Carlo Revelli, il est toujours averti. Aux studios, depuis que les Américains ont débarqué en Afrique du Nord, on ne parle que de ça, si ce sont les Italiens qui viennent...

— Presque la famille, dit Alexandre.

Nous roulions dans l'allée de palmiers qui conduisait à la villa de Violette. Ma tante se pencha :

— Roland, tu te souviens, Bernard, c'est ton cousin. Il s'appelle Revelli. Tu gardes le secret ? Toi aussi.

Elle poussait Bernard vers moi :

— Embrassez-vous les cousins, dit-elle.

Nous nous donnions l'accolade, comme des hommes.

9

Mes souvenirs se sont mêlés, je déroule ici le temps de ma mémoire, peut-être ce milicien dont le nom me revient ne s'avançait-il vers nous dans le jardin que plus tard ?

— Toi, disait-il, toi, approche ici, toi, le plus grand.

Je quittais les autres, Catto, Paul, Julia, je marchais vers lui, je regardais autour de moi, j'allais devoir m'enfuir, sauter, courir derrière une haie.

— Toi, tu t'appelles comment ?

Il plaçait le canon de son pistolet sur ma nuque.

— Revelli, c'est pas français, ça ! Tu es pour la milice ?

Je n'avais ni courage ni peur. J'étais un sac de terre comme ce jour où une bande venue de Babazouk m'avait saisi. Nous étions des groupes de gosses rivaux, nous avions des filles, Monique, Danielle, Julia, nous nous rassemblions à une extrémité du jardin, nous possédions nos tranchées, nos pelouses, nous répétions nos rites.

— Roland, me disait Julia, tu es un soldat de ma garde, mon mousquetaire.

Je marchais derrière elle, je touchais parfois ses anglaises noires, et dans la tranchée, j'effleurais sa joue de mes lèvres.

— Mets-toi à genoux !

Elle me montrait la boue.

— Obéis soldat, je suis la reine.

Je m'agenouillais, je posais mon front contre ses cuisses, je fermais les yeux, il me semblait que mes dents crissaient et que cette irritation aiguë se prolongeait dans mon sexe ou venait de lui.

— Tu obéiras toujours ?

Elle plaçait sa paume sur ma tête. Je mordais

mes joues, j'enfonçais mes genoux dans la boue avec le désir de heurter une pierre, pour me faire mal, lui donner une preuve de ma soumission, me punir d'avoir vu Catto, la main fermée sur son sexe brun, courbé vers lui, d'avoir suivi le mouvement de son poignet :

— Tape-toi une queue aussi, disait-il. Allez Revelli, le premier qui jute.

J'apercevais sa langue dont il caressait sa lèvre supérieure.

J'avais laissé Catto mais quand je m'allongeais le soir, mes jambes contre le bois du cosy-corner, que ma mère avait fermé la porte, que je n'entendais plus que l'eau du robinet dans la cuisine, mon père qui peut-être allait ressortir, et j'écouterais son pas dans la cour, jusqu'à l'escalier de l'atelier, alors ma main dans le silence devenait une forme imprécise et tendre, qui faisait naître de mon corps un autre corps. Il s'allongeait contre le mien, il avait la souplesse, l'obéissance de l'oreiller que je glissais contre ma poitrine, le bas de mon ventre, frais d'abord comme une joue ou des cuisses, tiède, humide bientôt et ma main poisseuse tentait de dissimuler la trace de cette fable que je venais de vivre et qui se terminait tout à coup, ma main à nouveau faite de doigts, seulement de doigts, mon corps limité à lui seul, l'autre dissipé, n'ayant laissé que cette tache un peu grise sur la taie.

— Oui, Reine, je t'obéirai, toujours.

J'élevais les mains vers sa poitrine, le visage entre ses genoux, les miens dans la boue de la tranchée. Julia dirigeait mes doigts, puis les écartait au moment où je touchais cette chaleur douce qui naît des seins.

Nous ressortions de la tranchée parce que Catto ou Monique ou Danielle s'étaient penchés, avaient crié nos noms et nous n'avions pas le temps d'affronter leurs regards.

Les autres, ceux du Babazouk ou de Magnan, lançaient déjà leurs pierres. Soldats nous nous précipitions, fauteuils levés à la hauteur de visage pour protéger les dents, les yeux. L'affrontement cessait et ne restaient face à face que deux gosses qui se défiaient, parce que les autres, les filles, les entouraient.

J'étais l'un de ces combattants en qui s'incarnaient les oppositions du quartier, d'école et de fortune. Magnan, le Babazouk, la Madeleine, c'était les pauvres. La rue de France, la Promenade, les riches, et j'étais parmi eux, mercenaire.

Julia était la fille de l'avocat Lamberti, Monique celle du pharmacien Goursonnet, Danielle, d'un sous-directeur de banque, Paul, d'un ancien consul de France au Venezuela, Julien, d'un photographe. Catto seul appartenait à ma tribu, fils de concierge et lui aussi traître parce que habitant les beaux quartiers. Mais il n'était parmi nous avec son corps trapu qu'un domestique. Il ne descendait jamais dans la tranchée avec les filles. Il était le bon esclave noir.

Moi, je servais la reine, j'étais cadet de Gascogne, pauvre mais noble, je n'avais peur ni de Richelieu ni de ses gardes. Je me battais donc pour qu'on me reconnaisse, j'avançais vers l'autre, « le mal élevé » comme disait Julia, et je reconnaissais son pull-over qui ressemblait au mien. J'imaginais, en regardant ses sandales à semelles de bois, un père qui, comme le mien, en clouait sur le bord d'un établi, avec des pointes redressées soigneusement, les lanières déchirées.

— Qu'est-ce que t'attends, me disait-il en me défiant, t'as peur ?

La guerre m'apprenait que tous les coups sont

permis. Sans un mot je lançais mon poing le premier en plein visage, je poussais du pied, je cognais du crâne, nous roulions dans les graviers, je frappais cette poitrine qui portait mes couleurs, je serrais à la gorge.

— Rends-toi.

Les filles s'approchaient de nous, regardaient l'ennemi que je tenais sous moi :

— Laisse-le, disait Julia.

Je l'abandonnais.

Il essuyait sa bouche du revers de la main, enlevait la poussière de son pull-over. Il crachait vers nous, partait en traînant ses sandales et malgré Julia qui prenait ma main, qui appelait les autres : « On joue à la cour, disait-elle, Roland, c'est le chef de mes gardes » je me sentais vaincu comme lui, honteux de mes sandales à semelles de bois que je dissimulais, en repliant mes jambes sous le banc où nous nous asseyions, moi au centre, Julia près de moi.

J'avais combattu pour elle, vaincu, j'avais droit à ses confidences, à sa complicité. Elle se penchait, ses anglaises frôlant ma joue, elle riait avant même de commencer à parler, elle murmurait dans mon oreille :

— Tu as vu Catto ? (elle pouffait). Je te dirai après.

Catto était assis devant nous, à même le sol. J'essayais avec inquiétude de deviner ce qui la faisait rire, de trouver ce signe dont j'étais peut-être marqué aussi, afin de l'effacer, vite. Julia m'entraînait en me tirant par le bras :

— Tu n'as pas vu, sa chemise ? Elle n'est pas à lui, il y a des initiales brodées, *H* et *I,* on a dû la lui donner. Nous, on donne souvent nos vieux vêtements au gardien. Ils ont une fille, elle porte toutes mes robes.

J'essayais de sourire. Je me sentais sale, vulnérable, ridicule.

— À demain, Roland.

Elle levait la main, courait vers la rue où son père ou sa mère l'attendait. Elle se retournait encore pour un geste, s'éloignait vers une contrée inaccessible où j'aurais tant voulu naître ou seulement pouvoir la suivre, mais j'étais changé en pierre par le regard de ses parents qui avaient dû percer mes origines, reconnaître les brins de laine mis bout à bout de mon écharpe, mes sandales clouées.

Les autres aussi étaient partis, seul Catto me cherchait, lui qu'il fallait que j'évite parce qu'à nous voir côte à côte on aurait reconnu notre commune servitude.

Il m'appelait pourtant, sifflait. Je me dissimulais, je courais dans le jardin vide où la pénombre glissait des arbres jusqu'aux massifs et aux pelouses, enveloppait dans la même étoffe grise les palmiers et les lauriers.

Détruits les palais royaux, enfuie la reine, mais je m'étais jeté avec tant de force et de désir dans le jeu, que je tentais de le continuer encore, imaginant des embuscades, des missions, et parfois, alors que je rentrais seul, la bande ennemie m'entourait, me poussait contre un mur, martelait mon visage de coups et j'étais motte de terre avec le désir de mourir là, au centre de la fable.

Demain Julia aurait aperçu ce corps recouvert d'une cape, le mien.

Mais une femme passait et la bande s'égaillait, me laissant à peine meurtri.

— Tu habites où ? demandait la femme.

Je montrais l'hôtel, je rentrais, j'apercevais ma mère dans la cuisine en train de laver, les flaques d'eau sur les tommettes, la blouse de mon père qui séchait.

Je me jetais sur le lit, j'entrais dans un autre palais, je devenais Edmond Dantès ou Athos. Je lisais. Je m'étais emparé de quelques livres de mon père, je lisais ceux de l'hôtel avant de les vendre, j'avais *La Fièvre de l'Or,* je subissais la loi du *Talon de Fer,* le monde je le parcourais en *80 jours.* J'étais *Martin Eden.*

— Viens manger Roland, criait ma mère.

Je réussissais certains soirs à ne pas entendre leurs voix, à dissimuler sous les mots de mes livres les heures passées chez moi. Je retrouvais le jardin, Julia, les jeux comme si j'avais dormi devant la porte de la Reine.

Et quand le milicien plaçait le canon de son arme sur ma nuque, qu'il disait : « Je suis le caporal Raoul ! » je n'avais ni courage ni peur, la fable continuait. J'interprétais mon rôle, je guettais sur le visage de Julia ou de Monique, de Paul et même de Catto, l'émotion que je faisais naître en refusant de crier comme le caporal Raoul me le demandait : « Vive la Milice ! »

— Alors je t'exécute ? Je l'exécute ? interrogeait-il.

J'ignorais si la pièce comportait cette fin, si le rideau tombait sur ma mort héroïque, mais je savais qu'il fallait que je reste immobile puisque j'étais en joue, en jeu.

— Ça va, t'es courageux.

Le milicien riait, me renvoyait vers les autres, appuyait sur la détente pour montrer que le pistolet n'était pas chargé.

Les filles m'entouraient, un couple qui avait assisté à la scène s'approchait de nous :

— Vous le connaissez ? demandaient-ils. Ils sont fous, on leur donne des armes, ils ont à peine seize ans.

J'étais l'acteur dans les coulisses, l'acrobate au pied de l'échelle de corde. La guerre était spectacle.

Les armées italiennes défilaient dans Nice comme à la parade, les *bersaglieri* caracolaient sur leurs motos le long de l'avenue, les plumes noires de leurs casques fouettant leur visage quand ils prenaient, place Masséna, un tournant rapide, avant de s'élancer à nouveau entre les platanes de l'avenue. L'artillerie remontait la rue de France vers la Madeleine. L'un des policiers militaires qui dirigeaient la cavalcade s'était placé devant l'entrée de la cour de l'*Hôtel Impérial.* Il se tournait vers nous, Christiane, ma mère, moi :

— Belli, no ? I nostri soldati.

Ma mère souriait et le geste du soldat se faisait plus vif.

C'était au mois de novembre à la fin de l'après-midi.

Le matin, alors que nous rentrions avec ma mère du marché, nous avions aperçu depuis la rue Saint-François-de-Paule, des groupes d'hommes et de femmes qui traversaient la place Masséna, drapeaux tricolores qu'ils faisaient tournoyer, mots qu'ils martelaient : *Laval au poteau, Nice française.*

J'obligeais ma mère à s'arrêter, mais elle craignait le désordre, les cris dans les rues, elle me tirait par le bras.

— Ils vont se battre, disait-elle, viens, viens.

Des G.M.R. casqués prenaient position le long des façades, ils allaient s'élancer au centre de l'ellipse. Ma mère s'éloignait seule, la peur plus forte que son amour pour moi, mais, arrivée au bout de la rue, elle revenait, laissant ses filets sur le trottoir, me giflait, et je la suivais, écoutant les cris, distrait bientôt par cet avion qui rasait les toits, paraissait plonger sur la place Masséna, puis survolait la Promenade des Anglais, bondissant au-dessus du Palais de la Jetée.

Mon père était au milieu de la cour avec Sam Lasky. Je courais vers eux. Les hommes aimaient le spectacle, en étaient les acteurs.

— Les Italiens seront ici cet après-midi, disait Sam. Ce ne sont que les Italiens, un moindre mal.

Je racontais essoufflé la manifestation de la place, le drapeau que j'avais vu hisser sur la préfecture. D'avoir vu me faisait l'égal des adultes.

— Rafaele Sori, reprenait Sam, lui, ils vont le rechercher. Ils ont leur Gestapo aussi. L'O.V.R.A. n'est pas une plaisanterie. Il faudrait avertir Violette.

— Elle ne le voit jamais, jamais, répondait mon père. Moi je le vois. Il est avec nous.

— Elle ne le voit jamais, répétait Sam lentement. Elle a quand même son fils.

— Violette (mon père avait un mouvement de la main) Violette, vous croyez qu'elle a besoin d'un père pour son fils ? Elle a même un autre gosse en ce moment (il se tournait vers moi) :

— Ça, c'est Roland qui lui a donné, un petit Bernard Revelli.

Sam écoutait, riait, puis l'expression changeait :

— Dante, attention, ça ne fait que commencer.

Il écrasait son visage, ses joues sous ses doigts, semblant en modeler les grimaces.

— Dites à Violette (il prenait son vélo), je vais aussi changer de nom, d'adresse. Pensez-y pour vous. Vous avez besoin d'argent ? Vous me rendrez ça. Ici, à l'hôtel, vous êtes trop connu. On ne reste pas au centre d'une souricière. Pensez-y, Dante.

Ma mère voulait m'empêcher d'aller en classe dans l'après-midi mais je désirais voir les soldats défiler dans les rues.

L'instituteur, debout, appuyé à la chaire, les bras croisés, les lunettes sur le front, ne regardant aucun d'entre nous, parlait lentement :

— La ville où vous vivez, c'est un morceau de la France, vous ne devez jamais l'oublier. Vous êtes des Français, vos pères ont fait la guerre.

Il continuait à parler après la cloche et quand enfin j'arrivais sur l'avenue, les motocyclistes italiens la remontaient, par groupes de trois, occupant toute la largeur de la chaussée déserte.

Sur les trottoirs, dans l'obscurité, les badauds se heurtaient, chuchotaient. Aux carrefours, autour des soldats casqués, quelques personnes applaudissaient au passage des motocyclistes, criaient : *Viva il Duce, Nizza nostra !*

On s'écartait d'eux, on crachait dans leur direction, une voix lançait : « Salauds ». Le vide alors s'élargissait sur le trottoir et je demeurais seul, m'approchant du soldat, des civils en chemises noires qui gesticulaient, voulaient l'embrasser, et il les repoussait avec mépris, me semblait-il.

Des bruits de moteur m'attiraient sur la place Masséna, scène mal éclairée où des officiers faisaient disposer des canons prenant les avenues en enfilade. Sous les arcades, je traversais la foule silencieuse, visages masqués par l'obscurité redoublée qu'un éclat de phare tranchait un instant. J'apercevais le convoi d'artillerie qui prenait la rue de France, je courais à côté de lui, je voyais ma mère et Christiane devant l'entrée de la cour, près d'un policier militaire.

Beaux les soldats italiens ?

Souvent, dans les mois qui ont suivi, je les ai côtoyés dans la cour de l'*Hôtel Impérial*. Ils me donnaient du riz, du pain. En bras de chemise, le col ouvert, ils ressemblaient à des ouvriers trapus et las. Eux aussi s'asseyaient sur les marches qui conduisaient aux cuisines. Mon père, souvent, appuyé à la rampe, parlait avec eux.

— La guerra, la guerre...

Ils grimaçaient, jouaient avec Christiane qu'ils prenaient sur leurs épaules, s'inclinaient devant ma mère « la signora Revelli », me bousculaient en riant :

— Tu sei italiano. Revelli, tu es italien.

Je criais :

— Français, français, Nice est française, et je suis français.

Tout à coup quelqu'un sifflait plus fort. Ils se taisaient, baissaient la tête. Un officier, sanglé, la badine sous le bras, la chemise noire tranchant sur l'uniforme vert, entrait dans la cour, hurlait, et le temps de sa présence, ils redevenaient des soldats.

L'un d'eux, plus vieux, un brassard de deuil sur son uniforme, descendait quelquefois à l'atelier. Antoine ou Rafaele Sori venait à ces moments-là et mon père le rejoignait.

Je les guettais, m'efforçant de les approcher sans qu'ils m'aperçoivent, je frôlais les courroies des machines, je me glissais entre les vieux meubles, je voyais enfin le soldat qui tendait son paquet de cigarettes à mon oncle Antoine, lisant lentement une feuille que Sori lui avait donnée. Mon père déposait sur l'établi d'autres feuilles, j'imaginais que, conspirateurs, ils se communiquaient des plans, qu'ils allaient s'emparer d'une citadelle, le Château peut-être, où s'était installée une unité d'artillerie. Ou bien se préparaient-ils à attaquer dans les quartiers périphériques de la ville l'un des cantonnements des troupes d'occupation.

Je connaissais l'un d'eux proche, dans le vallon de la Madeleine, de l'appartement d'Antoine et de Giovanna. Avec Edmond, nous nous avancions vers les sentinelles qu'entouraient toujours deux ou trois jeunes filles. Nous quémandions :

— Cigarette ? Una cigaretta ?

Ils nous en lançaient une que nous allumions, assis sur le bord du canal.

D'autres unités s'étaient installées vers l'est, à l'Ariane, et les soldats descendaient à pied la rue de la République. Certains entraient dans la cour de la maison de mon grand-père. Ils parlaient avec lui en piémontais, revenaient avec du café ou de l'huile, un morceau de viande parfois.

— Mon fils Lucien est prisonnier, leur expliquait Louise, in Germania.

— Bruti i Tedeschi, guerra bruta.

Ils s'asseyaient dans la cuisine, enlevaient leur vareuse, et quand je tentais de coiffer leurs calots, ils répétaient :

— Guerra bruta.

Ils étaient des acteurs fatigués qui ne se grimaient plus. Quelques-uns, carabiniers en grand uniforme, essayaient encore sur la Promenade des Anglais de prolonger la parade, mais la troupe déjà se défaisait. La ville la défiait.

J'aimais ce climat de fronde, l'atmosphère des ruelles proches du Château, pavoisées de tricolore et que le mois de mai teintait de lumière déjà vive. La complicité des passants, venus saluer la vieille ville qui plébiscitait la France en arborant ses couleurs, m'exaltait :

— Tu vois le peuple, disait mon père, il ne se trompe pas.

Je courais devant lui, je le retrouvais alors qu'il s'attardait avec un ami devant la cathédrale et il était soucieux, il m'entraînait vers la Promenade.

— Rafaele Sori, tu te souviens (il me prenait l'épaule), les Italiens l'ont arrêté. Tu vas rentrer, tu te renseignes, tu sais le soldat ? Le plus vieux, au brassard de deuil, essaye de savoir. Je vais chez Antoine, tu avertiras maman et tu me retrouveras là-bas pour me dire.

Je devenais espion, messager, je sauvais mon père, je traversais plusieurs fois la cour de l'hôtel sans apercevoir le soldat.

— Ils les ont arrêtés pas loin du cantonnement, expliquait Antoine plus tard. Un mouchard, sûrement. Rafaele avait les journaux avec lui, les types de l'O.V.R.A. les ont trouvés tout de suite.

Ma tante Giovanna sortait de la pièce, Edmond et moi nous restions avec les hommes, les yeux secs.

— Giovanna, expliquait Antoine comme pour s'excuser, ils ont déjà tué Francesco, maintenant Rafaele, les deux frères, c'est dur.

Mon père empruntait le vélo d'Antoine et je le suivais sur les chemins ravinés des collines de Saint-Pancrace. Nous montions lentement dans l'obscurité, dans le bruissement des feuilles et de l'eau des rigoles. Les Italiens avaient établi depuis quelques jours le couvre-feu parce qu'on avait abattu, place du Pin, un de leurs officiers, mitraillé des camions sur les bords du Paillon.

— Ça va, chuchotait mon père ? Reste près de moi. Tu me vois ?

Nuit argent au sommet de la colline. Mon père pédalait devant moi et je le suivais perdant parfois sa silhouette derrière les oliviers qui dissimulaient un tournant. Il faisait tinter sa sonnette, un seul son, je pédalais plus vite pour le rejoindre, mes sens avivés par l'émotion. Le vent frais, qui débordait de la vallée du Var, recouvrait les collines par lesquelles, évitant la ville, nous rejoignions le Nord, Gairaut et la maison de Carlo Revelli.

Il paraissait nous attendre, silencieux pourtant, les pommettes rosies, se taisant encore quand mon père avait fini de raconter.

— Qu'est-ce que tu veux ? demandait-il enfin.

— Je voulais te dire, oncle. Sori, c'est toi qui lui avais procuré ses papiers, alors il fallait t'avertir.

Carlo, avec sa canne, faisait glisser vers mon père une boîte de cigares, en sortait un, le montrait.

— Tu sais qu'ils viennent de Suisse ? C'est un officier italien de la Commission d'Armistice qui me les rapporte. Ils m'ont chargé de récupérer des ferrailles pour eux. Tu en veux un ?

Mon père secouait la tête.

— Ça te choque que je fasse des affaires avec eux ? Tu sais qui j'ai rencontré à la Commission ? Un Revelli, de Ceva, du Piémont, Giuseppe Revelli, capitaine d'Alpini, un cousin à nous.

— Viens Roland, disait mon père.

Carlo Revelli appuyait sa canne sur mon épaule.

— Écoute, Dante. Vous m'avez pas averti quand vous avez commencé à distribuer votre journal antifasciste aux soldats ? Sori, c'était mon ouvrier ? Tu me compromettais. Maintenant tu arrives, parce que tu attends une aide. C'est vrai. (Il souriait.) Vous avez besoin de moi. Il faut quelqu'un qui puisse leur dire, celui-là, vous n'allez pas le garder à la villa Lingwood. Tu la connais la villa ?

Un parc, le gravier blanc des allées, les pelouses jaunies, fouillis de hautes herbes, parce que depuis la guerre le jardinier ne vient plus. Les géraniums et les lauriers sont morts dans leurs jarres, de part et d'autre de l'escalier. Mais les portes de la villa sont ouvertes. On a poussé Rafaele Sori et le vieux soldat au brassard dans une cave. Les hommes de l'O.V.R.A. vont revenir.

— Moi, j'ai une chance de le faire sortir, tu

entends, continue Carlo, d'empêcher qu'ils te prennent, toi et Antoine.

Brusquement Carlo se levait, laissait tomber sa canne :

— Je regarde autour de moi, qu'est-ce que je vois ? Personne qui comprend. Personne. Ni toi ni mon fils Alexandre. Il te ressemble. Ni ton père. Vincente il a toujours été en dehors de tout. Vous parlez, c'est tout ce que vous savez faire. Putana ! vous savez pas encore qu'on se bat tout seul, que personne vous aide ? Que si on n'est pas malin on crève ? Alors vous avez des idées, vous les défendez. Et vous venez ici.

Carlo se tournait vers moi.

— Ramasse ma canne, toi !

Il s'y appuyait.

— Votre résistance, comme vous dites, vos petits journaux, *Le Patriote,* parti communiste, Front national, *Combat,* j'en oublie ? Tu crois que je ne sais pas tout ça ? Je donne de l'argent moi. L'argent, je le gagne en vendant de la ferraille. Je vais leur vendre morceau par morceau le Palais de la Jetée, tu entends, ils n'ont qu'à demander ! Et vous, les héros, vous n'êtes bons qu'à vous faire coffrer, à crever. Je vais donner à Alexandre de quoi acheter du papier pour *Combat,* mais je ne veux pas qu'il se laisse prendre, tu entends ?

Il lançait la boîte de cigares à mon père.

— Fumes-en un, testa de mùo.

Il tirait sur son cigare par courtes aspirations qui faisaient rougeoyer le tabac noir.

— Vos idées, vos petits complots, qu'est-ce que vous imaginez ? Que vous allez changer quelque chose ? (De son poing fermé il frappait sur la table.) C'est l'Amérique et les Russes qui vont tout changer, quand ils voudront, comme ils voudront. Jusque-là tenez-vous tranquilles, imbéciles. Reste en vie.

Mon père posait la boîte de cigares sur la table.

— Tu sais, oncle, avec la ferraille, on fait des fusils, pour me tuer, moi. Tuer ton fils.

Carlo Revelli fumait calmement maintenant.

— Si ce n'est pas moi qui vends, y en a toujours un autre, dit-il après un silence. La guerre je l'ai pas décidée.

— Tu collabores avec eux.

— Je collabore avec moi, dit Carlo. Avec eux, et avec toi.

— C'est pas bien beau, oncle, pas bien beau.

L'un et l'autre ils étaient en moi. J'avais la force de donner un coup avec Carlo, Carlo le riche et je recevais le poing dans le visage avec mon père. Vainqueur vaincu. J'étais comme une carte à jouer, tête en l'air et en bas.

— Pour ton Sori, je vais essayer, reprenait Carlo. Et toi, quand tu voudras te cacher, quand tu auras besoin de papiers, viens me voir. (Il s'approchait de moi.) J'aime bien ton fils. Dante, il va me ressembler celui-là, non ?

— C'est mon fils, dit mon père, pas le tien.

Et il me poussa devant lui dans l'escalier, m'éloignant de Carlo Revelli.

10

Un jour la guerre est vraiment devenue la guerre.

Rafaele Sori, le visage maculé de barbe, de larges plaques sombres autour des yeux, sur le cou, les mains, s'asseyait dans notre cuisine, respirant difficilement, et ma mère, la bouche entrouverte, restait debout devant lui qui avait tant changé, qui dit enfin passant ses doigts sur sa joue :

— Dante, je voudrais le rencontrer, vite.

Ma mère me poussait dehors mais, avant de sortir, je voyais la tête de Rafaele Sori qui tombait en arrière et paraissait entraîner le corps et ma mère avait un mouvement pour le soutenir mais il se redressait :

— Si je pouvais boire, me raser.

Il se recroquevillait, dans une pose contraire, le front presque sur la table, puis il se tenait à nouveau droit.

— On a réussi à filer, disait-il, dans la pagaille, mais les autres vont venir, alors avant...

Le brasier que les soldats italiens avaient allumé dans la cour de l'hôtel s'éteignait lentement, étouffé sous les dossiers. Des feuilles à demi calcinées voletaient encore et les caractères sur les pages noircies ressortaient, plus clairs : *Esercito italiano, IV Armata.*

Depuis deux jours, je voyais cette armée se défaire, les soldats jetant leurs casques du haut des fenêtres, les officiers en civil, pistolet au poing, s'emparant des voitures, et je traversais les salons de l'hôtel où s'amoncelaient les caisses ouvertes, les armes.

Je manquais la classe, je montais les escaliers en courant au milieu des soldats qui allaient et venaient, les bras chargés de machines à écrire, d'archives. Je me dissimulais quand j'apercevais mon père ou ma mère dans la cour.

J'entrais dans les chambres, je découvrais le goût du pillage. J'avais envie, moi aussi, de lacérer, de mettre le feu. Je redescendais, en sautant les marches, dans le hall de l'hôtel, et brusquement je découvrais qu'il était abandonné, que les cris avaient cessé, que les portes restaient béantes.

Mon père m'appelait.

Nous entassions dans des cageots du riz, du café, des boîtes de conserve, nous chargions un charreton. Mon père s'attelait. Je poussais et nous longions la rue de France, doublant les colonnes de chasseurs alpins italiens qui marchaient vers la frontière.

La ville semblait ne pas voir les soldats, ne pas entendre leur piétinement, mais dès qu'ils avaient quitté un cantonnement, à la Madeleine, à l'Ariane, à Riquier, elle se jetait sur leurs dépouilles.

Mon grand-père Vincente coupait en riant une boule de pain, me donnait un lourd morceau de parmesan :

— Mange Roland, mange.

Lui-même mordait avec avidité, une fougue juvénile, dans ce pain à croûte grise dont la mie était presque trop blanche. Il toussait :

— Tu t'étouffes pà ? disait Louise.

— Ils ont mis de la farine de riz.

Mon père montait les cageots, les plaçait dans un coin de la cuisine.

— Ici, disait-il, personne viendra les chercher, à l'hôtel, j'avais peur.

Il montrait à mon grand-père ses rapines. Ils se penchaient ensemble, soupesant les sacs, riant, et je découvrais notre ressemblance, l'atavisme qui nous liait, eux, moi qui me sentais aussi fébrile, joyeux devant ces marchandises volées qui comblaient bien plus que notre faim, nous assuraient que nous étions encore capables de violer l'interdit, de refuser la loi, la soumission.

Au retour, mon père, s'enfonçant à nouveau dans l'hôtel, et il m'en chassait « Rentre, rentre, maman t'attend », je rencontrais Rafaele Sori et alors qu'il se levait, s'appuyant au dossier de la chaise, je partais à la recherche de mon père, courant dans les couloirs encombrés, glissant sur les rampes. Je le voyais enfin, un fusil dans chaque main.

— Passe devant, Roland, dis-moi s'il y a quelqu'un.

Nous appartenions à la même bande de pillards. Courbé, je l'appelais d'un signe de main, nous descendions dans l'atelier, il enveloppait les fusils dans une toile, les plaçait au milieu de planches, mais j'avais pu, avant, tenir la crosse, épauler, éprouver le désir d'appuyer sur la détente.

— Ça servira, tu verras, disait mon père que j'entraînais vers Rafaele.

Ma mère était devant la porte, elle empêchait mon père d'entrer.

— Tu sais que Rafaele s'est enfui, disait-elle, mais les Allemands vont arriver. Ils viendront ici, il doit partir, je ne veux plus les voir ici, ni lui, ni Antoine, ni ton Karenberg, personne.

Elle comprimait sa bouche avec ses paumes comme si elle avait voulu s'empêcher de parler, mais elle ne réussissait qu'à rendre sa voix plus aiguë, plus anxieuse encore et je saisissais ma mère par la taille dans un mouvement instinctif pour la rassurer. Elle prenait ma tête, la serrait contre elle.

— Il y a les enfants, disait-elle, tu entends, les enfants.

Derrière elle, tout à coup, la voix de Rafaele :

— Je vais partir, vous savez.

Mon père la bousculait, embrassait Rafaele. Ils restaient un long moment dans les bras l'un de l'autre.

— J'avais vu mon oncle Carlo, disait plus tard mon père. Il m'avait promis d'essayer, pour toi.

— À un moment, dit Rafaele. (Il s'arrêtait, levait la tête pour rejeter lentement la fumée de la cigarette que mon père lui avait donnée.) À un moment, ils nous ont mis dans une cellule et nous ont laissés tranquilles. On a eu à manger. J'ai pensé que quelque chose s'était passé, parce qu'ils ont continué avec d'autres.

— Dur ? (Mon père poussait vers lui deux paquets de cigarettes.) Prends-les, j'en ai. Dans l'hôtel on a trouvé ça et autre chose. Hein Roland ?

J'étais assis entre eux, fier de leur confiance. Ma mère et Christiane restaient dans la salle à manger. J'étais un homme.

— Au début on a peur. Ils tapent. On se dit qu'on tiendra pas, puis (Rafaele prit ma nuque, me secoua). Tu as grandi Roland, dit-il.

Quand il retira sa main, qu'il l'ouvrit sur la table, je vis le bout de ses doigts gonflés, les ongles noirs.

— Et Violette ? demanda-t-il. Je voulais les voir, elle et le gosse.

— Il a grandi aussi, dit Dante.

J'ai guidé Rafaele dans l'allée de palmiers vers la villa de Violette et quand nous nous sommes arrêtés devant la porte, nos vélos appuyés contre la grille du jardin, il a voulu que je sonne. Bernard est sorti en courant.

— T'as vu, les Italiens foutent le camp, a-t-il lancé en me voyant.

Tout au long du boulevard de Cimiez nous avions croisé des voitures de l'armée chargées de caisses, des camions où les soldats debout criaient : *A casa, A casa.*

Rafaele s'est avancé au moment où Violette apparaissait sur le seuil, tenant Vincent par la main. Elle s'immobilisait et Bernard et moi nous les regardions, elle et Rafaele qui se dévisageaient.

Je crois qu'ils sont restés debout face à face dans l'appartement, Rafaele parlant des Allemands qui allaient occuper la ville et nous nous approchions d'eux pour écouter.

— Mais la guerre, continuait Rafaele, de toute façon ils l'ont perdue. Après, après, ce sera différent.

Il s'accroupissait devant Vincent.

— Il marche bien, disait-il.

— Quand la guerre sera finie, dit Violette, ce sera comme maintenant. (Elle poussait Vincent vers nous.) Plus facile, plus de tickets, une voiture comme avant la guerre. Mais la vie, la vie à soi, ça ne peut pas changer.

— Pas vrai, dit Rafaele, pas vrai.

— Ma vie à moi, je ne veux pas la changer, reprit Violette. Elle restera comme ça.

Ses talons, comme elle s'éloignait vers la cuisine, claquaient sur les dalles de marbre. Elle revenait avec du café et des biscuits.

— Ce sont les Italiens, disait-elle. Ils ont apporté eux-mêmes des caisses aux studios, pour ne rien laisser aux Allemands.

— Je vais quitter la ville, a dit Rafaele.

— Sam est parti, dit Violette.

Elle s'asseyait, prenait Vincent sur ses genoux, plaçait un biscuit dans sa main.

— Je m'occupe de son atelier, de ses toiles, peut-être retournerai-je m'installer là-bas, avec les enfants. Tu te souviens, Roland ? Nous étions bien à Saint-Paul.

— Il est dans la montagne ?

Violette fit oui de la tête sans regarder Rafaele qui posait sa tasse, prenait un biscuit, le présentait à Vincent.

— Ça gosse, commençait-il.

— Vous savez, il n'y a que des Revelli ici, disait Violette en se levant, Vincent Revelli, Bernard Revelli, Roland Revelli. N'est-ce pas, Bernard ?

— On est tous cousins, dit Bernard. (Il croisait les bras sur sa poitrine, le visage grave.) Surtout maintenant qu'il va y avoir les Allemands.

J'ai dit, parce que j'avais froid dans cette grande pièce, que la lumière peut-être à cause du marbre glacé me semblait trop vive, blessante :

— Je veux rentrer.

— Il vaut mieux ne pas circuler tard, dit Violette. Vous allez où ?

Déjà elle se dirigeait vers la porte. Elle avait pris Vincent dans ses bras et, sans doute parce qu'il était trop lourd, elle se tenait le buste rejeté en arrière.

— Cette nuit, dit Rafaele, je dors chez Antoine et Giovanna. Je vais partir demain matin, je voulais avant...

Violette ouvrait la porte :

— Il ne fait pas encore nuit, dit-elle.

— Pour les enfants, reprit Rafaele, vous seriez peut-être mieux à Saint-Paul. Si les Américains bombardent.

— Je ferai ce qu'il faut, dit Violette. J'ai l'habitude de me débrouiller seule.

J'avais pris mon vélo, je m'éloignais déjà. J'avais hâte de ne plus les entendre, gêné comme le témoin d'une guerre sourde et privée dont j'ignorais les causes, mais dont j'avais perçu, dès que Violette s'était avancée, l'implacable rigueur. J'avais trop l'habitude des affrontements entre mon père et ma mère pour ne pas les reconnaître, même s'ils étaient masqués.

J'étais aux aguets dès qu'un homme et une femme se rencontraient. Je voulais savoir s'il était dans la nature des choses qu'ils se traquent et se blessent, qu'ils s'ignorent, se rejettent ou se fuient, l'un vainqueur, l'autre vaincu, comme il était de règle chez moi, pour mes parents. Je recherchais une autre relation, celle qu'avaient entre eux mon oncle Antoine et ma tante Giovanna. Elle me rassurait et me désespérait en même temps. Un homme et une femme pouvaient s'aimer et j'en étais heureux mais mon père et ma mère se combattaient et j'en souffrais.

Je pédalais, morose, devant Rafaele. J'avais rencontré encore une fois le conflit qui me renvoyait à ma famille, à un avenir de défaite : Julia ou Monique, ou la femme inconnue vers qui, un jour, je marcherais, elles me plieraient à leur loi ou bien il faudrait que je les humilie.

Je me suis laissé rattraper par Rafaele, j'ai roulé près de lui, les freins de nos vélos grinçant sur les jantes.

— Ma tante Violette, tu la connais depuis longtemps ? ai-je demandé.

— À ton baptême, elle était là, et moi aussi.

Nous nous sommes arrêtés pour laisser passer un convoi de camions italiens qui traversaient le boulevard, longeaient les arènes, les grandes villas au crépi presque rouge, gagnaient l'est de la ville, la vallée du Paillon couverte d'une traînée de brume floconneuse.

— Ma tante Violette, tout le monde l'aime. Tu le connais, Sam ?

— Je le connais, dit Rafaele.

Il roula vite jusqu'au tournant au-dessus du tunnel du chemin de fer. Il freina alors brutalement. Des coups de feu éclataient du côté de la gare, détonations isolées puis rafales.

— Les Allemands, dit-il.

Ils entraient dans la ville par la voie ferrée, et je les imaginais, casqués, l'acier couvrant leur visage.

11

Ils ont enfermé la mer, muselé et défiguré la ville par ce groin de béton, ces murs barrant les rues en pente qui descendaient vers la Promenade des Anglais.

Je m'approche, je regarde par les meurtrières, je reconnais dans la masse granuleuse du mur, les galets presque bleus de notre plage. Parfois je m'aventure, j'oblige Christiane à m'attendre, je dis à Bernard « toi tu ne peux pas ».

Je me glisse dans un étroit boyau qui permet aux soldats, à quelques riverains, de pénétrer dans la zone interdite du bord de mer. Je m'avance, le dos contre la façade. La rue Saint-François-de-Paule est déserte. Les voix des ouvriers qui murent les fenêtres résonnent. Au bout de la rue j'aperçois le jardin, les fils de fer barbelé et sous les palmiers, un blockhaus, coquillage renflé, lourd, crevé de cavités noires qui me fixent comme un œil sans regard. Il me semble entendre des pas, je m'enfuis.

— T'as vu quoi ? demande Bernard.

Je l'entraîne vers les rues du centre comme si nous étions poursuivis, s'il fallait que nous nous perdions dans la foule.

— Tu en as vu ?

Nous guettons les soldats, leurs patrouilles, les sentinelles devant l'*Hôtel Atlantic* où flotte, à demi dissimulé par les feuilles des platanes, le rouge et le noir de leur drapeau, et surtout ces voitures basses de la Gestapo qui parcourent lentement les rues, les portières s'ouvrent, deux hommes bondissent, les mains agrippent les bras d'un passant, l'entraînent alors qu'il gesticule, et les portières encore entrouvertes la voiture s'élance, disparaît au coin de la rue de l'*Hôtel des Postes*.

— Ils vont à la synagogue, tu comprends, explique ma tante Violette.

Elle a fait asseoir Bernard sur une chaise au milieu de la cuisine, elle tourne autour de lui, attentive, les ciseaux à la main. Les boucles noires — et j'en prends une soyeuse sur la serviette posée sur les genoux de Bernard — tombent dans le cliquetis des ciseaux.

— Il faut toujours que tu sois coiffé avec une raie, dit Violette.

Dans la synagogue les voitures s'arrêtent. Le passant trébuche parce qu'on le pousse vers l'entrée, qu'il est aveuglé par la peur, la surprise. Dans une pièce, des hommes l'attendent :

— Ça doit en être un, tu t'appelles comment ? Blum ou Dreyfus ? Allez, montre-nous ça.

Ils rient cependant qu'il se déculotte.

— Vous avez la gueule pourtant, une belle gueule de youtre. Vous n'êtes pas gâté, Monsieur, faut vous refaire le nez !

— S'ils te prennent, reprend Violette, tu diras que tu as été opéré, tu as le certificat sur toi ?

Elle se tourne vers moi :

— Il ne doit plus sortir seul. Viens le chercher quand tu peux, deux gosses dans la rue, c'est plus normal.

Je suis sorti souvent avec Bernard, je n'avais plus la ville à traverser. Depuis quelques mois nous habitions avenue de la Victoire, un appartement au cinquième étage d'un vieil immeuble qui domine le quartier. À quelques mètres au-dessous des fenêtres le fleuve vert des platanes qu'assèche l'hiver, que bordent les ressauts des toits de tuiles, des verrières et, plus loin, les rives des collines de l'ouest.

J'explorais l'appartement en courant, j'atteignais l'autre façade, les fenêtres qui ouvraient sur le Mont Chauve, le Mont Gros, le fort du Mont Alban et les pierres blanches du cimetière du Château, au-dessus de la vieille ville. Ma mère m'avait suivi.

— Je ne suis pas chez moi, je ne m'y habituerai pas, tout ça. (Elle montrait des caisses, des meubles qui encombraient les pièces.) Je ne peux pas vivre ici. Ton oncle, disait-elle à mon père, il n'a pas beaucoup cherché.

Quelque temps avant que les Allemands ordonnent l'évacuation de l'*Hôtel Impérial* et des immeubles de la Promenade, Carlo Revelli nous avait demandé de lui rendre visite à Gairaut.

Il était assis au soleil, une couverture sur les genoux, qu'il rejetait tout à coup et Anna, se baissant difficilement, la ramassait, la pliait, la posait près de lui.

— Tu auras encore mal, disait-elle. Tu sais que dès que tu prends froid tu...

Elle s'interrompait parce que Carlo avait un mouvement de colère. Il fermait le poing et sous sa peau marbrée je voyais les veines, nervures foncées, épaisses.

— Je me demande, marmonnait-il, s'il vaut pas mieux crever, avant d'être comme ça.

Il tenait de se lever, portait la main à son dos, jurait, Alexandre s'avançait, prêt à l'aider. Carlo serrait les dents : « Merde, merde, putana ! » et s'accrochant à sa canne, l'enfonçant dans la terre, il se dressait enfin, souriait à Nathalie, assise près de son fils.

— Ne faites pas cette tête, lui disait-il, il connaît pas encore les rhumatismes, Yves, Alexandre non plus. Alors ? Votre fils et votre mari ils marchent, vous aussi, le reste on peut toujours s'arranger. Qu'est-ce que tu en penses, Dante ?

Carlo Revelli faisait quelques pas vers mon père.

Anna dépliait la couverture, s'approchait de son mari et la jetait sur ses épaules.

— Garde ça, disait-elle tout à coup autoritaire.

Carlo se tournait vers elle, le visage méprisant, mais Anna lui faisait face :

— Tu te crois malin, tu as quatre-vingts ans, pas quarante.

Carlo se mettait à rire, découvrant ses dents jaunes, déchaussées. Il faisait glisser la couverture en soulevant ses épaules.

— Quand j'en aurai cent tu me feras la loi, pour l'instant c'est encore moi, moi.

Il s'accroupissait en se tenant à la canne, soulevait la couverture, la jetait d'un mouvement hésitant sur le banc de marbre contre la façade.

— C'est sur les chantiers, quand on montait les sacs, qu'on couchait par terre dans les carrières, que j'ai dû attraper ça. Vous, les Revelli de maintenant, vous n'aurez pas de rhumatismes.

— J'en ai, papa, dit Alexandre, plus que toi.

Carlo baissait la tête pour rire doucement.

— Toi, c'est parce que tu restes trop souvent assis, vous êtes comme ces vaches de la plaine, près de Milan. On les gardait dans les étables, elles montaient jamais comme les nôtres, au Piémont, dans la montagne. Crois-moi, le lait c'était pas le même. Il avait aucun parfum. (Il s'interrompait un instant, reprenait.) C'est vrai, quand je vous vois, tous. (Il tournait sur lui-même, appuyé à sa canne, nous dévisageant les uns après les autres.) Et encore, vous, toi Dante, toi aussi Alexandre, vous êtes pas les plus blancs, mais il y en a aujourd'hui, ce sont des hommes qui n'ont plus d'odeur. Tu t'approches, tu sens rien, le savon ou la merde. Dans les étables ça pue la merde, les vaches elles s'en collent partout, tandis que celles de la montagne, t'en as vu toi (il me regardait) t'en as vu Roland, des vaches juste au bord de la forêt ? Tu vas vers elles, elles ont le pis gros comme le bras, tu prends ça, tu en as plein les mains, tu tires, et ça vient, chaud, ça pisse droit dans le seau, ça sent, un parfum qu'on respire qu'à ce moment-là, quand le lait est à peine sorti. Moi, dans le seau, je mettais toute la figure. Ça fait du bien. On boit, pas seulement avec la bouche mais avec le nez, les yeux, la peau, après tu en as partout, tu sens le lait.

Il s'asseyait dans le fauteuil, se tournait vers son fils :

— Alexandre, cette couverture, pose-la, là sur mes genoux.

— Tu y viens quand même ? dit Anna.

— J'y viens, j'y viens, si tu veux voir...

Il fit le geste de la rejeter à nouveau.

— Je m'en vais, cria Anna.

— T'as raison, va-t'en, va à la cuisine, elle a quinze ans de moins et elle a tout le temps froid. Qu'est-ce que je disais ?

Il se baissait sur le pommeau de sa canne, la bouche près des poings.

— Ils sentent, parce qu'ils se font dessus, dans leurs brailles, ils ont peur. Combien ils sont dans votre résistance ? (Il désignait Dante, Alexandre.) Un pour cent ? Même pas.

— Ils ont arrêté Jean Karenberg, dit Nathalie, on l'a pris hier.

Elle caressait les cheveux de son fils, elle lançait un coup d'œil à Alexandre, portait la main à ses lèvres, peut-être pour s'empêcher de sangloter.

— Papa, lui...

— C'est pas vous, dit Carlo violemment. Quand

une pierre tombe à côté, elle tombe pas sur vous, non ?

— Vous êtes trop égoïste pour moi, dit Nathalie, trop.

Elle prit la main d'Yves et l'entraîna dans le jardin, nous laissant dans le silence et la gêne.

— Il y a ces Russes, dit Alexandre après un long moment et l'on entendait les cris d'Yves qui, du côté des oliviers, jouait sans doute avec sa mère. Ils travaillent avec la Gestapo. Des vieux amis de Katia, le prince Golovani, d'autres, eux savaient ce que pensaient les Karenberg. Ils n'ont pas dû pardonner. Ils sont installés à Fabron, deux villas, ils obligent les gens à parler, Katia...

— Celle-là, dit mon père, si...

Il me vit, se tut.

— Égoïste, trop égoïste, marmonnait Carlo. Ta femme elle est bien jeune, Alexandre, bien jeune. (Il cala sa canne entre les genoux, plaça ses mains sous la couverture.) Égoïste, ça veut dire qu'on fait ce que les autres ont la frousse de faire. Ton Karenberg, où est-ce qu'il est ?

— On ne sait pas, dit Alexandre, ils l'ont pris dans la rue. Ils devaient le suivre.

— Si c'est la Gestapo, je peux rien, dit Carlo. Les officiers de la Kommandantur, de l'*Hôtel Atlantic,* ceux-là je les connais, ils font des affaires, comme les autres. Je vais démolir la Jetée pour eux, on a signé.

— Tu as signé ? dit Alexandre.

— La Gestapo, continuait Carlo sans répondre, c'est l'*Hôtel Hermitage,* l'*Hôtel Excelsior,* là, j'entre pas. Je suis égoïste.

— Karenberg, dit mon père, il a dû se défendre, il n'a pas pu se laisser prendre comme ça.

— Vous n'êtes pas assez égoïstes pour vous défendre bien.

Carlo se levait, foulait la couverture, sa démarche me semblait tout à coup plus aisée, sa canne inutile.

— Vous, continuait-il, vous allez vous défendre. Je vais organiser ça, moi. Alexandre et Nathalie, vous restez ici. Saint-Paul, maintenant, c'est trop risqué avec Katia. Toi (il prenait mon père par le bras), tu vas aller ailleurs. Ils vident toute la Promenade, les rues barrées par du béton, j'en ai vingt-cinq à construire de murs, vingt-cinq, ça donne du travail ça, non ? Je te loge, je te mets sur un chantier, ailleurs, pas à Nice.

— L'appartement, dit mon père en me regardant, je veux bien. Pour les gosses. Mais pour le reste, je suis pas une vache de l'étable, oncle.

Carlo s'éloigna de mon père.

— Tu ressembles pas tellement à Vincente toi, dit-il. Ton père... (Il s'interrompit, s'appuya à nouveau à sa canne.) Au fond qu'est-ce que je sais de Vincente ? On était trois frères, on est venus ici et ça a été chacun pour soi. On s'est vus quand quelqu'un mourait. Fais ce que tu veux Dante, l'appartement on te le montre demain.

Nous nous sommes installés avenue de la Victoire.

Mon père, au début, continuait à habiter avec nous puis ses absences se sont prolongées, bientôt il a disparu. Je ne posais pas de question, je me souvenais des deux fusils cachés au milieu des planches dans les caves de l'*Hôtel Impérial.* J'imaginais des combats, je me voyais ouvrant les portes de la ville et mon père entrait à la tête de cavaliers, me délivrait, ou bien j'agonisais cependant qu'il passait, emporté par le flot victorieux.

Quand, à table, Christiane interrogeait ma mère, je lui donnais un violent coup de pied. Elle se tournait vers moi, nous nous battions, je n'entendais pas la réponse de ma mère :

— Ton père, ses enfants, il s'en fout, lui ce qui compte, c'est lui, le reste...

Je m'enfermais quand mes grands-parents Raybaud disaient à ma mère :

— Alors ton mari, il vous a laissé tomber ? Un jour, s'ils ne le trouvent pas, c'est toi qu'ils arrêteront. Ça, quand tu t'es mariée, ta mère et moi nous te l'avions dit.

Ma mère hurlait, sa voix perçait ma porte :

— Vous voulez me fiche la paix, qu'est-ce que je peux faire ? Aller me plaindre à la police ? Aux Allemands ?

— Pourquoi pas ? Au moins ils sauraient que toi et les enfants vous y êtes pour rien.

J'avais ouvert la porte de ma chambre, je m'avançais vers eux.

— Et l'école, Roland, tu travailles bien ?

Je les dévisageais sans un mot, puis je m'enfuyais.

J'allais jusqu'à la place Masséna, je regardais le mur qui fermait la rue Saint-François-de-Paule, j'assistais à la relève des sentinelles devant l'*Hôtel Atlantic*. J'atteignais parfois, de bond en bond, persuadé qu'on me guettait alors que le mur n'était pas gardé, que la rue était déserte, la Promenade des Anglais.

J'avais besoin de voir la mer, de retrouver cette baie qui m'apprenait que l'horizon s'ouvre, que l'arc des collines qui emprisonnait la ville de l'ouest à l'est, celles du nord plus hautes, et derrière elles le gradin bleu des Alpes formait un autre cirque, que cette limite que le regard heurtait pouvait être franchie, la tenaille desserrée. La mer, certitude que l'espace libre existe, qu'on peut y tracer sa vie comme le fait l'étrave, et je relisais souvent *Martin Eden*. J'aimais qu'il choisît de mourir par la mer, s'enfonçant en elle, alors que les étoiles de la baie d'Oakland se confondaient avec les myriades de bulles de sa profonde plongée.

Je demeurais ainsi quelques instants saisi par le miroitement du soleil sur la mer vide, sur les vitres des maisons abandonnées de Roba Capèu. Il me semblait tout à coup apercevoir sur les rochers, là où souvent nous avions été pêcher avec mon père, les silhouettes, taches noires des marins de la *Kriegsmarine* et j'entendais les coups de masse que les ouvriers donnaient sur les poutrelles du Palais de la Jetée. Une barge chargée de ferrailles passait lentement, longeant le rivage. Déjà il ne restait plus du Palais qu'un promontoire de fer rouillé où je reconnaissais la balustrade. Là, je m'étais appuyé, j'avais vu le feu dévorer le roi de Carnaval, j'avais rêvé de départ, de passerelles, de bastingages, et il ne restait que cette armature rouillée, des pieux que les vagues recouvraient. Brusquement j'avais peur. Je découvrais mon enfance détruite en regardant ce Palais démoli. Je m'éloignais.

Je retrouvais la place Masséna mais la ville privée de la mer me paraissait être le centre désertique d'un univers continental où le regard ne rencontre que massifs dénudés, rochers à vif, pierrailles. Les rivières elles-mêmes, le Paillon, le Var, me semblaient taries, comme si elles avaient dû prendre leur source dans la mer. Leurs lits étaient de longues traînées blanchâtres de caillasses et de sable. La ville était bâillonnée et j'étouffais.

Je traînais dans les rues, je voulais tout voir, les affiches des miliciens, leur service d'ordre devant le Palais des Fêtes. Je m'emplissais la tête de leurs cris : *Darnand, Darnand, Henriot, Henriot,* de leurs mots.

Serons-nous bolchevisés, c'est la question que nous posons à la France. Notre camarade Charles Merani, avocat au barreau de Nice, vous parle.

La peur d'être pris se mêlait au plaisir intense de voir. J'imaginais que quelqu'un allait sortir du Palais des Fêtes, le doigt tendu vers moi : « Je l'ai vu celui-là, c'est le fils de Dante Revelli, il est venu dans ce Palais, il a chanté. »

La chanson me revenait. J'étais sur l'avenue, je sifflais :

> « *C'est la lutte finale,*
> *Groupons-nous et demain,*
> *l'Internationale...* »

Le refrain m'entraînait, mon père m'avait porté sur ses épaules, je levais le poing, la salle était grise de fumée :

> « *L'Internationale sera le genre humain.* »

J'ai eu la sensation que je chantais à haute voix, et devant moi, trois hommes, l'un d'eux en uniforme allemand, et je revois cet écusson, bleu-blanc-rouge en haut de la manche gauche.

Tombaient sur moi la glace et le feu.

Mais rien. Ils parlaient entre eux. Sans doute le chant n'avait-il même pas dépassé mes lèvres, fort seulement en moi. Je les regardais s'éloigner, je les suivais jusqu'à ce restaurant de la Milice dont les vitres avaient été brisées par un attentat. Je restais dans ce quartier, j'espérais saisir l'instant où un partisan lancerait sa grenade, je m'approchais, je lisais les affiches, *Bolchevisme, Europe, Volontaire Français,* ces hommes à poitrine nue, leurs muscles saillants, je serrais les mâchoires, je contractais le ventre, je rejetais les épaules, tête droite comme le soldat d'une autre armée. Je me criais : *En avant, baïonnette au canon.* Tout se mêlait, lectures, récits, et le jet des lance-flammes qui envahissait l'écran des actualités.

Je courais le long du boulevard de Cimiez, résiste soldat, je courais jusqu'à épuisement, et je courais encore dans l'allée de palmiers, j'étais fier de ma fatigue, de mon exploit. Ma tante Violette m'ouvrait, me donnait à boire.

— Tu es fou, disait-elle, et ta maman ?

J'hésitais. Ma mère n'aimait pas que je sorte avec Bernard.

— S'ils le prennent, répétait-elle.

Elle n'osait cependant pas m'interdire. Comment l'aurait-elle pu ? Je serais descendu dans la rue en m'agrippant aux gouttières. Alors elle parlait :

— Roland, s'il t'arrivait quelque chose. Tu imagines, moi, qu'est-ce que je deviendrais, tu imagines ?

Elle me confiait Christiane, m'obligeait à les accompagner chez nos grands-parents Raybaud, chez les Baudis.

— Votre mari, maintenant que les Allemands ont fermé l'hôtel, qu'est-ce qu'il fait ? Vous savez qu'en Allemagne ils payent très bien, je lisais hier...

— Et ta maman ? répétait Violette.

Je haussais les épaules. Elle n'irait pas à la police comme le voulait grand-père Raybaud. Elle avait peur de moi. Elle se contentait de dire à chaque repas :

— Comment voulez-vous que j'y arrive, toute seule ? Votre père, celui-là...

Mais je savais qu'il ne nous oubliait pas.

On sonnait, je me précipitais. Lui, peut-être. Une femme me tendait une enveloppe : « Pour Madame Revelli. »

Déjà elle dévalait l'escalier. J'ouvrais, des billets, des tickets de pain et de viande. J'en volais quelques-uns, ils venaient de lui, pour moi. J'entrais dans une boulangerie, je tendais les tickets et l'un des billets.

Puis le pain glissé sous ma chemise, je rejoignais Bernard. Nous courions côte à côte jusqu'aux palmiers.

Assis dans l'herbe sèche, je brisais ce pain à la mie gluante. Je donnais une part à Bernard.

— C'est mon père, tu sais.

— Ton père, c'est quelqu'un, disait Bernard.

Je gardais longtemps dans la bouche ce pain dont je voulais conserver le goût.

12

La guerre m'a appris les ruses de la mort.

— S'il meurt, murmurait Louise.

Lily mettait la main sur la bouche de sa belle-mère.

— Taisez-vous maman, taisez-vous.

Louise dissimulait son visage en l'appuyant sur son bras replié. Elle pleurait sans bruit cependant que Lily, avec des gestes exaspérés, touchait du bois, se signait, posait sur la table des pommes de terre.

— Il me reste ça, disait-elle à mon grand-père Vincente. C'est tout ce qu'il y a au magasin.

Louise se levait, se mouchait bruyamment.

— Le malheur, criait Lily, vous l'attirez. Il est vivant Lucien, alors, attendez qu'il soit mort pour pleurer.

Elle claquait la porte, revenait, prenait dans sa poche une lettre froissée, la donnait à Louise :

— Tenez, il écrit, votre fils. C'est pas le seul prisonnier, vous savez.

Mon grand-père Vincente faisait rouler vers moi quelques pommes de terre, me clignait de l'œil, murmurait :

— Tu veux en emporter, Roland ? Tu veux les manger ici, on les fait vite bouillir, c'est bon avec du sel.

Il se frottait les mains. Je l'embrassais, je dévalais l'escalier.

Je ne pouvais jamais rester longtemps avec eux rue de la République. J'avais envie de me coucher sous un meuble, d'être comme un chat malade, les pattes repliées sur les oreilles, la tête renversée, la gorge plus blanche offerte. Il fallait que je les abandonne, Louise, Vincente, pour garder l'envie de courir. Ils ne parlaient que de Lucien, ils attendaient ses lettres ou sa mort.

— Ils ont bombardé Berlin, il est pas loin, je crois, disait Louise. Ils vont me le tuer, maintenant que c'est presque fini, que les Américains vont débarquer.

Je comprenais Lily, sa rage. Je percevais qu'il est des mots qu'on dresse au-dessus de soi, qui appellent la foudre.

J'interrogeais Violette dont au contraire l'énergie me rassurait. Elle confiait Vincent à une voisine qui gardait à la fois la vieille Miss Russel et l'enfant, et nous prenions les vélos.

Violette roulait, Bernard à sa gauche, moi à sa droite, les pans de sa robe boutonnée devant écartés par le vent. Quelqu'un sifflait en la voyant, chemisier blanc largement échancré, jambes nues.

— La tante Louise (je criais parce que Violette nous dépassait et cette course était un jeu entre nous), elle a toujours pleuré comme ça ?

Violette ralentissait, me laissait rester à sa hauteur, posant sa main sur mon dos, s'appuyant à moi.

— Elle est malheureuse, tu sais. Pas de chance, en 14 celui qu'elle aimait est mort parmi les premiers. Maintenant son fils.

— Je suis triste quand je suis avec elle, triste. J'ai même peur.

Violette s'élançait, debout sur ses pédales, dans la côte qui conduisait aux studios de la Victorine. Bernard démarrait à son tour et je tentais de suivre. Devant nous s'ouvrait *Le Boulevard du Crime* et nous étions *Les Enfants du Paradis.*

Violette nous poussait au milieu des figurants. Je l'apercevais une dernière fois sur l'estrade, une casquette à visière dissimulant son visage, parlant au cameraman, à l'homme au porte-voix, puis Bernard et moi, nous entrions dans le Carnaval.

Calèches, tréteaux de bateleurs, faux-semblants, masques, carton-pâte des façades, maisons de toile que le vent trop fort parfois gonflait, je ne savais plus distinguer le jeu du souvenir, ce film qu'on tournait de mes feux d'artifice quand je voyais brûler le roi et que la foule nous entourait aussi, mon père et moi. Je le cherchais ici, sur ce plateau aux dimensions d'un boulevard, dans ce décor qui était une ville, et quand, le soir, nous redescendions à Nice, après avoir touché notre cachet, la place Masséna, les façades roses, les volets verts, les platanes me semblaient aussi factices, aussi vrais que ceux des studios de la Victorine. Les rues étaient toutes devenues des boulevards du crime.

Rue de la République un jour de mai. L'alerte a été longue. Nous chuchotions dans les caves de l'école et les déflagrations sourdes faisaient trembler le sol. J'avais hâte de sortir. Quand j'ai retrouvé les platanes de l'avenue, il m'a semblé que l'air était chargé de poussière et de fumée. Des secouristes se groupaient.

— C'est Saint-Roch qui a pris, criaient-ils, Riquier.

J'ai couru derrière eux vers la place Masséna, puis l'alerte encore nous a collés contre les façades et à nouveau le tremblement de l'air, le roulement auquel succède le vide du silence. Coups de sifflet des agents pendant que je traverse la chaussée. Ma mère et Christiane sont réfugiées dans l'une des caves de l'immeuble. Je m'avance jusqu'à l'entrée, je les devine, je crie : « Je vais voir ! »

Voir. Courir vers les bruits, les fumées. Des barrages place Garibaldi. La rue de la République avec seulement quelques figurants en costume, policiers, infirmiers, pompiers. Des cris, des hommes qui franchissent les cordons de police, je cours avec eux, vers les gravats, les brancards, la maison de Louise et de mon grand-père Vincente. La façade vue de loin est intacte mais la bombe est tombée dans la cour où j'ai si souvent joué, et la maison est évidée comme un décor fait d'apparence.

Je ne voulais pas voir ce qui me concernait. Je répétais, ils sont morts, tout en marchant vers Riquier, en sautant les murs éboulés, les câbles électriques, serpents brûlés sur le sol défoncé.

J'ai vu sur les brancards, avant qu'on pose la couverture, les hommes gonflés, visage rose, mannequins bourrés de sciure que s'envoient les bateleurs.

Lucien semblait devoir mourir et c'est Louise et Vincente qui sont couchés côte à côte dans la chapelle de l'hôpital. Ruses. Nous sommes tous là, les Revelli, Lily, Carlo, Anna, Violette, Antoine,

Giovanna, Edmond, ma mère, Christiane, Alexandre et Bernard qui partage notre nom et notre deuil.

Je m'en veux aujourd'hui de mon indifférence d'alors. Peut-être trop de cris autour de nous, des femmes à genoux, la mort à la première page du journal : *284 morts, 100 disparus, 6 000 sinistrés.*

Je sors de la chapelle, je regarde la ville, les voies ferrées, main noire ouverte où est tracée la ligne du destin. Les bombardiers se sont trompés de cibles. Les quartiers au lieu de la gare. Le vélodrome confondu avec la rotonde de triage. J'écoute les parents éloignés expliquer la guerre, le sort, leur chance.

Ma mère m'appelle, nous marchons. Elle parle, elle parle :

— Ton père qui n'est même pas là pour la mort de son père, de sa sœur, une honte ; à sa place j'aurais des remords toute ma vie. Mais, au fond, tu as vu ta tante Violette, et Carlo, pas une larme, j'étais plus émue qu'eux.

Je me tais, je suis une terre sèche. Comment pourrais-je parler ou pleurer ? Je ne connais pas encore le cours souterrain du désespoir, ses méandres sous la roche blanche. Je ne sais rien des résurgences inattendues, si loin du jour, du lieu où la mort est tombée.

Et le deuil m'a ainsi noyé plus tard, quelques pommes de terre posées sur une table, et ma femme les poussait vers moi.

— Avec du sel, disait-elle, bouillies, tu n'aimes pas ?

C'était à des années de leur mort, dans une cabane de berger. Nous avions marché depuis le matin, franchissant les cols où le vent tout à coup se lève, glace la sueur. Dans la vallée, la pluie avait commencé à tomber et nous avions couru jusqu'au bord de ce lac où sans doute les moutons venaient boire. J'avais forcé la porte de la cabane. Jeanne, pendant que j'allumais le feu, découvrait dans un chaudron de cuivre ces pommes de terre. « Avec du sel... » commençait-elle.

Le deuil, si loin du jour de mai 44.

J'ai pleuré longuement mon grand-père Vincente, ma tante Louise que j'avais cru si vite enfouis dans l'oubli avec les morts du grand bombardement de Nice. Ils me tendaient leur affection et je devinais leurs vies peu à peu cantonnées, soumises, j'éprouvais à chaque sanglot la brisure de leurs désirs, je pleurais moins leur mort que les renoncements auxquels ils avaient été contraints, j'avais envie de faire éclater ma tête contre le bois de la table, de hurler, puisque la vallée n'était remplie que par la pluie, contre le scandale des vies muselées, je m'accusais de n'être pas resté avec eux, ce vieux, cette femme affolée par la peur, dans leur cuisine, rue de la République, moi, gosse égoïste dont la vie était à faire et qui préférait courir vers Cimiez, vers Violette, Bernard et Carlo Revelli, moi qui préférais le compagnonnage des forts à la fraternité des faibles.

J'allais vers les arbres de Carlo Revelli, je grimpais sur les bras noueux et gris des figuiers, j'écartais le voile rugueux des feuilles, soupesant ces fruits pulpeux, à la saveur d'abondance. Jamais je n'arriverais à tout prendre. Je tendais la main, je remplissais le panier, j'écrasais sur mes lèvres cette chair sucrée et fraîche à laquelle parfois les fourmis donnaient une légère amertume.

Je sautais sur le sol et j'apercevais vers la cime de l'arbre des fruits, encore des fruits.

Je me suspendais à une branche, je grimpais dès

qu'elle s'éloignait et je recommençais à manger, ouvrant la figue d'un coup de dents, mes lèvres contre les lèvres du fruit.

— Gaspille pas, Roland, criait Carlo.

J'étais pris, coupable. Je nettoyais ma bouche, je lançais au loin, vers les oliviers, le dernier fruit. Je montrais mon panier.

— Tu as surtout mangé, disait Carlo.

Il ajoutait quelques légumes au-dessus des figues.

— Et ton père ? demandait-il.

Une courte lettre postée à Nice : *Chers tous, ça va. Le chantier avance. Il sera bientôt terminé. Je vous embrasse. Dante.*

— Pourvu qu'il ne tombe pas de l'échafaudage avant, disait Carlo.

Il s'asseyait sur le banc de pierre, appelait ses petits-enfants. Mafalda avait quitté son mari, Charles Merani, qui paradait en uniforme de la Milice, présentait Philippe Henriot ou Darnand à la tribune du Palais des Fêtes.

— Viens ici avec ton fils, avait dit Carlo à sa fille. Ton mari maintenant, il peut plus m'aider. Les Allemands sont les patrons. Et j'ai ce qu'il faut.

Je surprenais des conversations entre Nathalie qui vivait aussi à Gairaut et Violette. Elles se retrouvaient assises de chaque côté de Miss Russel, sous les arbres du jardin, dans la villa de Violette, au bout de l'allée des palmiers. Vincent jouait avec Yves et Christiane, moi avec Bernard. Nous sautions les grilles des villas abandonnées. Les jardins étaient des jungles et nous pouvions nous dissimuler dans les hautes herbes aux bords tranchants, ramper vers le perron malgré les ronces, bondir vers les escaliers, le bras levé et l'un de nous imitait la rafale de la mitraillette, et l'un de nous mourait contre les volets de fer. Nous rentrions.

— Mon beau-père, disait Nathalie à Violette, par moments il me dégoûte, il est avec tous. Il gagne de l'argent avec eux. Une de ses entreprises a construit des blockhaus, une autre a démoli le Palais de la Jetée. *L'Hôtel des Îles,* il l'a vendu à des gens de Munich. Ils sont venus à Gairaut, ils ont signé à deux mètres de moi. J'avais envie de leur cracher dessus, de dire, je suis juive, je suis Nathalie Hollenstein, vous avez pris mon père. (Nathalie s'interrompait.) « Ma belle-fille, Nathalie Revelli. » Voilà, il m'a présentée tout naturellement.

— Il se débrouille, dit Violette. En même temps il nous aide.

— Seulement ses intérêts, seulement ça, reprenait Nathalie. Je ne l'embrasse plus. Je ne peux pas. Je pense à mon père, à Jean Karenberg. À Alexandre aussi, à Dante, à Rafaele Sori, ou à Sam. Eux, ils se battent.

— Il est vieux, dit Violette. Il pourrait ne rien faire. Ne pas les aider.

Nathalie appelait Yves, l'embrassait.

— Il vaudrait peut-être mieux, disait-elle. Ce serait plus clair.

— Est-ce que ce serait plus utile ?

— Il y a une morale. Il n'a pas de morale, Violette.

Elle s'approchait de ma tante, Yves recommençait à jouer avec Vincent.

— J'ai besoin d'une morale. (Nathalie se frappait la poitrine à petits coups du bout des doigts.) En moi. Je ne peux pas être blanche avec les uns, noire avec les autres.

— Je ne réfléchis pas, dit Violette. Il y a des choses que je ne peux pas faire, c'est tout. Vivre avec Sam ou Rafaele, maintenant, ça je ne peux pas. Je sais que je dois vivre seule, avec Vincent. Appelle cela de la morale si tu veux.

Mon oncle Antoine et ma tante Giovanna ne montaient jamais à Gairaut. Avant de rentrer chez moi, je passais le boulevard de la Madeleine, je jouais au Revelli riche, à Carlo. Je posais le panier de figues sur la table, je disais à mon cousin :

— Prends Edmond, prends. Celle-là.

J'avais du plaisir à trier pour lui les figues crevassées, les plus sucrées, aux fentes rouges parcourant la peau noire. Je découvrais la joie d'être celui qui peut donner parce qu'il possède. J'avais la générosité de qui n'a plus faim.

Ma tante Giovanna prenait une figue, une seule. Souvent elle choisissait le fruit écrasé que je devinais aigre, elle le mangeait vite comme si elle avait eu peur que son mari ne la surprenne.

Antoine rentrait tôt parce que, sur les chantiers, on ne travaillait que quelques heures. Les matériaux étaient rares. Mon oncle voyait le panier, me saluait d'un mot, commençait à se laver, grattant avec le bout des ongles le plâtre ou le ciment accroché à sa peau...

— Tu travailles toi ? demandait-il rudement à Edmond. Tu manges, ajoutait-il avec mépris. C'est les figues de Monsieur Carlo Revelli ?

Giovanna tendait à son mari une serviette.

— Laisse Antoine, laisse, disait-elle.

— Alors, toujours malin l'oncle Carlo ? Toujours riche ?

Il s'essuyait le visage, m'ignorait, racontait à Giovanna :

— Ils en ont encore pris deux pour l'Allemagne, des gars de mon âge, si ça continue je vais plus sur le chantier. On mangera ce qu'on pourra.

Il me lançait la serviette comme une balle.

— Alors traître, tu te fais nourrir par les collabos ?

Il riait d'abord, puis assis les avant-bras appuyés sur le bord de la table, le panier de figues devant lui, son attitude changeait. Il roulait une cigarette, s'y prenant à plusieurs fois parce que ses doigts tremblaient, la fatigue ou la faim, la colère. Il parlait à Edmond, comme si je n'avais pas été là. Le dos collé à la porte, j'étais immobilisé par sa voix.

— Mon père, disait-il, ma sœur, cette bombe qui les a tués, tu vois Edmond, c'est ça qui me révolte, que ce soit toujours les mêmes, parce qu'ils habitent près des usines, des gares, c'est eux qui crèvent quand on bombarde, ceux de Riquier ou de Saint-Roch, pas ceux de Cimiez ou de Gairaut. Ceux-là ils sont loin. On touche pas les beaux quartiers, pourquoi veux-tu qu'on les vise ? Hein ? Y a pas d'usines, pas d'entrepôts, on gaspillerait des bombes, non ? C'est logique. Carlo Revelli, lui, il ne risque rien. Sa maison elle est à Gairaut, il mange. (Antoine prenait quelques figues dans la main, les soupesait.) Il en donne, mais si quelqu'un se fait tuer, ce sera Dante, et l'oncle, il sera encore du bon côté, avec la médaille, que ce soit l'un ou l'autre qui gagne. Les malins, Edmond, faut pas leur en vouloir, mais ce monde, nom de Dieu, il sera toujours fait pour eux. Toujours les mêmes qui seront couillonnés.

— On va manger, disait Giovanna.

Elle s'approchait de moi :

— Il est tard, Roland, ta mère va s'inquiéter.

Elle prenait le panier de figues sur la table, m'accompagnait jusqu'à la porte, m'embrassait, chuchotait :

— J'en prends encore deux ou trois pour Edmond et pour moi. (Elle les glissait dans la poche de son tablier.) Viens nous voir, ajoutait-elle.

J'hésitais sur le trottoir, le panier au bout du bras. J'étais seul. Cette odeur forte des figues me donnait maintenant envie de vomir. J'arrimais le panier sur le porte-bagages, je pédalais vite longeant le bord de la chaussée, là où elle est inégale et je souhaitais que les cahots, coups secs dans mes bras, écrasent les fruits.

13

L'été de la guerre, je l'ai passé dans les rues et sur les toits.

Ma mère ne supportait pas la chaleur, cette épaisse présence du soleil dès le milieu de la matinée, l'appartement envahi par une lumière en fusion qui traversait les pièces comme une coulée, de l'est à l'ouest, d'une façade à l'autre.

Elle rentrait du marché aux légumes, le cabas presque vide et si Christiane et moi nous nous approchions elle criait :

— Il n'y a rien, qu'est-ce que vous croyez ? Il n'y a rien au marché, trois cents grammes de pain, voilà ce que j'ai.

J'avançais la main, elle la frappait.

— Tu attendras, comme nous.

Elle ouvrait le robinet pour que l'eau devienne fraîche, puis elle fermait les volets.

— Cette chaleur, disait-elle, je ne peux plus.

Elle vivait dans la pénombre jusqu'au soir.

Moi, j'avais besoin de l'incandescence de l'été. Ma mère, allongée à même les tommettes fraîches dans sa chambre, racontait à Christiane, sa confidente, un épisode de sa vie, ce prince russe encore qui l'attendait devant *Haute Couture.*

— Ne sois pas idiote comme moi, disait-elle.

J'ouvrais silencieusement la porte palière, je bondissais.

— Roland, Roland, criait-elle.

Peu m'importait maintenant. À moi les marches, les couloirs. Ma mère m'appelait encore, claquait la porte de colère. J'avais l'avenue devant moi, la place lavée par le soleil.

Souvent ce n'était qu'une feinte. Je remontais jusqu'aux mansardes. Je forçais l'une d'elles et par la tabatière je gagnais les toits. J'étais au-dessus de la ville rouge. Je m'installais entre deux cheminées : du Mont Alban à l'Estérel la scène s'ouvrait. Superstructures des navires anglais à l'horizon de la baie, chasseurs qui tombaient sur le port et reparaissaient vers la Promenade alors qu'éclataient les obus de la D.C.A., coups de feu qui semblaient rebondir de toit en toit, et un matin d'août le vol groupé des bombardiers vers les plages du débarquement.

La chaleur de cet été-là, jamais je n'en ai subi d'aussi forte. Les tuiles étaient brûlantes. Je m'allongeais avec la peur de glisser alors que le toit n'avait qu'une faible pente mais j'imaginais que j'allais être entraîné jusqu'à la gouttière et que seules les branches d'arbres arrêteraient ma chute. Je me mettais sur le dos, je ne voyais que le ciel, je m'efforçais de fixer un instant le soleil, de m'y brûler. Je m'aveuglais et paupières fermées enfin j'attendais que naissent les insectes dorés, taches sur ma rétine, mouvantes. Je voulais que la chaleur me caresse et me pénètre. Je me déshabillais, je suivais la respiration de cette peau plissée, rose et veinée, de cette chair collée à moi qui se gonflait comme un poulpe et que j'avais envie de couvrir de ma main pour en éprouver la présence, la tiédeur humide. J'embrassais mon bras, mes doigts, ma peau brune et je me courbais comme si j'avais pu poser ma tête entre mes cuisses.

Je restais là parfois jusqu'à la nuit quand la chaleur n'était plus que celle des tuiles. Je sautais dans la mansarde, je retrouvais la touffeur close et dans l'appartement les cris de ma mère.

— Où étais-tu ? Tu m'as bien déçu, Roland, tu es pire que ton père, pire, parce que lui, mais toi.

Peut-être la fin de la journée ou la tristesse vraie de ma mère ou bien cette insatisfaction qui me restait, irritation de ma peau, désespoir de ne presser contre moi la nuit qu'un oreiller mort, de ne connaître encore que la moiteur solaire et non celle des aisselles ou des cuisses, mais j'avais alors envie de me jeter dans un grand cri, vers les cimes des platanes, d'ouvrir mes bras comme un plongeur.

La guerre me sauvait de ces désespoirs violents. Les sirènes rasaient la ville assoupie. J'ouvrais les volets, j'attendais le pointillé des balles traçantes, j'espérais la gerbe flamboyante d'une bombe qui eût frappé à quelques mètres, ou bien l'avion qui se serait écrasé devant moi, sur la place et j'aurais couru avant l'ennemi vers l'équipage. Je guettais le ronronnement régulier de l'avion isolé, l'avion fantôme qui chaque nuit survolait la ville, lâchait quelques petites bombes.

Nous descendions dans les caves, ma mère jouait à la belote avec d'autres locataires, Christiane dormait. J'explorais les couloirs, je me heurtais à des ombres, voisins qui, une couverture sur les épaules, attendaient la fin de l'alerte.

Une nuit, je me suis trouvé assis près d'une femme. Elle avait posé la tête sur ses genoux, les bras noués autour de ses jambes et je ne voyais que la fente entre le mollet et la cuisse. La lampe à acétylène sur la table des joueurs de cartes n'éclairait qu'à peine la partie de la cave où je me trouvais. J'ai avancé la main, effleuré il me semble la jambe, glissé mon doigt dans cette zone plus noire. J'écartais le mollet de la cuisse, ma main caressait le dessous de la jambe, la femme demeurait immobile, peut-être dormait-elle ; je n'osais bouger davantage, me limitant à ce contact, à ce tremblement anxieux de tout mon corps, si fort qu'ils allaient tous se retourner vers moi. Elle a brusquement saisi mon poignet, posant ma main sur l'un de ses seins, et mon bras se trouvait ainsi dans elle, entre sa poitrine et ses jambes. Je sentais les replis de sa peau sous le tissu soyeux. La sirène. J'ai retiré ma main comme on l'écarte du feu, je suis sorti le premier de la cave, montant les escaliers en courant, buvant longuement penché sur le filet d'eau tiède qui léchait mes lèvres.

J'ai tenté les jours suivants de savoir qui elle était. Je me dissimulais dans l'entrée des caves d'où je pouvais apercevoir l'escalier. J'attendais, mais comment reconnaître une émotion dans ces femmes pressées dont les semelles de bois résonnaient sur les marches ?

Je me persuadais que j'avais dû, pendant l'alerte, imaginer la scène, qu'elle n'avait pas plus de réalité que les corps de mes nuits et de mes toits, ceux que mes doigts ou la chaleur faisaient naître. Mais ce contact vrai ou faux était présent dans ma mémoire, avivait mon désir de la pleine présence d'un corps.

Quand je me trouvais près de Julia, l'envie de la serrer était si forte que je restais loin d'elle, refusant de la suivre dans les tranchées, de prendre sa main, de troubler par un geste brutal la limpide perfection de notre jeu candide. Elle était toujours ma reine et je m'inclinais, obséquieux, dévoué comme un serviteur bossu, je mimais *La Belle et la Bête,* je séparais l'âme du corps au moment où je commençais à découvrir que les rues étaient peuplées de femmes, qu'en vélo souvent leurs jupes gonflaient, que leurs seins, sous les tissus légers de l'été, se devinaient.

L'une d'elles passait et je suivais son sillage, mais de si loin, qu'elle restait pour moi une silhouette que seule mon imagination rapprochait. Je pouvais pourtant marcher ou rouler derrière elle durant des heures, et n'interrompre la filature qu'à l'instant où elle se retournait intriguée. Mais peut-être ce mouvement de la tête vers moi ne m'était-il pas destiné. Je me figeais pourtant, changé en statue de honte, puis je partais dans la direction opposée à longues enjambées de peur d'être reconnu.

Ces femmes, actrices involontaires de ma rêverie, je les voyais souvent rentrer chez elles, je m'appuyais à une façade, j'attendais. J'aurais pu rester là la nuit entière mais je craignais qu'une concierge ne s'étonnât de ma présence. Je m'éloignais, revenais jusqu'à ce qu'une autre femme, tout à coup, m'attire.

Un nouveau film commençait et j'oubliais la première star, sûr que celle dont j'emboîtais le pas allait me tendre la main, provocante : « Viens, viens Roland. » Le reste, je le vivais la nuit, seul dans ma chambre, guettant ma mère que la peur des alertes empêchait de dormir.

Je voyais moins Bernard parce que je n'osais partager, avouer mon besoin. Il devait rester secret. Suivre une femme était affaire de solitaire et exigeait le silence. Je laissais à Catto les récits

— « Ma queue, je la lui ai mise entre les seins, qu'est-ce que tu bandes ! » Je lui abandonnais les rues et les places dont les noms séchaient la bouche — rue d'Alger, place Pelligrini — parce que des femmes, jupes plissées, seins de matrones, s'y tenaient parfois appuyées à des portes basses, étroites où entraient des soldats. J'écoutais Catto avec fascination et terreur. Il m'entraînait vers un passage entre des façades aveugles. Une rigole courait au milieu de la chaussée et, m'engageant avec lui dans cette venelle obscure, j'étais pris de dégoût, je sentais des odeurs d'urine. Il s'attardait, dévisageait l'une de ces ombres dont je ne voyais que les ongles rouges dépassant des lanières de cuir, le pied gras.

— C'est Sucette, disait Catto en me rejoignant. (Il riait.) Sucette, celle-là...

J'apprenais, à côtoyer Catto, à l'entendre, que je n'appartenais pas à sa race.

En classe parfois, il sortait son sexe, s'excitait dans un mouvement de va-et-vient, les jambes chevauchant le banc. Je voulais ne pas voir, mais en même temps j'enviais l'aisance avec laquelle les mots interdits passaient sa bouche — « une putain, merde, des nichons, un cul t'en as jamais vu comme ça — l'impudeur de ses mains qui s'approchaient de son sexe ou des femmes.

Moi, je reculais devant Julia, je regardais la terre pour ne pas voir ses jambes, ses seins. Parfois elle me défiait :

— Tu ne joues plus comme avant, disait-elle. Tu as peur de me toucher ?

Elle descendait en courant dans la tranchée, m'appelait mais je restais en haut des marches, sûr qu'elle me tendait un piège, qu'elle voulait savoir. Si je désirais garder le masque, une chance de la séduire un jour, il me fallait être sur mes gardes, ne rien livrer de moi, ne pas avouer le désir. L'envie que j'avais de toucher le corps des femmes était la preuve irréfutable que j'étais comme Catto, un pauvre. Or, je refusais cette identité.

— Ce serait bien si tu devenais avocat, disait Julia, comme mon père.

Nous étions seuls, assis sur l'un des bancs du square. Monique, Danielle, Paul, Julien tardaient à venir. Catto s'était approché, puis, discret et complice, il m'avait fait un geste d'encouragement dont je connaissais le sens : baise-la.

— Ton père, tu n'en parles jamais ? Qu'est-ce qu'il fait ?

Attirer Julia contre moi, toucher son genou, c'était répondre : ouvrier.

— Tu ne dis jamais rien de toi. (Julia baissait la voix.) Tu peux me dire à moi. Tu es juif ?

Je me levais. Je m'enveloppais de mystère comme Monte-Cristo de sa cape. Un jour, quand j'aurais découvert l'île au trésor, tout me serait permis. Jusque-là, je devais mentir. Julia s'était levée aussi et debout, si proche de moi, elle murmurait :

— Tu es juif, Roland ? J'en étais sûre. Ton père...

J'esquissais un geste.

— Ils l'ont tué ?

Elle m'obligeait à m'asseoir près d'elle.

— Papa, tu sais, est au courant. Il dit que la guerre va vite finir maintenant. On écoute la radio anglaise tous les soirs.

Elle chuchotait :

— Comment l'ont-ils tué ?

Des femmes traversaient le square, affolées, se retournant pour regarder vers la place Masséna comme si elles avaient fui l'incendie et que les flammes les menacent. Je suis monté sur le banc pour voir, mais je n'apercevais qu'une place trop vide pour ce milieu d'après-midi.

Je n'avais pas nié sa mort. Ils l'avaient donc tué.

Je retenais un homme par le bras, je l'interrogeais :

— Qu'est-ce qu'il y a ?

— Ils en ont pendu, disait-il, sur l'avenue. Rentrez, rentrez.

Je me suis tourné vers Julia.

— Pendu, ils l'ont pendu.

J'ai couru aussi vite que je pouvais vers la place, bousculant ceux qui s'en échappaient, atteignant enfin l'entrée de l'avenue, coulée obscure où la foule hésitait à pénétrer. Je me suis trouvé au premier rang. Pas un soldat, pas un policier n'interdisaient d'avancer et pourtant un gouffre s'ouvrait au bout duquel de part et d'autre de l'avenue, accrochés aux lampadaires, deux corps d'hommes, l'un, un pantalon clair, l'autre vêtu de sombre, leurs pieds à moins d'un mètre du sol.

J'ai marché au milieu de la chaussée vers ces pendus du carrefour, sur cette avenue de la Victoire devenue elle aussi boulevard du crime. J'ai parcouru avec d'autres cet espace les yeux levés vers les deux visages que je ne distinguais pas. C'est lui. Et peut-être chacun de ceux qui s'avançaient avait-il la même pensée, la même certitude.

Des agents cyclistes ont pris position, près des corps, et j'approchais. C'est lui.

Ils avaient la tête penchée sur le côté, le corps, le cou comme étiré, les mains liées dans le dos, l'un la bouche légèrement ouverte. Pendus qui n'étaient pas mon père et je suis allé de l'un à l'autre, pour m'en convaincre encore, m'assurer que je ne l'avais pas trahi, ne quittant l'avenue qu'au moment où les agents obligeaient la foule à se disperser, où des murmures s'élevaient : « Les Allemands vont revenir, ils vont en pendre d'autres. »

J'ai marché, la tête tournée vers eux, jusqu'à chez moi. Je suis resté longtemps devant notre porte, gagnant à nouveau la chaussée pour les voir, et de loin, ainsi, au bout de l'avenue, de la double rangée de platanes, ils étaient les deux statues douloureuses et résolues, gardiennes de la place.

14

Les premiers œillets rouges que j'ai vus fleurir sous leurs noms, c'est à la fin du mois d'août.

Depuis l'aube je guettais les détonations isolées que nouaient quelquefois de courtes rafales. J'étais monté sur le toit. Au delà des collines, vers l'ouest et le nord, des fumées, signaux de guerre que le vent effilochait.

Ma mère, depuis leur mort, gardait les volets clos criant de temps à autre à Christiane : « Ne t'approche pas des fenêtres ! » comme si les pendus ou leurs bourreaux étaient encore là, sous les feuillages de l'avenue.

Elle ne sortait plus que quelques minutes par jour pour acheter les cinquante grammes de pain et les quatre-vingts grammes de viande de la ration quotidienne. Elle rentrait, affolée, porteuse de rumeurs. On avait massacré des prisonniers dans les fossés de l'Ariane, vingt et un, on se battait à Peille, à Levens, les Américains avaient atteint le Var. « Votre père, lui... » Elle s'interrompait. Peur de l'accuser à cet instant alors qu'il était peut-être l'un de ces corps mitraillés.

Le 28 août j'ai couru jusqu'à la boulangerie. Trois tranches de pain qui tenaient dans la main, et c'est en revenant que j'ai aperçu d'abord une voiture, drapeau tricolore à la portière, qui remontait l'avenue, puis ces œillets rouges, sur le trottoir, sous les volutes de fer des lampadaires où la corde avait été nouée et deux noms écrits à la craie *Séraphin Torrin, Ange Grassi.*

J'ai sonné et comme ma mère tardait à ouvrir j'ai défoncé la porte d'un coup d'épaule, posé le pain, hurlé : « Ça commence ! »

Déjà, je sautais les marches. Puisqu'il n'était pas l'un de ces morts de l'avenue j'allais à sa rencontre. Il avait deux fusils. L'un était pour moi. Je me dirigeais au bruit. Je marchais vers les rafales. Place Garibaldi une affiche :

Niçois, Niçoises,
Comme Paris, comme Marseille, libérez-vous,
Hors de France le Boche exécré
Chassons-le, tuons-le,
Terrassons les traîtres !
Vive la France !

Vive la France. Un agent me secouait par les épaules :

— Tu veux foutre le camp chez toi, merdeux, tu veux que je t'accompagne à coups de pied au cul ?

Les rues se vidaient. Je suis rentré, je me suis allongé sur le toit, rampant jusqu'au faîte pour apercevoir l'avenue, la place, les camions allemands rangés sous les platanes, les soldats qui — l'écran était la rue, le film s'inventait sous mes yeux — bondissaient de tronc en tronc. Je serrais mon poing vide. Je lançais des grenades. J'allumais l'incendie qui devait brûler vers le port puisque la fumée s'étendait au-dessus du Château, de la Promenade.

Au milieu de la journée, les camions s'étant éloignés, je suis à nouveau sorti.

Il fallait que je le trouve. La ville était à moi avec seulement des cris que quelqu'un lançait d'une fenêtre ou d'une porte.

— Mais qu'est-ce que tu fais dans la rue ?

Tout à coup j'ai aperçu, couché sur un trottoir, un corps, un soldat laissé là, le casque couvrant encore la tête. J'ai eu peur et parce que je n'étais plus éloigné de Cimiez, j'ai couru vers l'allée de palmiers, retrouvant Violette, Bernard, Vincent.

— Ta mère, a commencé Violette, si tu ne rentres pas ce soir, tu y penses ?

Nous nous avancions dans le jardin, nous écoutions les coups de feu du côté des quartiers nord.

— Mais tu ne peux pas maintenant, continuait Violette. C'est interdit de circuler, s'il t'arrive quelque chose. Mais ta mère, répétait Violette après un silence.

Je l'ai imaginée, penchée sur la rampe de l'escalier descendant jusqu'au premier étage, interrogeant les voisins. « Mon fils, devait-elle dire, je ne sais pas... »

À elle aussi je devais être fidèle.

Je suis rentré malgré Violette, j'ai serré ma mère contre moi.

— Je suis là, je suis là.

Elle pleurait.

— Pourquoi tu t'en vas ? disait-elle.

— Pour rien maman, pour voir !

— Je ne suis pas heureuse, tu sais, alors si toi aussi.

Je me laissais border. Je revenais de la guerre, je découvrais cette petite fille qui était ma mère.

Mais le matin suivant je l'abandonnais à nouveau pour les rues. Nous marchions avec Catto et Bernard dans les cortèges, nous chantions agrippés à des camions. Nous aussi nous lancions des pierres dans les vitres des permanences de la Milice ou du P.P.F., nous brandissions des baïonnettes, des casques, nous entourions des femmes au crâne rasé.

J'entrais avec la foule dans la cour de l'*Hôtel Impérial,* quelqu'un criait :

— Attention, c'est miné partout !

Nous refluions, il me semblait que je reconnaissais ce visage maculé de croix gammées noir et rouge, cette jupe de tissu imprimé.

— Celle-là, disait-on autour de moi, elle a dénoncé, c'est la putain de Tricoux, la putain de la Milice.

On malmenait Katia Lobanovsky, on la poussait dans un camion et Catto gueulait :

— À poil la putain, à poil.

— Je m'appelle Halphen, disait Bernard, Halphen.

Il se frappait la poitrine, riait, me lançait un coup de poing.

J'étais fourbu. Je les avais oubliés. Je rentrais.

Ils étaient là. Mon père se lavait dans la cuisine, le fusil posé contre le mur, la chemise qui portait un brassard tricolore, accrochée à la poignée de la porte. Il me faisait face et je n'avais plus envie de me précipiter vers lui. Il riait pourtant en me voyant.

— Alors fiston, tu te bats ?

Mais les mots que je préparais devenaient blocs de glace aux arêtes vives. Je n'avais rien à lui dire et lui aussi paraissait hésiter.

— Tu l'as vue, maman, ai-je demandé. Et Christiane ?

Il répondait par une inclinaison de la tête, recommençait à se laver.

J'avais rêvé de les retrouver elle et lui côte à côte après ces mois de séparation, réconciliés. Mais j'avais ouvert la porte et éprouvé la tension d'autrefois. Ma mère était dans sa chambre, complotant avec Christiane.

— Tu l'as entendu, le héros ? disait-elle me voyant. Il me laisse là, avec deux enfants, et il voudrait qu'on l'accueille comme si on devait le remercier de ce qu'il a fait. Pour qui il l'a fait ? Pour moi ? Qu'est-ce que je lui ai demandé ? Il l'a fait parce qu'il en avait envie.

Je retournais près du fusil, je le soulevais, je faisais jouer la détente. La guerre, les soldats dans les rues, c'était si simple, alors qu'ici, nous, elle, lui, dès le premier regard, nous nous engluions.

— Rafaele, tu te rappelles ? Tu viens avec moi ?

Je marchais près de lui vers cet angle de mur, une façade que les balles avaient écaillée. Des hommes et des femmes silencieux formaient un demi-cercle. J'ai lu sur un panneau de carton appuyé à la façade :

Ici est tombé le 28 août 1944, pour la libération de Nice, le F.T.P. Rafaele Sori, combattant des brigades internationales, antifasciste.

Quelqu'un avait posé, sur le trottoir, une gerbe d'œillets rouges.

Deuxième partie

LE CORSO BLANC

15

Je ne savais pas que les jeux héroïques s'achevaient. Mon père défilait encore avenue de la Victoire, le brassard à sa manche et sur le trottoir, derrière la rangée de badauds qui applaudissaient, je devançais le cortège, je me laissais rejoindre puis je marchais enfin à son pas. J'apercevais mon père, là, au milieu d'un rang, si différent de ce qu'il était dans notre cuisine, face à ma mère, à moi. Je découvrais son assurance, la façon impertinente dont il rompait la cadence, se trouvait en avant ou en arrière de la ligne, regardant autour de lui et je craignais qu'il ne me voie, que son visage à nouveau se couvre de lassitude.

J'aurais aimé pourtant me hausser sur la pointe des pieds, chercher dans la foule Monsieur et Madame Baudis, ou Maître Lamberti, le père de Julia, tous les parents — le pharmacien ou le photographe — de mes camarades de jeu, leur désigner mon père pour qu'ils apprennent qui j'étais.

Mais je me dissimulais pour ne pas rompre le charme, je suivais le cortège qui passait devant les lampadaires des Arcades, effaçait les traces de la honte, atteignait la Préfecture. Les rangs se défaisaient, je m'approchais.

Mon père était au milieu d'un groupe. Il parlait d'une voix enfin haute, provocante :

— Qu'ils y viennent maintenant nous dire qu'on l'avait trahie, la France, qu'il y viennent.

Puis un remous, les acclamations de la foule, et elle s'étendait jusqu'à la mer par-delà le marché aux poissons, l'emportait. Autour de moi on criait le nom de ce député que j'avais appris au printemps de 1936, debout sur les épaules de mon père, alors qu'on inscrivait, sur les panneaux du *Petit Niçois,* les chiffres de la victoire. Le député montait maintenant sur la balustrade d'une fenêtre, il s'appuyait à la hampe d'un drapeau, il tentait de remplir la place de sa voix : *Vive notre magnifique Nice libre. Vive notre France immortelle, gloire aux héros.*

Je n'avais pas envie de scander son nom. J'écoutais près de moi dans une accalmie quelqu'un dire :

— Son fils, il peut en être fier. La Gestapo n'a rien pu lui faire avouer, rien. C'était quelqu'un, un grand ingénieur.

Je regardais les épaules de mon père, j'aurais voulu qu'il se retourne. Il aurait plié le genou comme le font les acrobates pour permettre à leur partenaire de poser là leur pied, il m'aurait tendu les mains, dit : « Hop Roland ! », et je me serais retrouvé si haut, mes jambes tendues sur ses épaules, bras écartés, lui et moi formant comme un mât de navire. Mais la foule entre nous, les années déjà et surtout cette paralysie qui nous prenait lui comme moi, je le sentais bien, quand nous étions face à face. Soupçonnait-il que je souffrais de le voir humilié par ma mère impitoyable ?

— Et maintenant, demandait-elle, qu'est-ce que tu vas faire ? La guerre ? La guerre, elle est finie. C'est tes F.F.I. qui vont nourrir les enfants ? Roland. (Elle était habile à me ranger dans son camp.) Roland, si un jour tu as des enfants, une famille, pense d'abord à eux.

Nous continuions à habiter avenue de la Victoire, mais mon père recommençait à travailler à l'*Hôtel Impérial* qui devait rouvrir, accueillir les permissionnaires américains. Carlo Revelli était venu nous en avertir, entrant dans les pièces de cet appartement dont il était propriétaire, sans même saluer ma mère il m'interrogeait :

— Et ton père ? Où il est le héros ? Tu lui diras qu'il faut qu'il monte me voir. J'ai besoin de lui à l'hôtel.

Ma mère s'était vengée de l'indifférence de Carlo.

— Quand on n'a rien, tu vois Roland, comment on vous traite, disait-elle à table. L'oncle de ton père. Ah ! si nous avions eu... Mais qu'est-ce que nous sommes ? Ton père, lui, il parle, il s'occupe du monde entier.

Elle s'adressait à moi comme si mon père n'avait pas été là, entre nous, assis à la même table. Il se levait, renversait sa chaise en s'éloignant.

Ma mère le poursuivait d'une phrase :

— Tu as peur de la vérité ? Pourquoi t'es-tu marié ? Puisque tu avais autre chose dans la tête. Seulement les enfants, ils sont là, ils sont là.

Christiane pleurait et sa tristesse avouée achevait de me désespérer. Elle pleurait pour moi aux yeux de tous. Elle suppliait avec ses larmes comme si j'avais été, moi aussi, de la race des soumis. Je l'insultais à voix basse : « Idiote, laideron. » Je la bousculais. Je ne voulais pas qu'ils devinent par elle mon désarroi, ce regret de n'avoir pas eu l'âge de me battre pour que la Gestapo, comme le fils du député, m'arrête, me torture. J'aurais su mourir lèvres closes, dents brisées. Pourquoi sur l'avenue, quand j'avais cru — et peut-être l'avais-je fait — siffler le chant interdit, ce soldat allemand à écusson tricolore ne m'avait-il pas entendu ? Tué ? Je serais mort heureux de ne plus assister à leur lutte incessante.

Je me levais aussi, incapable de demeurer davantage avec ma mère, achevant mon dessert dans l'escalier et je croisais mon père qui rentrait, calmé.

— Où tu vas, Roland ?

Il ne me regardait pas et je haïssais sa honte. Il aurait dû, lui qui avait eu le courage de s'emparer d'un fusil, ne pas m'obliger à penser qu'il était lâche, qu'il avait tort.

Une fois seulement il avait tenté de me parler.

— Tu sais, ta mère et moi, c'est notre affaire, pas la tienne, Roland. Ta mère elle a ses raisons.

J'avais eu un geste de colère, j'attendais trop qu'ils m'expliquent, qu'ils se justifient, pour accepter ainsi, entre deux portes, la confidence inquiète de mon père, maladroite, inachevée parce que je sentais qu'il craignait que ma mère ne survienne. Que pouvais-je faire d'autre sinon secouer la tête, rejeter ses mots, dire avec dégoût :

— Je m'en fous de vos histoires.

Je ne savais rien, je ne voulais rien comprendre, je refusais d'être complice de l'un contre l'autre. J'étais moi, seulement moi, égoïste.

Je m'enfermais dans ma chambre ou bien je recherchais un swing à la radio. J'usais de la musique et du bruit pour me défendre. Mais leur affaire était la mienne.

J'accompagnais ma mère sur la Promenade libre d'accès à nouveau et j'entendais son exclamation joyeuse quand elle apercevait Monsieur et Madame Baudis.

— Depuis le temps ! répétait-elle.

Ils s'embrassaient, elle parlait, insouciante. Ils s'approchaient de la grève encore interdite, regardaient les poutrelles du Palais de la Jetée-Promenade, doigts noirs que la mer attaquait, vestiges qu'une tempête plierait.

— En somme, disait Monsieur Baudis, nous nous en sommes bien sortis.

Il s'appuyait à la balustrade. Je haïssais ma mère pour sa complaisance, ce sourire de satisfaction qu'elle avait à écouter ce vieux monsieur au feutre gris perle, une pochette blanche à son veston. Mon père parlait-il plus mal ?

— Voyez-vous Madame Revelli, continuait Monsieur Baudis, la France est un vieux pays, loin des extrêmes et c'est pour cela que nous nous tirons des plus mauvais pas. Nous avons appris la mesure. Ça c'est français. Nous nous excitons mais quand il faut choisir... (Il prenait Madame Baudis contre lui.) Des maîtresses oui, mais il n'y a qu'une épouse, une seule qui compte, voilà le Français.

Dès que nous les avions quittés, ma mère remettait son masque. Colère et ennui. Et j'avais vu mon père enthousiaste, place de la Préfecture, chanter à tue-tête, avant de le retrouver silencieux, morose, à notre table. Loin l'un de l'autre, ils paraissaient heureux et je souffrais de cette découverte car j'étais né de leur rencontre. J'aurais voulu qu'ensemble ils me prouvent que j'étais nécessaire à leur vie alors qu'ils se déchiraient comme ce jour, l'un des premiers dimanches après le retour de mon père, où nous avions été rue de la République, pour voir la maison de mon grand-père Vincente.

Lily nous rejoignait dans la cour encombrée de gravats, de persiennes brûlées, de tuiles.

— Vous n'étiez jamais venu depuis, Dante ? demandait-elle. Moi, j'ai eu de la chance, j'étais de l'autre côté. Quand Lucien saura, je ne peux plus lui écrire maintenant. Sa mère, pour lui, c'était tout.

Mon père essayait de monter par l'escalier d'ardoises que des poutres brisées barraient.

— Je veux voir, répétait-il.

Je tentais de le suivre mais ma mère m'agrippait :

— Reste là. Laisse-le lui, s'il veut. Après tout il n'a même pas assisté à l'enterrement.

Mon père redescendait dans la cour avec une boîte de bois, couverte de poussière. Il s'asseyait, il l'essuyait méticuleusement, faisait jouer la serrure.

— C'est mon père qui a fait ça, disait-il.

Il la retournait, passant sa paume ouverte sur les côtés, caresse hésitante et lente.

— Le bois, il aimait le travailler.

Ma mère entraînait Christiane, m'appelait.

— On ne va pas rester ici toute la journée, disait-elle. Chez les Revelli on sait parler, mais on n'est jamais là quand il faut. On ne sait jamais ce qu'il faut. Parler, ah ! oui. Ils savent.

M'enfuir, les abandonner à leur guerre, vivre dans la rue, ailleurs. Je ressentais cette exigence comme l'affirmation de mon besoin d'exister ou de courir. Je partais le matin dans l'été éclatant.

— Maman, où il va ? criait Christiane.

J'étais loin déjà, libre, le collège ne rouvrait que dans plusieurs semaines, je pouvais donc vagabonder dans la ville qui n'était pas tout entière reconquise par la paix. Les jardins étaient encore fermés par de longues traînées de fil de fer barbelé. Des têtes de mort peintes sur des pancartes jaunes, un point d'exclamation après les lettres noires ACHTUNG MINEN ! m'attiraient.

J'avais l'audace de l'inconscience, le goût du défi. Pour un casque abandonné au milieu des cactus je risquais sans doute la vie. Personne pour me retenir. Catto travaillait, lavait en échange de quelques francs des bouteilles chez un marchand de vin. Il portait un tablier de toile bleue auquel il essuyait ses mains rougies, ses avant-bras musclés.

— Merde, tu fais rien ? disait-il, t'en as de la chance. Et cette fille ?

Julia, Danielle, Paul, Julien avaient quitté la ville pour les maisons de campagne de l'arrière-pays. J'avais raccompagné Julia jusqu'à sa porte. Elle s'y était adossée, et je tenais la main de bronze du heurtoir, glacée.

— Nous allons à Cabris, disait-elle. Il fait moins chaud. Viens nous voir. Vous ne partez pas, vous ?

Je me dérobais. Nouveaux mensonges. À chaque question je craignais un piège. Avais-je dit que mon père était mort ? Que j'étais juif ? Je ne savais plus choisir entre mes impostures. Je voulais rompre avec tous ceux qui me connaissaient, Julia d'abord, pour échapper à mes fables. Recommencer, ailleurs, vrai peut-être. Mais il me fallait prendre garde.

Un jour que je rôdais dans les quartiers du Parc Impérial, près du club de tennis, une femme m'avait appelé : « Tu veux ramasser des balles ? Tu auras... » Elle lançait un chiffre, j'entrais sur le court, je courais le long des grillages, respirant la poussière ocre, et brusquement, comme la partie s'achevait, qu'elle me tendait le billet, j'avais aperçu, venant vers nous, des jeunes filles et je croyais reconnaître des amies de Julia. Je sautais le filet, voleur surpris, je dévalais le boulevard. Pourquoi tous ces regards à chaque instant ? Cette impression que j'avais d'être observé ?

Je choisissais les quartiers vides, Cimiez et ses villas encore fermées. Bernard Halphen avait regagné Paris. Je l'avais, avec Violette, accompagné au train. Ses cheveux recommençaient à boucler.

— Vous ne parlez guère, disait Violette.

Je lui en voulais peut-être de me quitter, non pas de changer de ville mais de rejoindre, maintenant que la persécution était finie, le monde de Julia et de me laisser avec Catto, ici. Il cessait d'être juif. Je le restais.

J'étais donc, cet été-là, seul. Je m'appuyais aux grilles d'un parc où les Américains avaient installé leurs cuisines. Je tendais la main, je répétais quelques mots : *Give me cigarette, Give me chewing-gum.* Aucune honte ici. Les soldats n'avaient pas de regard, les gosses dont j'étais lançaient leurs phrases comme on appuie sur la poignée d'une machine à sous. *Give me, give me,* parfois c'était le gain, un soldat nous tendait un paquet, et nous le suivions alors, imitant sa démarche souple, rêvant à ses chaussures à haute tige, à ses foulards de soie blanche, voulant plus.

Avoir. Ce fut mon maître mot. Par le don, le vol, l'échange. J'appartins à ces groupes de quelques adolescents qui faisaient le guet à l'entrée des hôtels. J'évitais l'*Hôtel Impérial* car je craignais d'y être surpris. Je me tenais près des lauriers de l'*Hôtel Continental,* je m'avançais vers les soldats *Do you sell...*

J'avais revendu à Catto une cartouche de cigarettes volée dans une jeep. Je pouvais donc acheter. Je montrais les billets, j'entraînais les soldats dans une porte. *Shoes.* Ils me donnaient un rendez-vous. J'essayais dans les caves de l'*Hôtel Impérial* des chaussures aux longs lacets qui serraient la cheville, facilitaient la course silencieuse. Je mentais bien sûr.

— Qui t'a... ? commençait ma mère.

— Catto. Son père travaille pour les Américains.

Je filais.

Ce fut un été de joie, de rapines, de commerce, de cigarettes au goût de pain d'épices, fumées au bord de la mer, sur les grèves interdites. Jamais je n'avais été aussi libre. Cette langue étrangère dont je n'utilisais que quelques mots, *vendre, donner, chaussures, couverture,* elle me masquait. Ces soldats dont je savais qu'ils ne séjournaient à Nice que sept jours, qu'ils ignoraient tout de mes origines, j'avais l'audace de les aborder, de les affronter parfois.

Je n'étais pas dupe de leurs gestes obscènes quand, dans un couloir, alors qu'ils me proposaient une ration de cigarettes et que je m'apprêtais à les payer, ils repoussaient mon argent, plaçaient la main sur leur sexe ou sur le mien. Je m'écartais, me dirigeais vers la rue, ils juraient, un drôle de mot dont le son me revient *fackenbladymaster* et puis, de leur voix nasale, ils disaient : *Give me money.*

Je cachais dans les caves de l'hôtel mes marchandises, quelques paires de chaussures, deux couvertures, des cigarettes. Puis je ressortais, me dirigeais vers le passage dont le nom était si âpre à ma bouche que je n'osais le prononcer.

Les enseignes des boîtes commençaient à clignoter, pauvres étoiles que les restrictions d'électricité limitaient à quelques feus, *Star Hôtel, Whisky Night-Club.* Des soldats encore. Ceux au casque blanc de la Military Police, brassard, matraque, mastication régulière, et les autres qui poussaient de l'épaule les portes à battants qu'on voit dans les westerns.

Je me tenais à l'extrémité du passage. Je serrais les billets dans mon poing, ils étaient contre mon sexe, et parfois j'osais faire un pas vers l'entrée du *Star Hôtel.* Mais j'avais peur. Peur de la femme, peur de la patrouille d'agents cyclistes. Ils empruntaient le passage et j'imaginais qu'ils allaient m'arrêter, qu'il faudrait que mon père ou ma mère vienne au commissariat. La honte les tuerait. Il me faudrait fuir la maison. Aussi je m'éloignais, je me dirigeais vers des rues plus discrètes du côté du port. Mais je n'osais pas davantage m'approcher de ces silhouettes qui marchaient lentement, leur corps se balançant.

Je rentrais. Je comptais mes billets. Je les dissimulais. Ils donnaient de la vérité à mon projet.

Demain soir, demain soir enfin. Et je rêvais.

Le matin me lavait de ces désirs. Les soldats sortaient tard des hôtels. J'avais le temps. Je suivais sur la Promenade les colonnes de tanks et de jeeps qui roulaient vers la frontière et les hautes vallées où résistaient, dans des forts ressemblant à des sommets inaccessibles, quelques troupes allemandes. Je parlais avec les marins assis sur les tourelles des blindés.

— C'est con de se faire tuer alors qu'il fait si beau, tu t'en fous ? disaient-ils.

Je me dirigeais avec eux vers Roba Capèu. Là, dans l'un des hôtels, face à la baie, on avait enfermé les collaborateurs. Ils ouvraient leurs fenêtres, ces rectangles d'or pâle que le soleil prenait de biais. Ils interpellaient les passants :

— C'est ça la liberté, ah ! elle est belle la libération.

Des parents, depuis la chaussée, criaient des noms, lançaient des paquets et souvent de la vieille ville quelques jeunes gens surgissaient poings levés, hurlant : *Gestapo, Gestapo, justice, justice.* Bagarres, courses.

À l'une des fenêtres du premier étage, j'apercevais le visage rond d'une femme au crâne rasé et quand elle se penchait, je croyais reconnaître Katia Lobanovsky. Je m'attardais. J'avais le désir de l'appeler ; « Katia, Katia ! » Je les avais entendus crier le jour de la Libération : « C'est la putain de la Milice. »

Alors je demeurais là, l'imaginant, quand elle n'était pas à la fenêtre, couchée sur son lit, le corsage lacéré : « À poil la putain, à poil », avait lancé Catto cependant qu'on la poussait dans un camion. C'est elle qui servait maintenant de point de départ à mes rêves.

J'interrogeais Violette.

— Katia Hollenstein, je l'ai vue, elle est à l'*Hôtel Suisse,* à Roba Capèu. Tu la connaissais depuis longtemps ?

J'étais souvent chez ma tante Violette. J'arrivais après le déjeuner, je disais :

— Si maman te demande, je suis là depuis ce matin.

Elle riait.

— Qu'est-ce que tu caches ?

Je sortais d'une des poches de mon blouson un paquet de cigarettes.

— Je t'ai apporté ça.

— Tu m'achètes ?

Elle prenait le paquet.

— Tu as mangé ?

Je me nourrissais de biscuits vitaminés, de chocolat, de rations de survie pour pilote en détresse.

J'avais les poches bourrées de chewing-gums que j'offrais à Vincent. Je m'installais avec ma tante dans le jardin, j'osais allumer une cigarette.

— Katia, tu crois qu'elle a vraiment dénoncé son mari ?

Violette était allongée, les yeux clos, la cigarette au milieu de sa bouche, les mains sous la nuque.

— C'est une drôle de fille, elle avait une telle envie de posséder.

Elle se tournait vers moi, ouvrait les yeux.

— Tu comprends ce que je veux dire ?

— Moi aussi j'aime avoir.

— Tout le monde, mais quel prix veux-tu payer pour ça ? Pose-toi toujours la question.

Sam Lasky arrivait parfois comme nous parlions. Il était bras nus, la peau bronzée, les sourcils gris formant une barre touffue. Il soulevait Vincent, me bousculait :

— Tu es le favori de Violette, hein canaille ? Tu aimes les jolies femmes ? Ça va bien pour toi ? Tu as du succès ? Tu baises ?

Je rougissais, je voulais partir. Il me prenait par le poignet, fermait le poing.

— Tu sais te battre ? Tu veux qu'on boxe ? Écoute-moi : tu dois te faire payer par les femmes. À ton âge, c'est ça ou tu es con. Ou alors tu es amoureux. Ça, l'amour efface tout (il me lâchait) même la connerie. Moi, tu vois, je suis ici parce que je suis amoureux de ta tante Violette qui ne m'aime pas.

— Café, Sam ? demandait Violette.

— Café. (Il me clignait de l'œil.) Tu as vu, elle esquive. Bonne stratège. Vous êtes tous malins, les Revelli. Même Alexandre, bientôt il sera député socialiste. Pas mal pour le fils de Carlo Revelli !

Il allumait un cigare, le montrait à Violette :

— Un colonel américain, Strang, est venu

l'autre jour, il m'a laissé deux boîtes, seulement pour le plaisir de voir mes toiles. Il va écrire un article sur le peintre combattant, le peintre des maquis, est-ce que je sais ? C'est bon pour l'Amérique. Ce sont eux qui ont les dollars. Tu te souviens d'Arthur Becker ? (Il était debout devant Violette, parlant trop vite pour être vraiment désinvolte.) Il est aux États-Unis, il m'écrit que, là-bas, je suis attendu comme le messie. Pas mal pour un Jude, non ?

Il riait, s'approchait à nouveau de moi.

— Il paraît que toi et Violette vous avez sauvé un gosse ? Bravo, on va vous décorer vous aussi. Tu sais qu'ils me décorent, disait-il tourné vers Violette.

Il tentait d'attirer son attention, mi-bouffon mi-sérieux, acteur qui charge son rôle. Mais Violette regardait Vincent.

— Tu n'as toujours rien décidé ? demandait Sam d'une voix changée.

Elle faisait non, un mouvement de la tête, sans quitter son fils des yeux. Sam me faisait face, reprenant sa voix de comédie.

— Les femmes, Roland. Écoute-moi, le travail, travaille, crève-toi, mais laisse les femmes de côté.

— Il est amoureux de Katia Lobanovsky, disait Violette. Il me parle d'elle tous les jours.

— Aïe, Aïe, Aïe, s'exclamait Sam. (Il me prenait par les épaules.) Mon vieux, j'ai compris. Tu fais partie de la catégorie la plus sinistre, ceux qui choisissent les femmes qui les font souffrir. Au fond (il paraissait hésiter, m'abandonnait, saisissait les mains de Vincent, l'aidait à courir) tu es comme ton père. Et comme moi. Nous sommes les meilleurs va.

Il s'asseyait près de Violette, à même la terre et je comprenais qu'il fallait que je parte. Je descendais en roue libre vers la ville, les mains dans les poches du blouson, je passais par le port, Roba Capèu, peut-être était-elle là ?

Crier son nom, entrer dans la chambre.

Je posais mon vélo contre la balustrade, je me mêlais aux badauds, j'écoutais. Ils montraient le quai des États-Unis, vers les barques qui avaient retrouvé leurs places. « Là, disaient-ils, à 7 heures, devant le monument du Centenaire aujourd'hui, c'était annoncé, moi j'ai pas vu. Fiorucci, il leur a dit dans la voiture aux policiers, c'est les Allemands qui m'ont fait faire ça. Tricoux, lui, il a pas parlé. Ils vont aussi fusiller une femme. »

Le soir dans l'atelier de mon père, j'ai reconstitué la scène. Antoine racontait.

Le matin, vers 7 heures le cordon de police tenait la foule à distance, peut-être Katia Lobanovsky, de sa fenêtre, avait-elle entendu la rumeur, les commandements, le heurt des crosses de fusils sur la chaussée, à quelques centaines de mètres à peine de Roba Capèu, sur le quai que le soleil déjà éclaire, et la mer est calme, couleur des galets, où commence le rivage, où finit-elle ? Les voitures sont arrivées et Katia a dû voir qu'on nouait un bandeau sur le visage de deux hommes, et le feu du peloton, roulement de tambour d'un opéra.

— Ils les ont fusillés comme ça, en public, expliquait Antoine sur la Promenade. Fiorucci et Tricoux, et il paraît qu'il y a des gens qui ont applaudi. Moi (il avait une moue de dégoût) ça me donne envie de vomir.

— Qu'est-ce que tu veux ? (Mon père s'emportait, donnait un coup de pied dans les caisses.) Tricoux, il commandait la Milice, non ? Et Fiorucci, Torrin et Grassi, c'est lui qui les a dénoncés. On les a pendus, non ? En public, sur l'avenue. Et Karenberg, il est toujours là-bas, s'il est vivant.

Et Rafaele, tu l'as vue sa plaque ? Cette guerre, elle s'est faite dans la rue.

Antoine s'essuyait le front du revers de la main.

— Rafaele Sori pour moi, c'était comme toi. Et son frère Francesco, c'était comme le mien. On l'a fusillé aussi. Seulement, si on fait ça, tuer les gens dans la rue, c'est qu'on est pareils, Dante ; et moi alors, si c'est la même chose, je continue à gâcher mon plâtre.

— Tu crois que ça me plaît ! criait mon père.

— Toi Dante, répondait Antoine (il sortait en baissant la tête pour ne pas heurter du front le cadre bas de la porte), tu as toujours tout accepté. Au fond, tu veux simplement changer les juges. La justice, tu t'en fous.

— Tu es un imbécile ! hurlait mon père.

J'avançais lentement quai des États-Unis, c'était peut-être, à ce point de la balustrade, qu'on avait noué leur bandeau. Je m'appuyais, le dos à la mer. Je fermais les yeux. Naïvement, j'essayais de faire sortir de moi la vie, de me répéter « on me vise, on me tue, on me tue ». Je ne réussissais qu'à crisper mes muscles, à murmurer avec le fond de la gorge.

J'ai rouvert les yeux. J'ai vu les palmiers, les clochers au-dessus des jaunes délavés de la vieille ville, les cubes accolés des maisons basses des Ponchettes, les barques au liséré bleu, près de moi, leurs avirons couchés, j'ai entendu le ressac, et lointaines au-dessus de la vague, les mouettes griffant l'espace de courtes stridences. J'ai rejeté la tête en arrière, la laissant ainsi peu à peu prise par le vertige, face à cette mer suspendue que ridaient de longues traînées blanches, nuages de beau temps. J'étais en vie. Je sautais sur la grève interdite, je lançais des galets plats qui ricochaient d'une crête à l'autre, je m'enfuyais vers le port au moment où j'apercevais les silhouettes des agents.

Je courais sans connaître la route que faisaient en moi des questions encore sourdes et, essoufflé, je me retrouvais rue de la République, sous ce porche où mon grand-père Vincente m'avait tenu par la main.

J'entrais, je piétinais les tuiles, un tas de gravats, j'avançais dans l'escalier, réussissant à atteindre l'appartement dévasté par le souffle, cloisons ouvertes, plafonds crevés. Je retrouvais la cuisine, cette place où je m'étais assis, là, non loin de l'angle du mur. Je les entendais, ma tante Louise, mon grand-père Vincente. Elle prenait sur le balcon un saladier de crème, et j'y plongeais l'une des ganses brillantes d'huile et de sucre qu'elle venait de faire frire.

Pourquoi les hommes mouraient-ils ? Qui leur donnait le droit de tuer ?

Je m'avançais sur les poutres calcinées qui, dépassant de la façade, avaient soutenu le balcon, je me tenais en équilibre, loin de la balustrade descellée à laquelle si souvent je m'étais accroché. Dans mon souvenir elle m'apparaissait si haute que je pouvais m'y suspendre, glissant mes jambes entre les barres. J'avais grandi. Il suffisait maintenant d'une poussée pour qu'elle s'effondre et que je tombe dans la cour. Je m'y appuyais pourtant d'un pied, le dos contre la façade. J'allais peut-être mourir.

Puis je suis descendu, j'ai repris le chemin de la mer et pendant — était-ce des jours ou des mois ? La durée précise m'échappe — longtemps j'ai été aux aguets. J'aurais voulu qu'autour de moi, mon père ou Antoine, ou même Monsieur Baudis, s'interrogent comme moi, répondent. Mais la mort était aussi bien cachée que le sexe des femmes.

Je me servais de Christiane pour poser mes questions. Je l'entraînais dans ma chambre, je l'autorisais à feuilleter quelques-uns de mes livres, puis assis sur mon lit je disais :

— Tu sais que tu vas mourir ?

Je répétais jusqu'à ce qu'elle m'entende, qu'elle ait envie de crier à ma mère :

— Maman, Roland dit que je vais mourir.

Je m'approchais.

— Tu es fou, répétait ma mère. Tu n'as pas honte de jouer avec ça ?

Je la regardais fixement :

— On meurt tous, non ? Moi, toi, tout le monde, papa, Christiane aussi, tous.

Elle hurlait.

— Mais tu as fini ?

Elle se dérobait avec violence ou bien, quand elle était distraite, elle disait tout en continuant à lire le journal, allongée :

— C'est la vie, c'est pour ça qu'il y a une religion, qu'il faut croire en Dieu. Si ton père avait été un homme normal, tu ne te poserais pas ces questions. Tu serais croyant.

Je la quittais. Qu'espérer de leurs fuites ?

J'entrais dans les églises, je m'asseyais face à l'autel, ou bien je m'agenouillais devant un christ d'ivoire, des perles rouges à son front. Il avait la tête penchée sur le côté, vers l'épaule, comme les pendus de l'avenue, et je retrouvais leur bouche entrouverte, la lassitude désespérée de leur visage. Me revenaient les prières de ma tante Louise. Je n'avais pas suivi le catéchisme, j'étais un baptisé sans communion.

— Ta grand-mère Lisa, m'avait expliqué autrefois Louise, elle croyait en Dieu, beaucoup. Il faut prier, ça fait du bien. Et peut-être il t'entend.

Je murmurais pour essayer de comprendre : *Notre père qui êtes aux cieux...*

L'église était une grotte fraîche, apaisante. Sur

le parvis, la lumière me repoussait comme un front de flammes où je devais me jeter. Un soldat américain passait. J'étais repris.

Je m'installais entre les lauriers, devant l'*Hôtel Continental* : *Do you sell shoes ? Do you sell cigarette ?* et c'est seulement le soir que revenaient mes rêves et mes questions.

Il faisait chaud. J'étais nu sur le lit, fenêtres ouvertes, je distinguais entre les façades et les toits la proue du ciel. J'allais de Katia aux fusillés de la Promenade, je commençais une prière et j'avais devant moi le visage de Torrin. Je me levais, et j'ai pris l'habitude de m'habiller silencieusement, de franchir la fenêtre et de connaître la liberté de la nuit.

J'ai d'abord marché vers la Promenade, j'ai découvert que l'horizon était un tunnel dont on ne voit pas le bout, que la mer s'était alourdie, pâteuse, chaque vague lente à s'abattre et laborieux était le ressac, habité le ciel.

« Chaque étoile, un soleil et des terres autour de lui », avait dit mon père sur la grève et je m'étais rapproché de mon grand-père Vincente, appuyé à sa poitrine.

Leurs mots, leur présence, je les revivais me dirigeant vers Roba Capèu, revenant sur mes pas parce qu'il me semblait tout à coup que je n'avais pas le droit de mêler ce désir d'une femme à mon souvenir. Une nuit je suis monté sur la colline de Cimiez pour découvrir la ville, éprouver la profondeur nocturne des sites que je visitais le jour.

Je me suis avancé dans l'allée des palmiers. Devant la porte de Violette j'ai aperçu la bicyclette de Sam Lasky que je reconnaissais à son cadre noir, à son guidon haut et nickelé.

Je me suis senti démuni, volé. Ils détenaient les réponses. Ils les gardaient jalousement.

Je rentrais.

Des jeeps de la Military Police et des agents stationnaient près du passage où brillaient encore les enseignes du *Star Hôtel* et du *Whisky Club*. Clarinette, batterie, voix éraillées et rires de femmes : je frôlais ce territoire interdit.

Je retrouvais mon lit, les draps froissés, la chaleur moite de notre rez-de-chaussée.

Je me donnais, comme on se mutile, un plaisir rageur. Je m'endormais enfin sûr que je méritais de mourir.

16

Heureusement il y avait le matin. Le soleil me réveillait le premier parce que ma chambre était à l'est, que je laissais à dessein les volets ouverts. J'aimais le silence dans l'appartement, cette sensation de pouvoir que me donnait le sommeil des autres. J'étais à l'abri de leurs regards. Je disposais librement des choses et de moi. Je lisais dans la cuisine, je déjeunais d'une tomate ouverte sur le pain. J'écoutais la naissance des bruits, la mer, l'eau d'une lance sur la chaussée, une voix, le tramway.

Mon père souvent me surprenait. Il s'appuyait à moi alors que j'étais penché à la fenêtre, les yeux fermés, me laissant peu à peu recouvrir par le soleil qui atteignait ce coin de la maison.

— Déjà levé ? Tu es comme moi, disait-il. J'étais debout avant mon père. Maintenant c'est toi. Carlo, l'oncle, lui aussi toujours le premier levé. Mon père me racontait que c'était Carlo, à Mondovi, qui réveillait tout le monde.

Je faisais un mouvement pour me dégager du

bras de mon père. J'avais hâte de partir en classe. Il m'irritait, peut-être parce que j'étais ému par son visage gonflé de sommeil, gris de barbe, sa toux, ses gestes rituels, pouce sur la molette du briquet, la longue aspiration de la fumée.

Il voulait parler, me raconter, me lier à son histoire, me forcer à le comprendre, à excuser son attitude, ses renoncements. Il fallait que je m'éloigne avant de me laisser prendre à sa voix, à ses raisons, avant que la poussée vers lui ne soit plus forte que mon désir de rompre. Et je m'efforçais de rompre puisque, à nouveau, après les mois de gloire, il s'était rangé dans le camp des vaincus.

— Tu as vu, s'ils vous ont suivis, disait Antoine au lendemain des élections. Mais qu'est-ce que tu croyais ?

Il faisait un geste, la main pirouettant sur la tempe.

— Vous les avez rendus les fusils, reprenait Antoine. (Il repoussait son assiette vers le centre de la table. Nous déjeunions chez eux.) Et vous voulez quoi ? Qu'on vous donne le pouvoir ? Ils vous gardent encore pour que vous nous fassiez travailler. Vous êtes des contremaîtres, je te l'ai dit il y a vingt ans.

Giovanna, en passant près d'Antoine, le touchait à l'épaule, pour qu'il se taise. Ma mère montrait qu'elle s'ennuyait, profitait d'un silence pour dire :

— Vous savez qui il a mis comme directeur de l'hôtel ?

Carlo Revelli était revenu dans la cour de l'*Hôtel Impérial,* poussant du bout de sa canne nos fenêtres entrebâillées.

— Alors Roland, disait-il, tu montes plus aux figues ? Ouvre-moi.

Il entrait en baissant la tête comme s'il avait été trop grand et peut-être l'avait-il été, mais il était courbé, appuyé à sa canne comme un arbre à son tuteur. Il regardait les pièces depuis le seuil des portes, ses vêtements de velours et son chapeau de feutre noir poussiéreux dans la lumière brutale. Ma mère survenait.

— Monsieur Revelli ? interrogeait-elle d'une voix aiguë.

Il secouait la tête en la regardant longuement, reprenait la visite de l'appartement et quand mon père arrivait enfin, Carlo Revelli était déjà au milieu de la cour, montrant les façades à Nathalie, appelant mon père, et je m'avançais avec lui.

— Toi Dante, cet appartement, vous êtes quatre, ça suffit, non ? Et j'ai rien d'autre. C'est ma belle-fille qui va s'occuper de l'hôtel. Elle est née ici, elle y tient. Vous êtes décidée ?

Nathalie répondait d'une brève inclinaison.

Ma mère expliquait à Antoine et à Giovanna, s'indignait.

— Qu'il ait mis Nathalie, ça le regarde. L'Hôtel est à lui.

— C'est pour le père de Nathalie, coupait Dante, Hollenstein. L'*Hôtel Impérial*, c'est Hollenstein qui l'a fait construire et Nathalie, tous ses souvenirs. Je les ai vus souvent, dans le salon aux colonnes, Hollenstein était assis dans un coin, sa fille au piano, c'était beau. Je comprends qu'elle veuille revenir. Après ce qui est arrivé.

Un dimanche nous avions, mon père et moi, roulé vers Cimiez alors que déjà les feuilles des platanes voletaient au ras de la chaussée, se glissant parfois dans les rayons des roues et pour quelques instants le bruit irrégulier de la feuille prise, frottant contre les fourches, nous accompagnait puis elle se brisait, fragile, nervures apparentes, brunes sur une peau sèche et friable.

Nous posions nos bicyclettes contre le portail principal, pénétrant dans le parc par une petite porte. Le pavillon du gardien était inhabité, les ronces avaient envahi son jardin et une mousse verte couvrait le gravier de l'allée bordée de bustes antiques, glabres.

Je touchais de la paume ces yeux, ces visages morts et immuables. Je rejoignait mon père sur les escaliers qui conduisaient à une terrasse. Dalles des marches descellées, et l'herbe s'était insinuée dans les fissures. Mon père frappait à une porte-fenêtre, j'apercevais une bibliothèque, le dos des livres reliés réfléchissant la lumière d'une lampe.

— Je suis Dante Revelli, disait mon père.

Une vieille dame, les cheveux gris noués en chignon, le visage hâlé, nous guidait dans la bibliothèque.

— Jean, murmurait-elle, est très affaibli. (Elle s'arrêtait au bas de l'escalier intérieur.) Quand je le regarde j'ai l'impression de revoir son père juste avant sa mort. Mais Frédéric avait soixante-quinze ans, Jean en a quarante-deux. Ils l'ont mis dans un état. C'est inhumain.

Elle avançait sa main vers moi.

— C'est votre fils ? Jean sera content de le voir. Il me parle souvent de vous.

Elle commençait à monter l'escalier, hochant la tête, résolue.

— Il faut qu'il vive, ajoutait-elle, il faut. Dites-le-lui. Par moments j'ai peur qu'il ne veuille plus.

J'étais d'abord resté loin du lit où Jean

Karenberg était couché, deux coussins sous la tête, les mains ouvertes sur le drap, si maigres, feuilles mortes. Mon père s'asseyait sur le lit, entourait l'un des poignets :

— Tu es revenu, répétait-il.

— On n'imaginait pas, disait Jean Karenberg.

Il se levait sur un coude. Sa mère le soutenait et dans le mouvement j'apercevais les os de l'épaule et du bras, angles vifs qui devaient — et aussi ceux du visage, maxillaires aigus, lignes tranchantes limitant le front — déchirer la peau si jaune.

— Ces camps, personne n'imaginait, reprenait mon père.

Jean Karenberg fermait à nouveau les yeux, il baissait la tête.

— Non pas seulement les camps, Dante. Les camps c'est un moment, un aspect. Je veux dire tout, la guerre, et même avant, la révolution et peut-être il faut aller encore plus loin, l'Histoire comme nous la faisons, cela (il s'animait, la main sur la poitrine comme pour contenir une douleur), ce prix qu'il faut payer, c'est cela qu'on n'imaginait pas. Les camps, bien sûr, mais Hiroshima, est-ce qu'on imaginait ?

On appelait Peggy Karenberg, elle revenait bientôt avec Alexandre et Nathalie, Violette, Sam qui restait debout près de moi, parlait à Peggy à voix basse :

— Je pars pour deux semaines aux États-Unis avec Violette et Vincent, disait-il.

Tout à coup Nathalie se mettait à sangloter, s'appuyant à Alexandre qui lui caressait la nuque. Elle se redressait bientôt, s'excusait.

— Je vais voir ce que font les enfants, murmurait-elle en sortant avec Peggy Karenberg.

— Son père, disait Alexandre. Katia l'a-t-elle dénoncé ? J'étais sûr. Maintenant. (Il se levait, allait à la fenêtre.) On sait qu'il a été envoyé à Drancy, gardé par nos bons gendarmes français et puis sans doute Auschwitz. S'il n'est pas mort avant d'arriver.

— Il faut que vous ayez un autre enfant, dit Sam. Pour Nathalie. (Sam s'approchait de Violette.) Tu ne crois pas ?

Elle était assise au pied du lit, elle regardait longuement Sam sans lui répondre.

— Il faut, dit Jean Karenberg.

— Et vous ? dit Sam. Voulez-vous que Violette vous ramène des États-Unis une Américaine bien saine, qui n'aura pas souffert de la guerre, qui aura vécu dans le Minnesota ? Qu'est-ce que vous en pensez, Jean ? Vous n'allez pas laisser se perdre le nom des Karenberg ? Vous êtes l'Histoire.

— Ce n'est peut-être plus le temps des Karenberg, dit Jean (il posa sa main sur l'avant-bras de mon père), davantage celui des Revelli. (Il me désigna.) Je n'ai jamais été vigoureux comme lui, jamais, j'en suis sûr.

Ils se tournaient tous vers moi. Mon père souriait.

— C'est un travailleur, disait-il. Il est le premier levé.

Je le haïssais pour cette confidence, ma personnalité dont il s'emparait, qu'il agitait devant les autres, marionnette dont il s'attribuait les mérites.

— Un Carlo Revelli, pourquoi pas ? dit Sam.

— C'était une autre époque, dit Alexandre. Nice, quand mon père est arrivé, c'était le Far West. Il suffisait d'avoir de bons bras.

— Je ne l'ai jamais révélé à personne, dit Jean brusquement, mais maintenant, pourquoi pas ?

Il riait silencieusement, montrait des cahiers à couverture cartonnée entassés sur la table de nuit.

— Je lis le journal de mon père en ce moment,

reprenait-il. Les bras, oui il en fallait, mais Carlo Revelli, une nuit, est entré ici. Il nous a fait un petit emprunt, remboursé d'ailleurs quelques années plus tard. Avec ça, il a démarré.

— Sacré oncle Carlo, murmurait Dante.

— Il a été anarchiste, c'est vrai, dit Alexandre lentement.

Il avait appuyé la nuque au dossier de son fauteuil, il paraissait rêver.

— Je ne peux pas m'empêcher de l'admirer, reprenait-il. Il gagne, et il gagne d'une façon qui n'est pas mesquine. Vous savez ce qu'il fait maintenant ?

Ses entreprises démolissaient les murs de béton et les blockhaus construits par elles quelques mois auparavant ; elles remettaient en état les routes, commençaient les travaux d'élargissement du champ d'aviation, la réfection du *Grand Hôtel des Îles*.

— Il multiplie les projets, continuait Alexandre. Il a obligé ma sœur à divorcer d'avec Merani, juste avant le procès. Vous savez qu'ils ont gracié Merani, réclusion à vie.

— Charles Merani sortira dans sept, huit ans, dit Sam, quand le vent aura tourné. Je m'excuse, Jean, ajouta-t-il en s'inclinant. Mais je crois qu'il faut être réaliste.

— Mon père l'est, ajoutait Alexandre. Le futur député de la famille, si j'écoute ses conseils, ce sera moi. Que je sois socialiste ne le dérange pas le moins du monde.

— Allez-y, allez-y, dit Sam. (Il montra un cigare à Jean Karenberg, qui fit oui d'un mouvement de tête. Sam l'alluma.) Je vais peut-être vous paraître stupide, raciste, mais je m'en fous, vraiment je m'en fous. Il y a deux sortes d'hommes, et ne me parlez pas de race, de classe sociale, de pauvreté ou de fortune, on en trouve partout, et peut-être le pourcentage est-il invariable. Il y a les seigneurs et les autres, les valets, les hypocrites, les tortueux, ceux des petites manœuvres. Carlo Revelli, c'est un seigneur. À la Renaissance j'aurais fait son portrait en condottiere. D'ailleurs, dans cette chambre, dit Sam en riant, nous sommes tous des seigneurs, bien sûr. (Il m'attira à lui.) Toi aussi, dit-il.

— Et les femmes ? dit Violette.

Le rire de Sam devint plus fort, un rire de tout le corps que je n'avais pas l'habitude d'entendre chez moi.

— Les femmes, il y a celles qui ont eu la chance de rencontrer des seigneurs et puis il y a les autres, auxquelles les seigneurs ne s'intéressent jamais.

Nathalie rentrait dans la pièce.

— Tu es épouse et mère de seigneur, dit Violette.

Nathalie entoura de ses bras les épaules d'Alexandre. Yves, en riant, essayait de séparer ses parents en se glissant entre eux.

Je les ai vus souvent tous les trois à l'*Hôtel Impérial*. Je me dissimulais, je les regardais traverser la cour, Nathalie tenait son mari par la main, Yves courant devant eux jusqu'à la voiture et plus tard Nathalie portait Sonia, la dernière-née, dans les bras.

Je ne voulais pas qu'ils me surprennent, j'étais honteux. Je n'aurais pu expliquer pourquoi. Maintenant il me semble que je répétais l'attitude de ma mère. Avant de sortir, elle entrouvrait la porte, elle me poussait dans la cour :

— Va voir s'il y a quelqu'un.

Je revenais.

— Personne.

Elle traversait vite, courait sous le porche, ne

se détendait qu'une fois la Promenade atteinte, la foule des passants autour d'elle qui lui rendait son anonymat.

— Nathalie, depuis qu'elle dirige l'hôtel, à peine si elle nous dit bonjour, répétait-elle.

Je me persuadais qu'elle avait raison, que nous étions des parias. Mon père n'avait pas su nous donner la dignité, le droit à l'assurance, le courage d'affronter le regard des autres. Victimes ma mère, Christiane, moi, de son impuissance. Je choisissais donc de me cacher ou de m'avancer masqué et chaque jour rendait ma tâche plus difficile.

— Tu ne vas pas au grand lycée ? me demandait Julia.

Je jurais de me séparer d'eux — Danielle, Julia, Paul, Julien — parce que je portais la blouse des apprentis, comme Catto.

Dans la cour du collège nous restions entre nous, assis sur les murs, observant les élèves des sections classiques et modernes debout autour des bancs où se rassemblaient les filles. Jeu des couleurs de leurs jupes et de leurs chemisiers. Nous, le technique, nous venions de l'atelier, gris de nos blouses, nos mains tachées de sanguine et de lubrifiant. Pas une de nos classes n'était mixte. Philosophie, mathématiques, français, anglais : parures interdites. Nous étudiions la technologie, le calcul, le dessin industriel, nous rentrions dans l'atelier, où des professeurs-contremaîtres nous préparaient à notre fonction :

— Oh ! con, tu l'arrêtes ton moteur, tu veux mon pied quelque part ?

L'odeur d'acier chauffé, les à-coups de l'étau limeur, le ronronnement régulier de la fraiseuse et, brusquement, le son aigu d'un outil qui broute :

— Si tu me le casses encore celui-là.

La peur d'une baffe.

Récréation. Dehors, les autres, les filles, livres retenus par une courroie, jetés par-dessus l'épaule, chevelure rousse d'une élève de philosophie qui s'éloigne et nous nous appuyons aux grilles avec Catto. Nous sortons à 6 heures, quand la nuit est déjà tombée, que le collège est silencieux, qu'il nous faut balayer l'atelier, récupérer la limaille, faire briller les tours, les perceuses, porter nos caisses à outils vers les placards, imaginer ce que peut être le vestiaire de l'usine, vivre déjà cette séparation, voir les autres là-bas, autour des bancs, mesurer ce vide, entre eux et nous, quelques pas pourtant, mais nous sentons que nous n'avons pas plus d'existence pour eux que les pierres du mur sur lequel nous sommes assis. Souffrir surtout de cette indifférence des filles, leur regard passe sur nous et nous efface, elles ne voient, j'en suis sûr, que les palmiers, les lauriers qui sont derrière nous et limitent la cour du collège. Nous sommes transparents.

Pour vivre, certains d'entre nous, les plus sains peut-être, font un geste obscène, Catto met la main sous la blouse :

— Je leur montre ?

D'autres sifflent. Qu'elles nous voient, qu'elles apprennent que nous avons un corps comme ces jeunes gens, pull-over blanc, manches nouées autour du cou, chaussures de tennis, deux ou trois livres sous le bras et parfois la raquette pour, la classe terminée, jouer sur le court tout proche.

Je ne suis pas solidaire des miens. Je rougis quand Catto touche son sexe, quand Giuliano crie, au moment où les filles de philosophie s'alignent pour rentrer en classe, « bella moussa ».

Je voudrais qu'elles me distinguent à nouveau comme le faisait Julia que je ne vois plus, qui heureusement ne fréquente pas ce collège, ignore ma vérité, que j'apprends le métier de mécanicien-ajusteur, parce qu'un jour, à table, alors que ma mère dit : « J'inscris Roland au lycée, il sera docteur », mon père répond : « Tu es folle, vingt ans d'études, un bon ouvrier, voilà ce qu'il faut. »

Ils ont commencé à s'opposer à mon propos et je voulais seulement que cesse cette lutte.

Ma mère s'est obstinée.

— C'est long, disait l'instituteur, mais Roland peut faire ce qu'il veut. Il est travailleur, intelligent, seulement les bourses, c'est peu de chose.

J'ai passé un examen. Dans la salle, sous une verrière, je n'entendais même plus les mots de la dictée, l'énoncé du problème. Il me semblait qu'ils étaient là, père et mère, tenant chacun l'un de mes bras. Je serrais mon sexe entre les cuisses, la peur comme une étreinte douloureuse qui pourtant fait jouir, *P.P.C.M., P.G.C.D.,* formules que j'essayais de retrouver en vain, participe qui se désaccordait.

Monsieur Aillaud, l'instituteur, se penche vers moi, met la main sur ma nuque, reste là trop longtemps, s'éloigne, revient avec un collègue, m'interroge.

— Qu'est-ce que tu as, Revelli, ça ne va pas ? Tu es pâle. Tu te sens mal ? Travaille comme si tu étais en classe. Allons Revelli, calme-toi.

Qu'ils me laissent à ma honte, qu'ils me méprisent puisque j'appartiens aux méprisés. Je ne puis écrire une ligne, tracer un trait sans que naisse une tache, araignée violette qui ronge la page, mes yeux, le centre de ma poitrine. J'échoue.

Ma mère pleure :

— Tu étais toujours le premier, répète-t-elle.

— Il est très émotif, dit Monsieur Aillaud. Mais je ne comprends pas non plus.

Mon père hausse les épaules.

— Un bon ouvrier, dit-il, qui connaît bien son métier, et il le connaîtra s'il va dans ce centre, c'est mieux pour lui. C'est le fils d'un ouvrier, qu'est-ce que tu veux qu'il fasse comme médecin ? Et l'argent pour s'installer ? Les études ce serait rien. C'est après que ça commence.

— Pour toi, je voulais, disait ma mère, toi au moins.

Elle quittait la table, je l'entendais sangloter couchée sur son lit, puis elle claquait la porte, et quand j'entrais dans sa chambre elle pleurait encore, un mouchoir sur sa bouche. Je m'approchais, je restais debout près d'elle, je disais :

— Maman, maman, qu'est-ce que tu as ?

Elle était immobile, puis elle m'attirait contre elle :

— Je voulais pour toi, que tu n'aies pas la même vie que moi.

Elle faisait un effort pour combattre ce désarroi dont la profondeur m'étonnait. *Lycée, collège, centre d'apprentissage, Bac, C.A.P.*, ces mots n'avaient encore pour moi aucun visage, l'un plaisait à ma mère, l'autre à mon père et j'aurais voulu trouver celui qui les rassemblait. J'imaginais que j'allais à nouveau, comme à l'école, répondre avant les autres, avant le fils du médecin de la rue de France.

Mais dès le premier matin, quand l'appel dans la cour du collège a été terminé, j'ai compris que nous étions les hommes de la soute. Cartable fait de deux morceaux de tapis cousus entre eux, bleus de travail délavés et retaillés, j'observais mes camarades.

— Où t'habites ?

Ils venaient de l'est de la ville ; Saint-Roch, Riquier, le Port, la rue Arson. Les autres élèves, ceux du collège, entraient déjà en classe dans le bâtiment principal, garçons et filles mêlés. Nous,

nous attendions. Puis nous nous sommes dirigés vers le fond de la cour, vers les ateliers de mécanique, et on nous a distribué ces caisses à outils, les limes, les morceaux d'acier brut, mal ébarbés et je me coupais à ces angles vifs.

Heure après heure, trente dans la semaine, ajustage et mécanique, et les classiques et les modernes qu'on voit passer, ombres chinoises devant les verrières de l'atelier.

Parfois je me laisse entraîner, je joue avec mes camarades mon rôle jusqu'à la caricature. Dans la cour nous nous essuyons le front, les lèvres du revers de la main, comme de vieux ajusteurs, nous nous sentons lourds, différents, nous imaginons que les filles — elles apprennent le latin, l'anglais, le solfège et par les fenêtres ouvertes de la classe nous entendons leurs gammes — nous refusent un regard parce que nous les effrayons. Nous glissons sous nos blouses un manche de lime noirci par la sueur de nos mains, nous plaçons entre nos jambes un pied à coulisse : « Elles en ont pas vu comme ça. » Nous sommes les hommes. Les autres, ces élèves aux vêtements bien coupés, aux visages lisses comme ceux des filles qu'ils côtoient, et sans doute sont-ils assis près d'elles en classe, nous les défions, Catto et Giuliano crachent dans leur direction, crient : « Pédale, enculé. » Mais ils nous ignorent et nous rentrons à l'atelier, nous faisons glisser, sur la pièce coincée dans l'étau, la lime, et je suis ces traits fins qu'elle trace, rayures brillantes, diagonales qui vont diriger ma vie.

Je l'ai dit, je n'étais pas solidaire des miens, pourtant j'ai éprouvé ce plaisir du groupe qui, parce qu'on le rejette, revendique et manifeste sa différence par l'injure et le geste. Mais dès que je suis debout devant l'étau, ou bien que je quitte Catto, au coin du boulevard Gambetta et que je vais rouler jusqu'à la Promenade, j'éprouve ma solitude.

J'habite un quartier dont les adolescents vont au lycée ou au collège. Je les double souvent, ces filles que je vais apercevoir dans la cour, sur le banc. Je sais qu'elles me reconnaissent, mais la frontière passe entre nous. Je suis donc seul dans mon quartier. Pas de bande, d'amis. Le temps des mousquetaires et de la Reine est mort. Julia apprend le latin et je refuse de sortir avec Catto ou Giuliano. Je n'ai pas renoncé à changer un jour de camp, pourquoi me compromettre avec eux ? Le soir, après avoir étudié la technologie — quelles roues dentées faut-il monter sur le tour — j'essaie de déchiffrer un texte anglais, leur langue à ceux du lycée, aux clients de l'*Hôtel Impérial*, à Bernard Halphen.

Il est revenu en vacances, il m'a trouvé. Il habite à nouveau dans la villa où j'ai vu sa mère pendant la guerre. Il m'apprend à jouer aux échecs cependant que son oncle et sa tante lisent dans le jardin.

— N'oublie pas ta leçon d'anglais, Bernard.

— Tu fais de l'anglais ? me demande-t-il.

Pas d'anglais au centre d'apprentissage. Aujourd'hui encore je ressens l'humiliation d'alors, la honte que j'éprouvais et la révolte. Haine contre Bernard, contre mon père, contre moi, contre la ville, révolte aussi ; désir de détruire, d'entrer comme un barbare dans ce monde qu'on me refusait.

Chaque question qu'on me posait était comme une lanière de peau arrachée lentement à ma poitrine. Ceux qui diront que j'exagère ont appris l'anglais sur les bancs du collège. Écorché vif n'est pour eux qu'une figure de rhétorique. Ces deux mots, je les ai vécus.

— Vous allez faire quoi plus tard ? me demande l'oncle de Bernard.

Je vais faire quelque chose de honteux, voilà ce que je sens.

— Vous préparez le baccalauréat ?

Il s'est assis entre nous, il regarde le jeu.

— Tu te fais battre, Bernard, dit-il.

Si je ne gagne pas, je renverse l'échiquier et je m'enfuis.

L'oncle de Bernard me sourit. Il est chauve, voûté, les yeux presque inexpressifs à force de douceur.

— Vous savez ce que vous voulez, Roland. Vous avez de la volonté, n'est-ce pas ? Je le vois à votre manière de jouer.

Je pousse mes pions, je dis d'une voix sourde :

— Échec et mat, la chaleur de la victoire dans ma gorge.

— Tu es devenu le plus fort, dit Bernard.

Je le quitte, je marche sur la Promenade, je m'impose d'aller jusqu'au champ d'aviation, là où les camions déchargent le sable et les graviers pour gagner sur la baie, construire les pistes. Je cours, je répète simplement ces mots : « Bats-toi, bats-toi, gagne, gagne ! » Ils sont le rythme de ma course qui retentit dans ma poitrine et dans ma tête. Je descends sur la grève, je m'allonge entre les barques des pêcheurs du quartier de la Californie. Quand la nuit est pleine je me tends. Je suis l'arc, la flèche. Je fais une boule de mes vêtements. Puis je m'élance, je nage, j'ouvre ce miroir d'une diagonale d'écume, je m'exalte, je suis à nouveau Martin Eden, le pauvre devenu glorieux. La fraîcheur de l'eau après ma course me calme.

Je rentre lentement, retrouvant peu à peu les klaxons, la chaleur humide du centre de la ville, les touristes qui s'agglutinent devant les terrasses des hôtels. J'arrive face à l'*Hôtel Impérial,* fatigué par la marche, j'avance sous le porche, j'aperçois la lumière de notre cuisine. J'ai hâte de m'allonger. Je me tends à nouveau. Impose-toi de repartir, de recommencer. Va. Bats-toi.

Je refais le trajet. Je marche vers la Californie, les zones désertes et sombres. J'ai l'impression d'accomplir un exploit.

Je suis le cavalier et sa monture. Je me flatte et m'éperonne.

17

Je craignais l'été et je l'attendais pourtant avec impatience. Bernard arrivait de Paris dans les premiers jours de juillet. Allions-nous nous reconnaître ? Nous ne nous écrivions jamais, mais dès la fin des classes, je me préparais à le recevoir. Je cachais mes livres d'anglais. J'en répétais quelques phrases afin de m'assurer que je pourrais, le soir, sur la Promenade, comprendre l'une de ses questions, répondre, ne pas être le second. J'empruntais à la bibliothèque des romans de Steinbeck, d'Aragon. Bernard avait, l'année précédente, prononcé ces noms. Je plaçais les livres sur l'étagère du cosy-corner, je me coiffais, j'entrouvrais les volets afin d'entendre son pas. Je disais : « Salut Bernard », et il commencerait à parler. J'avais peur de manquer sa venue aussi je ne sortais plus. J'essayais de lire. Ma mère ouvrait la porte :

— Tu attends ton Bernard ? disait-elle. (Elle faisait quelques pas dans ma chambre, secouait la tête avec commisération.) Tu crois que lui, à Paris, il pense à toi ? Des amis il en a tant qu'il veut.

C'est comme moi, toutes mes amies, quand elles ont compris ce que nous étions, je les ai perdues. Les amis c'est comme ça.

Lui lancer un livre au visage ou bien pleurer contre elle, partager ses humiliations.

Je ne pouvais plus lire, je sortais. Il ne viendrait pas. J'apprenais la jalousie, je passais vite devant la villa où il descendait, si vite que je n'avais pas eu le temps de voir si les volets étaient encore fermés. Je revenais, je descendais de vélo. Mon anxiété était si grande que j'osais sonner. J'étais sûr qu'il était là, qu'il m'avait trahi et je voulais qu'il sache que je l'avais découvert.

— Bernard ? (Son oncle me faisait entrer dans les pièces fraîches et obscures du rez-de-chaussée.) Bernard ? Cette année, il ne vient pas avant le mois d'août. Il va en Bretagne, d'abord chez des amis, puis avec eux je crois qu'il...

Il était avec d'autres.

Il m'abandonnait. Je roulais sous la voûte de chaleur que dissimulait parfois, peu avant un village, l'arc vert des platanes dont les branches se mêlaient au-dessus de la route. Je partais chaque jour après le repas.

— Qu'est-ce qu'il fait ? demandait mon père.

Christiane s'accrochait à moi, me retenait par la selle et j'entendais la réponse de ma mère :

— Bernard, son ami soi-disant, il l'a sauvé, non ? Il ne vient même plus le voir.

Je donnais un coup de poing sur la main de Christiane et je m'enfuyais.

Le porche, l'incandescence de la rue, les montées de Gairaut ou de Cimiez, le bourdonnement de l'effort, cette voix aussi qui répète : « Tu es seul, avance, avance. »

Je ne vois que le pneu devant moi. Je ne m'arrête qu'au sommet de la côte. Je m'assieds sur le bord de la route, joues brûlantes, cette rage que j'ai à lancer des cailloux de toute ma force sur la chaussée, qu'ils rebondissent et que de ressaut en ressaut ils atteignent et blessent la ville, ces terrasses, ce damier blanc et rouge qui peu à peu couvre les collines. Je les parcours de crête en crête, descente, raidillon, bruit d'un canal dans le creux humide du vallon, chant sec des cigales sur les pentes brûlées.

J'ai ralenti devant la maison de Carlo Revelli. Je rôde autour d'elle jusqu'à ce que Anna et Mafalda me surprennent, m'entraînent dans le jardin.

— C'est pas la saison des figues, dit Carlo.

— Je veux travailler.

— Ton père le sait ?

Carlo est assis à la même place, dos à la façade que le soleil divise. Il se lève.

— Tu t'arranges avec lui ?

Il me donne une tape sur l'épaule.

— Viens demain au port, à 8 heures.

Puis il se désintéresse de moi, suit le chemin qui, entre les oliviers, gagne l'extrémité du jardin.

— Tu es obligé de travailler ? me demande Mafalda. (Elle a le corps lourd de sa mère, mais le visage osseux de Carlo.) Travailler, tu as toujours le temps.

Ils ont tous répété cette phrase mais je voulais qu'on sache qui j'étais. Dépit, orgueil. D'un jour à l'autre, j'ai cru changer. Je suis sorti de l'entrepôt, le premier soir, sale.

Carlo Revelli avait appelé un contremaître.

— Trouve-lui quelque chose, mais il sait rien faire.

À genoux sur de larges plaques d'acier, j'ai, et le bras se fige, heure après heure, décapé le métal. Mains et avant-bras couverts de poussière rouge.

Mon corps est enduit de sueur. Je crois en avoir fini avec la honte parce que, transmutation brutale, je provoque et proclame.

Je roule, chemise ouverte, sur la Promenade des Anglais. J'imagine que j'appartiens à cette armée du travail qui dresse le poing. Des chants me reviennent. Je suis un damné de la terre, j'ai retrouvé mes camarades. Je veux qu'on connaisse mon choix. J'arrive chez mon oncle Antoine. Je dis :

— Je travaille.

Il lève à peine les yeux.

— Tu vas plus en classe ?

— Je veux être un ouvrier. Au centre on n'apprend rien.

— Depuis combien de temps tu travailles ?

— Ce matin j'ai...

— Bon, coupe Antoine, bon.

Il va à la fenêtre. Sur le flanc de la colline commencent à s'élever les fondations d'un immeuble, grille du béton armé, potence de la grue.

— Si j'étais toi, reprend Antoine, j'étudierais, jusqu'à en crever. Parce que tu travailles pour toi. Un ouvrier il travaille pour les autres. Toute sa vie. Tu le comprends ça ? Edmond, seulement les études ça n'entre pas, sinon je l'aurais poussé au lycée, tu entends, à coups de pied. Mais il sera pas ouvrier. Il est avec Lucien à l'épicerie, et il y restera. Associé avec Lucien, voilà ce que je veux. Alors toi (Antoine n'a pas bougé. Je ne vois que son dos. La peau brune et plissée de sa nuque) toi, te laisse pas monter la tête par ton père. Dante, je le connais, il croit toujours que ça va changer.

Antoine se tourne vers moi. Je murmure :

— Mon père, il ne me dit rien.

Il me force à m'asseoir en face de lui.

— Il ne te dit rien, il devrait te parler. T'expliquer qu'il s'est trompé. Depuis 17, il se raconte des histoires. Chaque fois il imagine. Au début, quand il est rentré de la guerre, je l'ai suivi. L'aîné tu comprends. Mais après, 36 ça y était, 44 ça y était encore, 47, les grèves, allons-y, ça recommençait. Mais qu'est-ce qu'il croit ? Un ouvrier, c'est de la merde, tu entends Roland ? On marche dessus. Ici, et aussi là-bas, dans leur Russie. Te laisse pas prendre. Tu fumes ?

Défilés dans la rue de France. Sur les flancs du cortège, des cheminots portent de grosses lanternes rouges qui oscillent dans l'obscurité. Façades et rues noires des temps de la guerre. L'électricité est coupée, la poste gardée par des soldats en longue capote, une ancre de marine d'or à leur col. Un barrage de policiers devant la gare, des bousculades dans l'atmosphère humide et âcre.

Debout les damnés de la terre,
Debout les forçats de la faim.

Ce chant, pourquoi me porte-t-il au bord des larmes, comme s'il était chant de deuil ? Je sais, sans jamais l'avoir appris, je sais avec ma peau qui frissonne qu'il a accompagné trop de défaites, d'espoirs crevés à coups de crosse, et voici encore levés les fusils devant la Poste Thiers.

Thiers, celui-là, je connais son visage, ses yeux cerclés d'acier. Je suis le frère de Jacques Vingtras, je me suis insurgé avec lui, j'ai lu Vallès, j'ai chanté sur la place de l'Hôtel de Ville un jour de mai 1871, puis j'ai été traqué par les officiers de Thiers et j'ai vu les charrettes chargées de fusillés. J'ai entendu les salves des pelotons dans les casernes et je cours maintenant devant la Poste Thiers avec les grévistes que les soldats de l'Infanterie coloniale dispersent, cependant qu'une averse balaye les rues.

J'ai senti la peur et la révolte en ce mois de novembre 1947, j'ai suivi les troupes de jeunes gens — et j'étais à l'écart, n'osant pas me mêler à eux qui insultaient les commerçants, les contraignaient à baisser leurs rideaux : « Vous n'avez pas à gagner d'argent pendant que nous on la serre. Grève pour tout le monde. »

J'assistais place Saint-François, devant la Bourse du Travail, au rassemblement des hommes en bleus, gaziers et cheminots, éboueurs, ceux des quartiers de l'est, Saint-Roch et Riquier. Mon père, parmi eux, applaudissait.

— J'ai toujours su qu'il se trompait, continuait Antoine. Seulement il y avait l'Espagne, la guerre, qu'est-ce que tu voulais qu'on fasse ? Qu'on soit avec les autres ? On pouvait pas. Mais la vie, ça passe Roland, ça passe. Rafaele, tu te souviens, le frère de ta tante ?

Giovanna entrait :

— Laisse Rafaele, disait-elle. Ne parle pas pour lui. Il a toujours su ce qu'il voulait. Et Francesco comme lui.

Elle se penchait vers moi :

— C'est Antoine qui t'a proposé une cigarette ? Il te fait fumer ? Tu ne devrais pas. À quoi ça sert de fumer !

Je roule lentement le long du boulevard de la Madeleine. J'ai presque froid, la brise m'enveloppe, serre mes épaules. C'est vrai qu'ils sont toujours vaincus les plus pauvres. Qu'à la fin on les colle contre un mur, partout. Qu'il faudrait qu'ils deviennent une armée invincible, justiciers rouges, moines soldats. Je m'enrôlerais dans la cohorte impitoyable, *en avant camarades,* nous aurions la foi des marins du *Potemkine* et la discipline de fer des gardes blancs qui descendent les escaliers d'Odessa.

Nous sortons avec Bernard et Michèle du cinéma où l'on projette le film d'Eisenstein.

Bernard est arrivé de Bretagne au début du mois d'août. Il est venu m'attendre à la sortie de l'entrepôt. Je l'ai aperçu, appuyé à l'une des bornes du quai, cheveux bouclés, corps maigre, un journal déployé, silhouette de l'un de ces élèves de philosophie qui nous ignoraient, nous les apprentis du centre. Je ne voulais pas le rencontrer et je ne me suis pas retourné quand il m'a appelé, mais, rentré chez moi, j'étais sûr qu'il allait venir m'y retrouver.

Il entrouvrait mes volets, s'accoudait à la fenêtre de ma chambre.

— Tu ne m'as pas entendu ? demandait-il.

Il sautait de la cour dans la pièce.

— Tu travailles, prolétaire ?

J'étais sur mes gardes, il feuilletait mes livres.

— On lit la même chose.

Tout à coup, d'une poussée brutale dans la poitrine, il me forçait à m'asseoir sur le lit.

— Tu as fini de faire l'idiot ? disait-il. Pourquoi tu ne t'es pas arrêté sur le port ? Complexes ?

Il me lançait un coup de poing, je bondissais, serrais le poignet, tordais le bras. Il hurlait.

Nous nous étions reconnus.

Le temps du corps à corps, l'adolescence, les mots qui ne viennent pas ce sont les mains qui les trouvent, je m'en souviens avec émotion.

Nous sortions de la cour de l'*Hôtel Impérial*, il saisissait mon bras, je lui donnais un coup de coude, conversations qu'un geste interrompait, complétait, et nous retrouvions le rythme commun de nos démarches quand, dans la ville occupée, nous allions côte à côte. Nous nous asseyions sur l'un des bancs de la Promenade, face à la mer, nos bras se rencontraient sur le dossier. Bernard parlait, m'interrogeait, j'oubliais mes revanches à prendre, mes humiliations à venger. Je l'écoutais, il m'obligeait à la curiosité.

— Il faut que tu lises, disait-il. Le lycée, ça ne compte pas, lis, lis toujours.

Parfois il rencontrait mon père dans la cour. Je m'écartais, feignant l'indifférence, alors que j'étais attentif à chacune de leurs phrases, à la sympathie qu'ils avaient l'un pour l'autre.

— Il faudra que vous me racontiez, Monsieur Revelli, répétait Bernard.

Mon père souriait, allumait une cigarette, me regardait.

— Roland, quand je parle, ça l'irrite. (Je haussais les épaules.) Je le comprends, continuait mon père, si je me mets à parler de l'autre guerre, de la mer Noire, vous n'en sortirez pas, Monsieur Halphen, je suis intarissable là-dessus, mais c'était notre jeunesse, vraiment on croyait qu'en quelques jours, quelques mois tout au plus, ça allait basculer, on était jeunes, mais Sébastopol, en 19, c'était quelque chose.

Je suivais sur le visage de Bernard l'émotion, l'intérêt. J'étais fier.

— Ton père, disait Bernard, tu ne sais pas la chance que tu as.

Il m'entraînait vers l'*Hôtel des Anges* où Michèle, l'une de ses amies, était descendue avec sa mère.

Quand je cherche à me souvenir des semaines de cet été-là, me reviennent d'abord l'odeur de pommes du vieil hôtel, les boiseries des longs couloirs, le lit au montants de fer et, près de la fenêtre, cette armoire dont la porte battait et où, dans sa glace, j'apercevais les traînées lumineuses des voitures roulant le long de la baie, sur la Promenade. Je me souviens des vagues du premier crépuscule.

Je retrouvais Bernard et Michèle à ma sortie de l'entrepôt. Ils passaient leurs après-midi sur la plage et j'arrivais tard, quand le vent est tombé, que les galets sont déjà froids, le soleil à peine tiède. Ils étaient là, des livres entre eux, Michèle appuyée sur les coudes, les bretelles de son soutien-gorge dénouées.

— Vous vous baignez ? demandait-elle.

Je regardais les masses fauves qui retombaient comme assoupies sur le rivage. Je me déshabillais. J'étais bien dans mon corps. Je courais vers la crinière des vagues, j'entrais dans le flanc lisse de l'eau, je nageais vite pour échapper au remous, gagner le large, me laisser prendre par les ondulations lentes, puis m'élancer vers le radeau, battement des pieds pour que l'écume attire leurs regards.

Debout sur les lattes glissantes, seul, je les appelais et je plongeais dans un creux. La nage du soir était ma mise en scène, et entravé encore par le reflux, je courais vers la grève où ils m'attendaient.

Michèle marchait entre nous sur la Promenade. J'apprenais à ses côtés le langage du corps, cette tension entre deux bras si proches et qui s'effleurent.

Un soir ce fut le Corso blanc, la cavalcade des amazones, les fleurs, Michèle qui me prenait la main :

— Nous allons nous perdre, Roland.

La vie, c'est cet émoi, cette timidité qui devient de l'audace. Bernard est devant nous, je pousse Michèle derrière l'une des tribunes. La vie, c'est la complicité silencieuse qui nous fait nous baisser pour qu'il ne nous voie pas cependant que nous retournons vers l'*Hôtel des Anges.*

Je serre la main de Michèle.

— Bernard, commence-t-elle, il va comprendre.

Elle s'interrompt, me regarde cependant que nous quittons la lumière et la poussière pour le rythme du ressac, que la musique déjà nous parvient modulée par la brise.

Michèle hésite devant l'entrée de l'hôtel. Je monte devant elle, je suis contre elle dans la porte à tambour, dans l'ascenseur, et je sens l'odeur de pomme et de bois.

— J'avais ma clé, murmure-t-elle. Heureusement.

Je vois d'abord la glace de l'armoire où glissent les phares, je me penche à la fenêtre car tout à coup la timidité m'étreint. J'ai besoin d'air. Puis Michèle contre mon dos.

Enfin un corps de femme, et ma terreur de ne pas savoir, et de ne pas pouvoir. Elle était contre moi, lourde, je n'avais connu que le plaisir de faire naître un mirage docile qui se pliait à mes lois. Voilà qu'une femme respirait, toussait, guidait ma main, que je ne réussissais pas à n'être qu'avec elle, l'émotion peut-être ou la fatigue, elle était trop vivante ou trop inerte. Je devinais que l'aube se levait, j'imaginais ma mère debout dans le couloir, ouvrant la porte, me guettant depuis des heures, et Bernard qui nous cherchait. Michèle brusquement s'est mise à rire.

— Nous sommes deux novices, dit-elle, toi et moi. (Elle bâillait.) J'ai sommeil.

J'avais hâte de la quitter. Je traversais les

jardins, la Promenade que nettoyaient à grands jets d'eau les cantonniers. Les œillets blancs arrachés aux chars, les confettis formaient des tas boueux et noirâtres au bord des trottoirs. Ma mère dans la cour, les mains levées devant son visage, prête à couvrir ses yeux pour ne pas voir le fils indigne qu'elle imagine devenu homme. Je passe devant elle comme si je ne l'apercevais pas dans la lumière encore grise du matin. La scène peut demeurer muette, mais ma mère s'y refuse. Elle me retient dans le couloir, me regarde comme si je portais sur le corps une souillure.

— Tu sens mauvais, dit-elle, tu vas être malade.

Elle exprime le dégoût, elle touche ma poitrine du bout des doigts. Je prends son poignet, je repousse son bras, je crie :

— Laisse-moi, laisse-moi.

Elle hurle à son tour :

— Toute la nuit que j'attends, toute la nuit.

Cette voix me blesse, je la hais. C'est elle que j'entendais dans la chambre de l'*Hôtel des Anges,* elle.

— Tu es allé avec une de ces femmes, une grue.

Je la gifle et le silence à nouveau cependant que je sors, qu'elle reste debout et que déjà le remords, la peur d'une malédiction qui va peser sur moi et j'ai envie de me retourner, d'obtenir son pardon. Pourtant je pars, je roule, je voudrais voir Bernard mais c'est l'aube encore, la mer et le ciel coulés ensemble dans le même bleu d'aquarelle. Je m'y jette, je nage quelques brasses alors que rentrent les pêcheurs de la Californie, leurs barques ridant à peine la surface.

C'est dimanche, le vide de la nuit qui se prolonge, le pont du Var jeté pour moi sur la rivière sèche, les baous, teintes fortes dont le soleil cisèle les crêtes. Je monte, traversant les planches d'oliviers, vers cette falaise où s'agrippent des villages. Ombre des tournants pincés dans le creux d'une gorge, chaleur dans la descente vers Saint-Paul, si proche, que je voudrais couper la route, filer droit sur lui, par-dessus les ravins où parfois la guerre a laissé l'arche haute d'un viaduc brisé.

Je ne sais pas rester seul. J'entre dans le jardin de Sam Lasky. Il est torse nu, arrosant la pelouse, Vincent retournant la terre au pied des arbres. Sam me prend aux épaules, me guide vers l'atelier. Violette fume, les coudes appuyés sur une table d'osier. Elle a repoussé les tasses, la cafetière, elle me regarde avancer sans sembler me reconnaître.

— Tiens, dit Sam (Violette sursaute), à sa tête, j'imagine que Roland a fait une connerie. (Sam pèse de tout son poids sur mes épaules pour me forcer à m'asseoir.) Violette va te faire déjeuner, après tu nous raconteras.

L'atelier est occupé par une structure de bois et de métal, des poutres se croisent et s'encastrent avec des cornières peintes de couleurs vives. Sur le mur du fond de l'atelier une toile, noire et bleue, teintes de nuit, des formes rondes, et les jambes d'une femme, ouvertes, une large coupure médiane. Et elle tient dans les bras l'enfant qui vient de naître.

— Ça te choque ? m'interroge Sam. Déesse-mère, si tu ne la regardes pas en face, elle te dévore, non ? Comment ça va avec ta mère, bien ?

Les yeux de Sam comme si l'iris noir se rétrécissait jusqu'à n'être qu'un point dans le globe blanc qui me contraignait à détourner la tête.

— Quelque chose avec ta mère ? demande Violette.

Elle a noué les coins du chemisier rouge au-dessus du nombril, et je n'ose pas deviner sa poitrine brune. Elle oblige Sam à s'éloigner, elle s'assied près de moi. Je ne vois que le tableau du fond de l'atelier, ces jambes qui divisent la toile, cette femme couchée qui ressemble à une araignée qui s'avance et menace.

— Ne me raconte rien, dit Violette. (Elle pousse vers moi le paquet de cigarettes.) Difficile de voir ses parents tels qu'ils sont, un homme et une femme, c'est tout. Je voudrais que Vincent comprenne. Je lui ai dit qu'il n'est pas le fils de Sam. Rien n'a changé pour lui. Mais est-ce qu'on sait ? Je veux qu'il s'appelle Revelli d'abord. Vincent Revelli, le nom de mon père.

Je l'écoute et qu'elle me parle ainsi, comme une femme qui se confie, me rassure.

— Mon père, reprend-elle, je crois que j'étais la seule à le connaître. Les autres, Antoine, ton père, et même Louise. (Violette hausse les épaules...) On a peur, Roland, de découvrir que ses parents sont simplement des gens comme n'importe qui, qu'ils vont mourir, qu'ils ont raté leur vie, qu'eux aussi ils ont rêvé, voulu, et puis, ils sont là, et on les imagine comme deux statues, du bois, du métal. (Elle montre la structure de Sam où la lumière se brise en cônes d'ombres en reflets aigus.) Mais ce n'est pas ça, on ne les aime pas vraiment, on se rassure. (Elle s'interrompt, allume une autre cigarette.) Je fume trop, moi aussi je suis inquiète.

Elle se lève, va jusqu'aux baies vitrées qui sont ouvertes, et j'entends la voix de Vincent, joyeuse :

— Sam m'arrose, crie-t-il, il ne me laisse pas travailler.

Elle s'assied à nouveau.

— Je me demande, reprend-elle, Denise, ta mère s'appelle Denise. Tu le sais, mais est-ce que tu y penses ? Je veux que Vincent m'appelle Violette. J'ai peut-être tort mais j'essaie d'être une personne pour lui, pas une image. Ta mère, je crois que vous vous êtes trop aimés, elle et toi, chacun à votre façon, et maintenant vous ne vous aimez plus assez, parce qu'elle a peur que tu la quittes et toi tu as peur qu'elle te retienne.

Enfin les mots me reviennent. Je parle. Violette se lève, m'embrasse, me réconforte.

— La nuit, dit-elle, tant que le soleil n'est pas levé, les gestes de colère ne comptent pas. Le matin efface tout. Je vais téléphoner à l'*Hôtel Impérial,* qu'on lui dise que tu es là, que tu ne t'es pas suicidé, c'est ce qu'elle doit imaginer. (Elle s'éloigne, revient.) Tu étais avec une fille toute la nuit ?

La chambre de l'*Hôtel des Anges,* je n'en ai pas encore parlé. Pudeur ou oubli, ces heures ont-elles existé ?

— Tu veux que Sam aille la chercher ? Ça ne lui déplairait pas.

Je ne dis presque rien encore, seulement l'*Hôtel des Anges,* le portier devant lequel, ce matin, je suis passé en courant.

— L'*Hôtel des Anges,* dit Violette, mon père une fois, une seule fois, m'a raconté que c'est là qu'il avait emmené ma mère pour leur nuit de noces. L'hôtel, sur la Promenade, c'était une folie pour eux. On les a mal reçus, mais ils pouvaient payer, on les a mis dans une chambre tout en haut. Et toi tu entres, tu sors de cet hôtel comme tu veux.

Violette s'appuie aux bras de mon fauteuil, murmure :

— Ton amie, tu veux que Sam descende à Nice ?

Je me raidis, je dois faire une grimace, il me semble que je vais pleurer.

— Si tu préfères, reprend Violette, il n'ira pas. (Elle me caresse le visage.) Viens, dit-elle.

J'aime la sentir contre moi. J'ai besoin d'une femme qui me console, m'acquitte.

— Où allez-vous ? crie Sam.

Vincent se précipite en courant derrière nous mais Sam le retient :

— Laisse-les, dit-il, on travaille, eux ils parlent.

Nous marchons dans les rues de Saint-Paul vers l'extrémité du village, ce promontoire ensoleillé. Il fait chaud déjà, la brume voile l'horizon vers la mer et le profil des collines, paysage flou où les bruits (une voiture passe sur la route des crêtes) s'assoupissent.

Violette s'assied sur le rebord du chemin de ronde.

— Je suis partie très jeune de chez moi, commence-t-elle.

Elle parle d'elle pour me parler de moi. J'écoute avidement comme on suit l'avenir dans les lignes de sa main.

— Je ne voulais pas vivre comme eux, Louise, Antoine, ou ton père. Dante, je pense souvent à lui. Tu sais Roland (elle m'entoure les épaules), quand il est revenu de la guerre, l'autre, en 19, il était enthousiaste, il... (elle s'interrompt) je l'aime beaucoup, Dante. Seulement on se voit si peu.

— Il est toujours enthousiaste.

Elle rit.

— Aujourd'hui (elle fait une moue) si tu l'avais connu.

— Raconte-moi.

Sans fin j'écouterais leur histoire à mon père, à ma mère. Je voudrais les avoir accompagnés depuis leurs origines, vivre leur rencontre.

— Denise, continuait Violette, c'était une de mes amies, mon amie, elle travaillait à *Haute Couture,* j'allais la chercher chaque soir, en sortant des *Galeries Lafayette,* Dante et ta mère, ils se sont connus grâce à moi.

Je sais maintenant ce qu'est le corps d'une femme, je les vois, Denise et Dante, qui s'approchent l'un de l'autre, eux, aujourd'hui séparés.

— Ils s'aimaient ?

— À leur manière (Violette fait quelques pas, revient) mais ils étaient si différents, Dante (elle s'interrompt encore)... Ce qu'on apprend quand on vieillit, Roland, c'est qu'on ne peut rien recommencer, ça ne sert à rien de dire si, si... C'est comme ça.

Elle allume une cigarette, la tête tournée vers le ciel où, au-dessus de la brume, s'étirent de longues plages de nuages plats.

— Il faut faire ce qu'on sent très fort, reprend Violette, sinon... Et quand on les veut les choses arrivent, on ne sait pas comment. Je voulais un fils, je vivais avec Sam qui n'en voulait pas. Je suis mariée avec Sam et il y a Vincent. Les choses se font. Parfois j'ai peur de désirer, parce que peu à peu le désir se réalise mais d'une manière qu'on n'imagine pas. Tu sais que Rafaele, le père de Vincent, a été tué à la Libération ?

C'est moi qui prends le bras de Violette pour rentrer, moi qui l'aide à descendre l'escalier du chemin de ronde. Nous ne parlons plus.

Le village s'est animé. Joueurs de boules sur la place, envol de colombes au-dessus des platanes.

Sam, une chemise à fleurs ouverte sur sa poitrine, est assis avec Vincent à la terrasse du café, applaudissant quand un tireur frappe une boule de plein fouet.

Je sens le corps de Violette qui se détend.

— Sam est un clown, dit-elle.

Je la regarde. Elle sourit, et son visage où j'ai souvent remarqué la rayure grise des rides, là au coin des yeux et du nez, me paraît lisse. Il me semble que je la devine telle qu'elle était, jeune femme, aux côtés de Denise, ma mère, et j'entends leurs rires, leurs confidences alors qu'elles traversent la place Masséna. Mon père est de l'autre côté, sur le trottoir, peut-être dissimulé par une colonne du Casino ; il attend qu'elles s'avancent pour les surprendre, embrasser sa sœur, rencontrer Denise.

— Qu'est-ce qu'il a ? demande Sam en me désignant. Malade ?

— L'amour, dit Violette en chantonnant.

Elle s'accroche au cou de Sam, ferme les yeux, murmure son nom.

Troisième partie

LE PRINTEMPS NOIR

18

Carlo Revelli aimait regarder Roland.

Il en oubliait le froid, la sensation que le ciment s'infiltrait dans ses jambes, et tout à coup elles étaient prises, glacées et lourdes. Il lui fallait taper longtemps avec la pointe du pied, frotter même le mollet avec le bout de sa canne pour que le ciment s'effrite. Carlo s'appuyait à sa canne, rentrait dans son bureau de l'entrepôt, et s'installait derrière la vitre. De là, il voyait la manœuvre, les camions qui, en marche arrière, se rangeaient contre le quai.

Roland, torse nu, sautait dans la benne, les ouvriers arabes arrimaient les madriers aux palans, puis d'une poussée ils les dirigeaient vers Roland. Il les recevait, les deux mains devant la poitrine, s'écartant au moment où ils glissaient sur le plancher de la benne.

Carlo assis, le col de son manteau relevé, commençait à feuilleter le courrier mais vite il convoquait Gili, le directeur, lui désignait les lettres : « Signez, signez », disait-il. Et il regardait à nouveau le fils de Dante, cette silhouette musclée dont l'ombre masquait le visage.

Chaque matin, quand la voiture s'arrêtait devant l'entrepôt, que le gardien se précipitait pour ouvrir la portière, le chauffeur demandait :

— Je reviens à quelle heure, Monsieur ?

Carlo Revelli hésitait. Qu'avait-il à faire à l'entrepôt ? Il pouvait décider de repartir, remonter à Gairaut ou bien visiter l'un des chantiers, les immeubles du nord de la ville ou les pistes de l'aéroport que les bétonneuses dessinaient peu à peu sur les éboulis de terre rouge jetés dans la baie.

— Reste là, répondait-il. Je vais, je viens.

Il voulait voir Roland au fond de l'entrepôt, observer cet homme jeune, debout. Une branche neuve que la sève irrigue, que la révolte dresse. Un Revelli qui lui ressemblait.

Les autres, même le fils, Alexandre, ou Robert ou Yves, n'étaient pas bourrés de colère, de cette rage qui rend les gestes vifs. Roland saisissait un madrier comme s'il donnait un coup de poing. Quand il prenait la masse, il frappait jusqu'à faire éclater la pierre, à la réduire en sable. Les autres Revelli ne sauraient jamais ce qu'est la douleur qui bleuit le regard quand l'ongle éclate sous le choc parce qu'on a mal ajusté le coup ou que la masse a glissé.

— Je ne demande qu'à comprendre, disait Alexandre à Carlo Revelli.

Il était assis près de son père, sur la terrasse de Gairaut. Nathalie habillait lentement la poupée de sa fille et Sonia, le visage posé sur les genoux de sa mère, suivait le mouvement des doigts comme on écoute le conteur dire une fable.

— La mère de Roland, reprenait Alexandre, m'a demandé de l'engager comme dessinateur. Roland est intelligent, il peut très vite apprendre.

— Il reste avec moi à l'entrepôt, répondait Carlo.

Alors que pour lui tout — les autres et aussi le contour des collines le matin, les façades, au-delà des bassins du port — tout devenait flou, Roland était la seule image nette, précise comme un souvenir proche. Au-delà de la vitre du bureau, Roland demeurait les mains sur les reins parce que, après l'effort, c'est la pose qu'on prend et Carlo, un instant, sentait comme autrefois la chaleur des paumes, là, à la base du dos. Il restait immobile, les pans de son manteau rabattus sur les genoux, les mains sur le pommeau de la canne, mais il devenait Roland, debout sur les madriers.

— Je ne comprends pas, répétait Alexandre, pourquoi vouloir que Roland ne soit qu'ouvrier, contremaître ?

— Vous n'êtes pas juste, dit Nathalie. Vous n'avez pas le droit. Il faut que tu le prennes avec toi, ajoutait-elle tournée vers Alexandre.

Alexandre posait la main sur l'épaule de sa femme, la forçant à s'interrompre. Carlo s'éloignait.

Qui comprenait Carlo ?

Il entrait dans sa chambre, s'asseyait sur le bord du lit. Mafalda entrebâillait la porte :

— Tu as besoin de quelque chose, papa ? Tu te couches déjà ?

Carlo faisait un signe pour qu'elle s'en aille.

Ils étaient tous attentifs et ils ne comprenaient pas. Ils n'entendaient pas ce grincement, cette douleur qui rongeait le dos, des omoplates à la nuque, le creusait comme une poutre pourrie, un bois qui s'effrite entre les doigts. Depuis que sa femme était morte, la douleur ne cessait plus, elle érodait. Une fine poudre grise s'accumulait quelque part dans le corps et un jour elle étoufferait Carlo comme elle avait étouffé Anna.

Il se déshabillait, évaluant chaque mouvement, essayant de ne pas voir ses chevilles renflées, couvertes de taches violettes, ses veines trop bleues, noueuses, et les pieds qui semblaient si maigres. Un corps à émonder.

Souvent Mafalda revenait :

— Je peux t'aider, papa ? demandait-elle.

Il les entendait, Alexandre, Nathalie et les voix joyeuses de Sonia et de Robert, ou bien celle d'Yves déjà posée et sûre.

Carlo secouait la tête. Mafalda s'éloignait.

— Vous voulez boire quelque chose, les enfants ? disait-elle dans le couloir.

Carlo s'appuyait sur les coudes, s'allongeait. Le lit était si froid, maintenant qu'Anna ne toussait plus près de lui. Les draps étaient blancs comme ces marbres lavés dont les larges plaques s'accumulaient contre les murs de l'entrepôt.

— Tu les feras charger demain, disait Carlo.

Roland était devant lui dans le bureau, les doigts à demi repliés, main d'ouvrier qui a de la peine à se tendre parce que les muscles sont engourdis par la fatigue, qu'ils sont gonflés, toujours prêts à se refermer sur la manche d'une pioche, le montant de bois ou de fer qu'il faut saisir.

— Ton père, qu'est-ce qu'il en pense de ce que tu fais ? demandait Carlo.

Roland haussait les épaules.

Quand il rentrait de l'entrepôt, la poussière couvrant les cheveux, ses parents étaient déjà assis dans la cuisine. Christiane, un livre ouvert près de son assiette, levait à peine les yeux, Dante regardait sa femme. Elle secouait la tête, commençait sa lamentation.

— Ça, disait-elle, je ne l'aurais pas cru. Tu as vu dans quel état tu es ? Un ouvrier.

Ce désespoir de sa mère, Roland l'attendait. Il aimait la voix qu'elle prenait pour lui dire, tournée vers Dante :

— Si ton père avait eu un peu plus d'ambition, au lieu de ses idées... Un ouvrier, voilà ce qu'il a fait de toi. Ah ! tu travailles dans l'entreprise Revelli, c'est pire que si tu étais ailleurs.

— Change, disait à voix basse Dante, change demain.

Mais c'est là que Roland voulait être, sur le quai, face au bureau de Carlo Revelli, vieillard enveloppé d'un manteau noir en plein été et dont il sentait le regard.

Quand Roland arrachait d'un geste brusque à un Arabe le madrier que l'ouvrier ne soulevait pas assez haut, il avait parfois le désir de le lancer vers la vitre, contre le visage du vieux Carlo Revelli. Renverser ce corps frêle, comme au jeu de massacre, et pourtant, dès que le vieux Carlo arrivait, Roland travaillait plus vite, chargeait encore un camion avant la pause, pour l'étonner, l'entendre dire :

— Toi Roland, tu me ressembles.

Carlo Revelli s'approchait du bord du quai. D'un mouvement autoritaire de la canne, il renvoyait son chauffeur qui voulait lui donner le bras.

— Tu me ressembles, Roland, reprenait-il. Ton père il n'aime sûrement pas. Mais moi ça me fait plaisir.

Il faisait quelques pas entre les camions, s'arrêtait, tapait du bout de sa canne sur un madrier ou un sac de ciment :

— Et ça, disait-il d'une voix trop aiguë, tu le laisses pourrir ?

Il n'avait pas bougé la tête comme s'il eût été l'un de ces automates aux mouvements saccadés, un bras d'abord, puis seulement plus tard l'autre bras, la rotation des épaules.

Roland sautait du quai, peut-être de la colère ou bien le désir d'être encore près de Carlo. Il saisissait le madrier ou le sac, le portait jusqu'au quai cependant que la silhouette haute et sèche de Carlo Revelli s'éloignait lentement vers la sortie de l'entrepôt. Il semblait qu'il n'atteindrait pas la voiture dont le chauffeur déjà ouvrait la portière, mais la scène recommençait chaque matin.

— Il nous enterrera tous, Revelli, disait le contremaître. Et toi (il fermait le poing, levait le bras en direction de Roland) t'as beau t'appeler Revelli, il te baisera. Il nous a tous baisés.

Roland lançait un madrier dans la benne d'un camion. L'acier résonnait, couvrait sa voix :

— Je m'en fous, je m'en fous !

Mais il guettait l'arrivée de Carlo Revelli chaque matin. Le vieux devinait cette attente. Roland lançait un ordre aux manœuvres quand le gardien ouvrait la portière. La voix résonnait sous les tôles de l'entrepôt. C'était le salut de Roland, reconnaissance et défi. Carlo s'arrêtait, s'appuyait à sa canne. Il oubliait l'ankylose de ses jambes à rester ainsi, debout entre les camions, il devenait le Forzanengo des derniers jours, ce beau-père qui, jusqu'à la fin, avait voulu tenir les rênes.

— Tu attends que je crève, disait alors Forzanengo à Carlo, pour tout avoir ? C'est pas encore le moment. Je vais mettre longtemps.

Qu'est-ce qu'il imaginait, Roland, qu'est-ce qu'il était pour croire qu'il avait droit à un morceau du gâteau ? Le fils de Dante ? Et qu'est-ce qu'il était Dante ? Un neveu, un filleul, rien.

Seulement ces noms devenaient des visages, des scènes. Là, sur le pont qu'on inaugurait, Dante dans la foule, encore enfant et Carlo lui glisse une pièce d'or dans la main. Rien n'arrêtait plus le mouvement, un visage nouveau, indistinct encore, s'avançait et c'était Vincente ou Luigi, les deux frères sur la route qui, de Mondovi, conduisait à Nice ; ou c'était, plus loin, le père devant la cheminée, la tête penchée vers le foyer, ou bien plus tard et toujours la dernière image, le père étendu sur le lit, forme noire sur la dentelle blanche. Carlo sentait alors que le ciment avait pris ses jambes. Il retrouvait l'entrepôt, il tapait du pied, il marchait jusqu'au quai, il pointait la canne vers Roland.

— Viens avec moi, disait-il. Allez viens.

Roland passait sa chemise, courait vers le robinet, et Carlo aimait entendre le bruit de l'eau qu'on se jette au visage. Il montrait à Roland la place, près du chauffeur.

— On fait le tour, disait-il.

Avant de lancer le moteur, le chauffeur tendait à Carlo la boîte de cigares. Roland ne se retournait pas. Les doigts sur ses genoux couverts de poussière, il s'efforçait de ne regarder que la chaussée.

La voiture longeait le Paillon, se dirigeait vers les quartiers de l'est, Riquier, Saint-Roch où l'entreprise Revelli construisait les premiers H.L.M. de la ville, carcasses dressées au milieu des terrains vagues, proches du lit de la rivière envahie par les herbes couvrant peu à peu les galets.

— Toi, disait Carlo, tu sais rien faire, en somme.

La fumée âcre envahissait la voiture dont toutes les vitres étaient remontées. Carlo touchait l'épaule de Roland, lui donnait le cigare.

— Tu sais même pas fumer ?

Le chauffeur riait.

— Essaye, disait Carlo.

— Je ne fume jamais.

— Même pas ça alors ?

— Ils boivent du lait maintenant, disait le chauffeur.

Il se garait contre les palissades qui entouraient le chantier, ouvrait la portière. Un contremaître s'approchait, lançait :

— Ça monte, ça monte, mais les Arabes, faut les pousser au cul.

— C'est mon petit-neveu, disait Carlo. Il sait rien faire.

— Il a pas les mains d'un fainéant.

— Tu crois que les Revelli sont des fainéants ?

Carlo levait la tête vers le sommet des échafaudages. Au bout de l'un des madriers les ouvriers avaient fixé un drapeau, morceau de chiffon rouge que le vent froissait.

— Tes ouvriers, dit Carlo au contremaître, ils ont oublié qu'on est en France ?

Le contremaître haussait les épaules.

— Ils ont mis ce qu'ils ont trouvé, si vous croyez...

— Je crois rien, je vois, dit Carlo.

Il sortait de la voiture, lentement, plantant sa canne dans la terre boueuse du chantier. Il s'appuyait à la carrosserie, regardait les cloisons de ciment que des manœuvres accrochaient aux câbles de la grue. Roland restait près du chauffeur, les bras ballants.

— Tu es monté sur un échafaudage, dit Carlo en se tournant vers lui. Jamais ? Tu vas aller m'enlever ça. (Il montrait le chiffon rouge.) On verra si tu as le vertige.

Roland entra dans la charpente de béton. Les tiges rouillées s'échappaient des poutres grises, il se baissait pour les éviter, gravir les passerelles qui de plancher en plancher conduisaient au sommet, à ce dernier madrier où, avec un fil de fer torsadé, quelqu'un avait accroché le drapeau de fortune qui marquait le faîte de la construction. Roland en cassa la hampe, une planchette couverte de plâtre. Il regarda alors seulement le sol, la voiture, Carlo Revelli. Il n'avait pas le vertige. Il redescendit, faisant trembler les passerelles, le chiffon rouge à la main. Les ouvriers s'interrompaient à son passage, l'un d'eux, dans un étage, se mettant à siffler fort un refrain que Roland croyait reconnaître.

19

Dante Revelli pensait à Roland le matin, avant les premiers gestes, quand les idées viennent une à une, qu'elles s'attardent, que le silence se fait autour d'elles.

Dante allumait une cigarette, ouvrait la fenêtre. Il avait besoin du bruit de la rue. Si la mer était forte, il entendait le ressac ou, quand le vent soufflait, les cris des mouettes et Dante imaginait leur vol obstiné au-dessus de la Promenade. Mais les cinq ou six petits mots — qu'est-ce qu'il fait Roland ? — restaient collés l'un à l'autre, continuaient de tourner et Dante ouvrait la radio pour que le manège l'entraîne.

Les manifestations pour empêcher l'exécution des époux Rosenberg, ce couple new-yorkais accusé d'espionnage en faveur de l'Union soviétique, se sont poursuivies dans de nombreuses villes, à Rome...

Il était seul dans la cuisine avec cette voix étouffée qui répétait que rien ne change, que ce sont toujours les mêmes qui meurent. Il se souvenait des cris dans les rues : *Sacco Vanzetti,* et il s'était haussé sur la pointe des pieds pour voir la foule sur les bords du Paillon, violente, résolue. Mais ils avaient tué Sacco et Vanzetti bien avant que naisse Roland, peut-être même avant que Dante rencontre Denise, quand, juste après l'autre guerre, il croyait...

Dante fermait la radio.

Le manège l'avait ramené au point de départ, à Roland. Avant, il était là, Roland, levé le premier. Dante le surprenait alors qu'il s'étirait, mains nouées, bras tendus au-dessus de la tête et Dante riait de le voir si grand, ce fils.

— Tu touches le plafond, disait-il.

Roland, aussitôt, baissait les bras, mais Dante oubliait vite ce geste. Son fils était là. Dante entendait le craquement de la croûte quand Roland brisait le pain, il poussait vers lui la cafetière, il pouvait dire :

— Ça va chez l'oncle, tu le vois Carlo, il te parle ?

Souvent Roland répondait d'un haussement d'épaules, mais Dante continuait de parler et certains matins le fils était pris. Il écoutait, les mains autour du bol, la tête baissée et Dante laissait sa cigarette se consumer dans le cendrier.

— Tu comprends, nous, quand on est revenus de la guerre, on croyait...

Dante dévidait le temps, sa vie, pour lui autant que pour Roland, pour essayer de démêler les brins de cette pelote qui avait roulé jusque-là, jour après jour. Les événements s'étaient succédé sans que Dante prenne la mesure du temps, mais un matin il découvrait qu'il avait un fils plus grand que lui et hier encore il le prenait sur ses épaules.

— Je me demande si tu te souviens, disait-il, tu étais petit, on est allés tous les deux aux résultats, en 36. Un beau moment. On en a eu quand même, tu étais sur mes épaules, debout, tu te souviens ?

Roland ne bougeait pas, mais l'émotion entre eux, tendue. Dante se taisait, écrasait le mégot dans le cendrier, prenait une autre cigarette, l'allumait en se penchant au-dessus de la flamme bleue du gaz, tirait quelques bouffées.

— Dans une vie, tu vois, des moments comme 36, ça compte, reprenait-il.

Tant d'autres dont on ne se souvient plus, l'indifférence autour de soi, le regard qui se détourne quand, et c'est la guerre, on explique qu'il faudrait trouver un lit pour dormir, cette nuit, et l'autre sans répondre secoue la tête, pousse lentement la porte. Le même homme, plus tard, un brassard tricolore sur sa chemise, avance vers Dante.

— Cette fois-ci, on a gagné.

C'est celui-là qui crache au visage de Katia dans la cour de l'*Hôtel Impérial*.

Tant de moments entre les grands élans.

— En 36, murmure Dante, ou bien, tiens, à la Libération, les plus mous, c'est drôle les hommes, il deviennent comme enragés, tu dois les retenir.

Mais que de jours où le travail (le brûleur à démonter, deux lampes à changer dans le hall de l'*Hôtel Impérial*) est une fatigue insidieuse. On le fait du bout des doigts. Il faut fumer pour occuper la tête, parce qu'on sent qu'il vous ronge et le temps est si court qu'il aurait peut-être fallu travailler pour soi, seulement pour soi.

— J'étais un bon ouvrier, dit Dante. Après l'autre guerre, j'aurais pu devenir artisan ; il y a, tiens, Lebrun, celui qui était ici à l'hôtel avec moi, il a ouvert un magasin maintenant, et ça marche. Ta mère, elle aurait préféré, sûrement.

Un mot de trop.

Dante s'interrompait au bord de cette confidence. Il aurait voulu franchir la ligne, ne plus seulement parler des camarades couchés sur le ciment — Rafaele, tu te souviens, il venait ici, il t'aimait bien — et quelqu'un a posé près d'eux des œillets rouges — mais oser dire : « Ta mère et moi, Roland, entre nous le silence ou les cris... », expliquer, s'excuser.

Roland bougeait, et Dante lui prenait le poignet.

— Tu es pas en retard, disait-il. Il attendra l'oncle Carlo.

Il servait du café à son fils, il changeait de voix.

— On croyait, tu comprends Roland, on croyait que ce serait facile de tout changer.

Il se taisait, laissant sa main sur le bras de Roland, recommençant à parler mais plus bas.

— Moi, tu vois, si j'avais pu, finalement c'est pas ingénieur que j'aurais voulu, mais comprendre ce qu'on est, dedans, ce qu'on a là (il faisait un geste vers sa poitrine), la biologie, comment on est devenus des hommes, parce que (il frappait sur le bras de Roland à petits coups) toi, quand je t'ai vu, tu étais grand comme ça. C'est quand même un miracle. Les croyants, eux, c'est facile, mais quand tu crois pas ?

Dante se levait, allait à la fenêtre.

— Des études, on aurait dû te pousser, mais moi, j'avais peur, il me semblait qu'un ouvrier, qu'on réussirait jamais à tenir jusqu'à la fin. J'ai commencé à travailler à onze ans, c'est difficile d'imaginer, tu comprends Roland ? Peut-être j'ai eu tort, pour Christiane on va essayer. Mais toi, tu étais le premier. Ta mère voulait.

Un bruit de chaises. Roland allait vers l'évier, faisait couler fort l'eau, puis il sortait de la cuisine sans répondre.

Maintenant, le matin, Dante se souvenait des silences de Roland, du geste de son fils, un refus, quand Dante disait : « Tu touches le plafond. » Les cinq ou six petits mots têtus résonnaient : qu'est-ce qu'il fait, Roland ?

Un soir, il y a un an, ou peut-être plus, Roland s'était levé et au moment de sortir de la salle à manger, alors que Denise commençait à dire « où tu vas ? », il les avait regardés, tous les trois, s'attardant sur Dante, prononçant les mots d'une voix forte :

— Je me marie. Si vous me refusez l'autorisation, je m'en irai quand même.

Il claque la porte de sa chambre et Denise répète, essayant de l'ouvrir :

— Roland, Roland, qu'est-ce que tu dis ?

Elle revient.

— Pourquoi pas, dit Christiane, s'il l'aime ?

Denise hurle :

— À vingt ans ! Un homme, ça ne se marie pas à vingt ans, il ne sait rien, rien. (Elle pleure, se tourne vers Dante.) Et toi, si on avait été une famille comme les autres, si au lieu de tes idées...

Jeanne, la fiancée de Roland, était douce et timide. Elle s'asseyait entre Christiane et Dante.

— Et vos parents ? interrogeait Denise.

Roland la raccompagnait et Dante essayait de ne pas entendre Denise, mais elle recommençait :

— Fille de divorcés, on ne sait même pas ce que faisait son père, photographe ambulant, c'est un métier ça ? Et elle, je suis sûre qu'elle est enceinte, elle cache bien son jeu, une petite secrétaire. Elle s'est dit, celui-là, il aura peut-être un jour une part de la fortune de Carlo Revelli, allons-y ; avec Roland ce n'est pas difficile, il est naïf, comme moi.

Plus là Roland, le matin.

Il habitait avec Jeanne dans le nord de la ville,

au-delà de Saint-Maurice, l'un de ces immeubles neufs qui montaient au milieu des cressonnières et des jardins maraîchers transformés en banlieue. Jeanne, depuis que Roland avait été incorporé — « Pensez, disait Denise, il s'est marié avant d'avoir fait son service militaire » — et Madame Baudis murmurait : « Les jeunes aujourd'hui, on ne sait plus » — Jeanne passait à l'*Hôtel Impérial* une ou deux fois par semaine.

Dante la guettait, marchait à sa rencontre dans la cour.

Il l'aimait bien Jeanne.

— Ça va Madame Revelli ? demandait-il en riant.

Il la forçait à s'arrêter pour qu'ils restent un peu seuls tous les deux.

— Et Roland, qu'est-ce qu'il fait ? On parle pas de les envoyer là-bas ?

Jeanne s'appuyait au mur du porche, elle secouait la tête.

— En Indochine, disait-elle, ce sont les engagés, seulement les engagés.

Puis Denise qui l'entourait de questions et de conseils :

— Elle est drôle votre jupe ? Vous n'êtes pas beaucoup habillée, il fait froid, vous savez. Si vous tombiez malade...

Dante à l'écart, rêvant à une vie où personne ne prononcerait ces phrases embûches, une vie de fraternité, tu veux, tu prends, tu donnes. Et le travail est plaisir parce qu'on l'a choisi.

— À quoi tu rêves, papa ?

Christiane, souvent depuis que Roland n'habitait plus avec eux, s'approchait de Dante. Elle, elle voulait qu'il raconte, mais Dante se contentait de la prendre par le cou.

— Ma petite fille, répondait-il, à quoi ça sert

de te dire ? Ma vie tu sais, je me suis trompé, je croyais, et puis tu es une petite fille.

Il l'embrassait, rejoignait Jeanne, regardait les livres de Roland qu'elle emportait : *Résistance des Matériaux, Mathématiques des Travaux Publics, Technologie de la construction.*

— Il ne lit que ça, expliquait-elle. En permission, il a travaillé.

Le matin, le remords pour Dante.

La pelote avait roulé si vite, brins emmêlés. On croit bien faire, choisir, mais c'est l'habitude ou la peur qui pèse, et le fils est marié, soldat, déjà.

Le sentiment qu'à peine on a eu le temps de le voir naître, quelques moments seulement passés ensemble, à parler et toutes ces heures pourtant. Comment Dante avait-il pu les laisser couler, sans comprendre qu'il fallait aider Roland, que sa vie se jouait. Il n'avait su que lui fabriquer quelques navires, lui apprendre une ou deux chansons, lui faire lever le poing, mais le reste, rien, pas un mot. Et pourtant, il avait parlé, Dante, mais du monde, pas de la vie du fils. Il s'était battu, et un matin d'août, il était descendu des collines vers la ville pour en chasser l'ennemi. Il avait donné sa force, son temps. Et pour Roland, quoi ?

Dante se persuadait qu'il avait commis une injustice, qu'il s'était dissipé, comme un ivrogne, Gancia, ce voisin de la rue de la République. Sa femme attendait sur le palier :

— Elle a de la chance, Lisa, disait-elle au père de Dante, vous, les Revelli, vous n'avez personne qui boit.

Dante avait bu, ces idées qui sont le vin des sobres. Il était rentré tard. Son bistrot, c'était les manifestations, les meetings.

Il pensait maintenant à sa propre enfance rue Saint-François-de-Paule, chez le Docteur Merani, ou rue de la République. Il avait connu, malgré la pauvreté, plus de bonheur qu'il n'en avait donné à son fils. Le soir parfois, l'hiver, et ce devait être bien avant 14, quand la mère enlevait les plaques de la cuisinière et que les flammes s'échappaient, rousses, qu'ils étaient tous autour de la table, Antoine, Violette, Louise et le père fumait un peu en retrait. « Vincente, viens m'aider », disait la mère, cette façon qu'elle avait de lui sourire quand il s'approchait, et eux les enfants, silencieux, attentifs aux gestes des parents, à ces mains de Vincente et de Lisa qui se frôlaient au-dessus des flammes, prenaient une anse de la lourde marmite de fonte où cuisaient les châtaignes. Ce bonheur-là, comment aurait-il pu le faire naître, Dante, pour Roland ou pour Christiane ?

Dante sortait, traversait la cour, allait jusqu'à la Promenade.

Sur la plage de galets, un pêcheur de poulpes faisait tournoyer sa ligne au-dessus de sa tête. Dante descendait, s'approchait de lui :

— On ne prend plus rien, disait le pêcheur, qu'est-ce que vous voulez, les bateaux, tout ça...

Il montrait sur les collines de Fabron les blocs blancs des grands ensembles immobiliers qui peu à peu formaient comme une falaise nue où le soleil dessinait des alternances vives.

— J'allais souvent pêcher sur les rochers, vers Roba Capèu, expliquait Dante. Juste après l'autre guerre.

Il s'asseyait sur les galets, offrait une cigarette au pêcheur. L'écume d'une vague plus longue venait jusqu'à eux, puis la houle retrouvait son rythme régulier.

— Vous aussi, vous l'avez faite l'autre guerre ?

Dante n'écoutait plus. Il retournait à ces années, racontées si souvent à Antoine, à Roland, à Alexandre et à Rafaele dans le maquis. La guerre, pas la seconde, l'autre, la longue, presque sept ans d'embruns et de colère, la guerre l'avait serré dans son poing, et les marques étaient profondes. Révolte et désir de vivre, une sorte d'insouciance aussi puisqu'on en était sorti vivant et qu'on aurait dû, comme Millo, y laisser sa peau.

Denise n'avait jamais compris ça. Dante avait toujours su, dès qu'il l'avait vue, son ombrelle à fleurs sous le bras, qu'elle n'était pas celle qui pouvait l'écouter, qu'elle rêvait à autre chose, comme Violette, et peut-être qu'elle en avait le droit.

Dante s'allongeait sur les galets déjà tièdes, allumait une nouvelle cigarette pendant que le pêcheur parlait.

Une belle femme, Denise. Souvent les clients de l'*Hôtel Impérial,* quand ils venaient garer leur voiture dans la cour, se retournaient sur son passage. Une femme, et même les riches n'en possédaient pas de pareille.

Dante, après tout, il l'avait eue, pour lui seul. Elle avait fait deux beaux enfants, elle les aimait, et quand il la regardait aujourd'hui encore, cette peau brune, ce visage que les rides avaient à peine marqué, Dante souriait presque malgré lui, il avait envie de la toucher.

Après tout, il fallait bien que cela se paie. Qui pouvait dire qu'il avait eu la plus mauvaise part ?

20

Violette prenait Roland par le bras, l'entraînait dans le jardin loin de l'atelier.

Ils se baissaient pour passer sous les branches

des citronniers et bientôt, quand ils avaient atteint la dernière planche, la haie de cyprès qui limitait, vers le vallon, la propriété, ils n'entendaient plus que la voix de Sam Lasky, la plus forte. Sans doute s'était-il avancé sur le seuil de l'atelier et parlait-il à demi tourné vers les arbres.

— La mort de Staline, disait-il, voilà la clé, Mendès n'a eu qu'à ouvrir le tiroir, à ramasser la monnaie, mais sans la mort de Staline, pas de paix, croyez-moi, ni en Indochine ni en Corée. Je l'aime bien Mendès, mais...

Il riait, puis un long silence ; Alexandre ou Nathalie devait répondre, ou bien Sam était-il rentré, et penché sur le coffre, se servait-il à boire. Violette, d'une pression de la main, contraignait Roland à s'asseoir sur la murette face aux cyprès et aux collines que le crépuscule frangeait de rouge.

— Vous êtes bien silencieux, Jeanne et toi, disait-elle.

Elle gardait son bras contre celui de Roland, essayait par ce contact de renouer avec le passé, le temps des confidences, elle voulait être brutale, demander « tu es heureux, Roland ? » mais il retirait son bras, se levait, marchait vers le cyprès.

Elle le trouvait tendu, amaigri, et plus tard, tout au long du dîner, elle ne pouvait oublier ce visage et la timidité de Jeanne.

Elle les avait raccompagnés sur la place où Roland avait garé son scooter.

— Soyez prudents, avait-elle dit.

Jeanne nouait un foulard sous son menton, et Violette avait envie d'ajouter : « Défendez-vous. Vous lui rendrez service. Vous l'aimerez vraiment. » Mais le moteur éclatait en saccades sèches.

Violette avait embrassé une nouvelle fois

Jeanne, la gardant serrée contre elle. Elle devinait l'émotion de la jeune femme.

— Je t'aime bien, Jeanne, avait-elle répété en la tutoyant pour la première fois.

Elle murmurait « pauvres petits » sans qu'elle sache pourquoi.

Roland accélérait, levait la main au moment où ils abordaient la descente et Violette voyait le visage de Jeanne tourné vers elle.

Elle était rentrée, s'était occupée longuement de Vincent, restant seule avec lui dans la cuisine, prête à satisfaire tous ses caprices, les suscitant même :

— Tu veux un œuf battu, avec un peu de vanille, tu veux ? Ma mère souvent, quand j'étais sage...

Si fragile un enfant, il faut si peu pour que la vie penche, un étai qui manque — et ce peut être un soir parce qu'on oublie de l'embrasser — un souffle trop violent — et il suffit d'une colère.

Elle battait l'œuf devant Vincent, elle lui parlait, gestes machinaux, mots qui s'enchaînent sans qu'on ait à les chercher. Elle pouvait ainsi penser à Roland, essayer de comprendre pourquoi l'adolescent enthousiaste qui jouait dans le jardin à Cimiez, qui poussait devant lui Bernard Halphen — « Tante, il est seul, ils ont pris sa mère, il faut que tu t'occupes de lui » — était devenu en quelques années cet homme qui semblait plus vieux que Sam. Rarement un vrai sourire, mais un pli de chaque côté des lèvres, un masque de plus. Il baissait les yeux quand on le regardait. Il était dans sa peau comme ces ouvriers aux muscles ronds qui, le dimanche, portent un costume trop étroit, des souliers noirs pointus. Ils marchent, mal à l'aise, un peu ridicules et pourtant ils pourraient, en écartant les bras, tendre et déchirer l'étoffe. Mais ils prennent garde, ils imaginent qu'ils vont dissimuler leurs origines.

Que voulait-il cacher, Roland ; quelle cicatrice sinon celle qu'avaient tracée en lui, profond, Denise et Dante. Violette leur en voulait, elle leur expliquerait...

Vincent se levait.

— Maintenant, lui disait-elle, tu vas aller te coucher.

Elle essayait de le porter mais il était trop lourd, elle fléchissait alors qu'il s'accrochait à son cou. Elle entrait ainsi dans l'atelier.

Sam était allongé sur le divan, les mains sous la nuque ; Nathalie, assise sur la couverture, appuyait sa tête au socle de l'une des structures de bois qui composaient la dernière œuvre de Sam, Alexandre allait et venait dans l'atelier.

Sam se précipitait, arrachait Vincent au cou de Violette :

— Exploiteur ! criait-il, marchand d'esclave. Oh ! salut la compagnie, le roi se couche.

Il soulevait Vincent à bout de bras.

— Il pèse, ce petit salaud, ajoutait-il.

Vincent hurlait de joie, tentait de se dégager :

— Au lit ! lançait Sam, et il emportait Vincent.

Violette s'installait sur le divan.

Le soir, d'habitude, le jeu de Sam et de Vincent l'amusait. Elle assistait à la scène comme à un événement surnaturel, ce petit bout d'homme qui était sorti d'elle et qui riait nerveusement, la poitrine tenue par les mains puissantes du sculpteur, Sam, auquel on ne donnait plus d'âge, figé semblait-il dans les apparences vigoureuses d'un homme dans l'été de sa vie. Elle oubliait alors, Violette, que Sam n'était pas le père de Vincent, qu'il y avait ce mort, l'un de ces personnages qui jouent les utilités, Rafaele Sori, venu, parti.

Ce soir elle pensait à Rafaele, à cause de Roland et de Jeanne, de leurs visages, elle si vulnérable, lui qui s'était sans doute juré de devenir autre que ce qu'il était, à n'importe quel prix, parce qu'il avait derrière lui ces dieux déchirés et hostiles, Denise remâchant ses déceptions.

— Toi bien sûr, disait Denise quand elle rencontrait Violette, toi, on ne voit pas pourquoi tu ne serais pas heureuse. Il ne manquerait plus que ça, tout te réussit.

Dante qui avait accepté, que Violette voyait de moins en moins. Elle préférait encore l'agressivité de Denise, sa colère, à cette soumission qu'elle imaginait satisfaite.

— Qu'est-ce que tu veux, disait Dante, moi, j'ai fait ce que j'ai pu, hein ?

La dernière fois qu'il était venu à Saint-Paul, Dante avait été la caricature de lui-même, la politique plein la bouche comme une mauvaise haleine, une excuse trop facile comme d'autres disent qu'il y a Dieu qui décide de leur vie. Il racontait, il s'exaltait :

— Les Américains, vous comprenez Sam, ils ont tout essayé, même la guerre microbienne, et vous voudriez qu'on n'ait pas réagi quand le général Ridgway a débarqué à Paris ?

Il racontait la manifestation, les crosses levées des gendarmes, les cris : *US go home, US go home !*

— Et Roland ? Tu as des nouvelles ? lui demandait Violette.

— Il s'est marié, Jeanne est gentille, oh ! pas belle, mais une fille sympathique.

Il prenait une cigarette et à cet instant, dans ce silence, Violette percevait l'inquiétude de Dante, son malaise. Mais au lieu de l'affronter, il interpellait Sam :

— Staline, vous et tout le monde disaient : « C'est lui qui tient le pays. » Vous voyez ! Il est mort, le socialisme continue. Et Staline, vous devez le reconnaître, sans lui, la guerre, on l'aurait pas gagnée, parce que Stalingrad, Hitler n'a jamais pu la prendre.

Violette, à nouveau, avait interrompu son frère :

— Christiane, j'espère qu'elle va poursuivre ses études ?

Ce désarroi, un bref instant encore dans les yeux de Dante.

— Une fille tu sais, disait-il.

La colère de Violette crépitait :

— Une fille, une fille, elle est intelligente ou pas ? Tu veux quoi, qu'elle rate sa vie ?

Elle s'interrompait juste à temps, à la lisière de ce « comme toi » qui les eût peut-être séparés.

Dante murmurait :

— Elle ne pense qu'à lire, Christiane. (Puis il ajoutait, plus bas encore.) Qu'est-ce que ça veut dire, rater sa vie ?

Violette n'avait pas répondu à la question de son frère, elle avait dû hausser les épaules, quitter l'atelier, laisser Dante affronter Sam.

— Vous ne savez pas ce que c'est un ouvrier, ce que c'est pour nous d'avoir un pays à nous ! criait Dante.

Sam riait :

— L'URSS un pays ouvrier ? Mais documentez-vous, Dante, oubliez la propagande. Avec votre caractère on vous aurait déjà envoyé dans un camp.

Leurs éclats de voix n'intéressaient pas plus Violette que ces parties de boules sur la place de Saint-Paul, sous les platanes.

Elle avait salué Dante du fond du jardin, et il n'avait pas tenté de venir vers elle.

— Il croira toute sa vie, avait dit Sam quand elle était rentrée. Parfois je me demande si j'ai raison d'essayer de lui expliquer.

— C'est un raté, avait répondu Violette.

Mais Sam, lui aussi à voix basse, avait repris la phrase de Dante :

— Qu'est-ce que ça veut dire un raté ?

Ce soir, des semaines plus tard, alors que Nathalie et Alexandre lui parlaient, Violette retrouvait ces mots, en s'abandonnant, la tête en arrière, les yeux fermés.

Dante, Rafaele, Roland, leurs visages se superposaient ; celui de Rafaele effaçant les autres, il s'approchait, la voix de la T.S.F. annonçait la déclaration de guerre, l'accent même du speaker revenait à Violette et la pression des doigts de Rafaele, quand il l'avait enlacée et que peu à peu elle avait à son tour saisi sa taille. L'émotion ne venait ni du désir passé ni du regret, mais de ce sentiment d'injustice, de révolte impossible, Rafaele mort, et Louise, et Millo, cette foule qui s'éloignait, comme dans les camps quand l'un des bourreaux désignait au hasard les victimes, et elles sortaient des rangs.

— Comment va Jean Karenberg ? demanda Violette sans bouger.

Il avait été hospitalisé plusieurs fois depuis son retour. Sa mère était morte et il vivait seul dans la villa de Cimiez. Il écrivait.

— Il croit en Dieu maintenant, dit Alexandre. Il a changé de foi. Il termine un livre, tu veux le voir ?

Violette secouait la tête.

— Il est plus calme, ajoutait Nathalie. Il a trouvé un équilibre. Ce qu'il a vu là-bas...

Nathalie s'interrompait. Violette reconnaissait cette toux sourde, prétexte pour ne pas poursuivre, essayer de ne pas penser à Gustav Hollenstein, le père, accoudé au piano dans les salons de l'*Hôtel Impérial,* et Nathalie jouait pour lui, avant que la guerre ne vienne.

— Est-ce qu'il y a une seule vie ? commença Violette. (Et elle demeurait immobile, la nuque appuyée au dossier du divan, les yeux clos.) Une seule vie qui soit vraiment heureuse, réussie ?

— Il dort, lança Sam en rentrant dans l'atelier.

Violette se redressa, ouvrit les yeux. Sam s'était arrêté sur le seuil, il les regardait les poings sur les hanches, le corps trapu.

— Cette petite crapule, continuait-il, a voulu que je danse, que je fasse l'ours.

Il esquissa quelques pas, dodelinant de la tête, les mains levées comme les pattes d'un animal de foire, puis parce que personne ne riait, il se laissa tomber près de Violette.

— Toi ce soir, dit-il en la prenant contre lui.

— Pessimiste, très pessimiste, murmura Alexandre qui s'était assis près de Nathalie et lui tenait la main.

— Qu'est-ce qu'il y a ? demanda Sam.

— Rien, rien, répéta Violette.

Comment dire la menace qu'on ressent, le sentiment qu'on est à merci, qu'on peut demain être choisi, jeté hors de la file ? Il a suffi du visage de Jeanne, du faux sourire de Roland, du souvenir de Rafaele, de Dante et de Louise, pour que Violette, tout à coup, ait peur. Si fragile une vie, elle s'en veut d'avoir désiré cet enfant, de l'avoir poussé dans cette arène où tant de fauves — et c'est la guerre ou la maladie, ou simplement l'usure qui peu à peu étouffe — guettent et que peut-on contre eux ?

Il suffit de si peu pour qu'une vie s'interrompe ou se rate.

— Il dort ton Vincent, chuchote Sam, va le voir, sinon, va.

Il l'oblige à se mettre debout et, gênée, Violette passe devant Nathalie et Alexandre.

— Je viens avec toi, dit Nathalie en se levant.

Elles montent côte à côte les escaliers, puis elles entrent sur la pointe des pieds dans la chambre de Vincent et elles restent un long moment penchées au-dessus de son lit, leurs visages si proches, que chacune d'elles ignore, leurs larmes se mêlant, que l'autre pleure aussi.

21

Alexandre Revelli avait invité Roland à entrer dans le bureau et, à contre-jour, au moment où Roland hésitait sur le seuil, Alexandre avait eu l'illusion, brève, que cette silhouette, haute et maigre dans le cadre de la porte, était celle de son père.

L'ombre effaçait le visage, ne restait que l'attitude. Alexandre se souvenait de son père, placé ainsi alors qu'il était jeune encore, sur le seuil du bureau, l'épaule frôlant la porte, la tête légèrement penchée sur le côté. Il reconnaissait cette tension du corps dans le refus provocant de Roland qui, d'un geste nerveux et bref, montrait les camions dans l'entrepôt, signifiait que le temps passait, qu'il avait mieux à faire qu'à écouter Alexandre, qu'il était, lui, l'employé pourtant, maître de ses choix. Alexandre, comme à chaque fois qu'il affrontait Roland, ici ou sur un chantier, détournait les yeux, il abdiquait.

— On se voit demain alors, disait-il.

Roland, trop déférent, fermait la porte vitrée, s'éloignait, et l'illusion à nouveau : Carlo Revelli marchait sur le quai, levait les bras pour appeler les manœuvres. Sans doute était-ce cela qui mettait Alexandre mal à l'aise ou bien le sentiment que Carlo avait été injuste avec Roland, qu'il fallait réparer.

— Mon père, commençait parfois Alexandre.

Il s'interrompait et Roland, comme s'il n'avait rien entendu, ouvrait son carnet de charge, disait :

— Pour Saint-Roch, je mets trois camions.

Alexandre approuvait, écoutant à peine, pressé de quitter l'entrepôt, de retrouver son bureau d'études, de laisser Roland décider seul, puisque le travail était bien fait, que Gili, le directeur, avec un peu d'inquiétude dans la voix, reconnaissait :

— Ça, Roland, il a vite appris. C'est pas la fatigue qu'il craint. Il est comme son oncle celui-là, il en veut. Ah ! Monsieur Carlo, il le couvait des yeux, Roland.

L'irritation d'Alexandre, comme une jalousie sourde pour ce Roland qui avait à peine vingt-cinq ans et auquel Carlo Revelli avait donné, à sa façon rude, sa dernière affection. Et pour cela, en même temps, la reconnaissance d'Alexandre, la certitude qu'il devait quelque chose à Roland, une dette que Carlo Revelli, rapace, n'honorait pas.

Puisqu'il était mort, Carlo Revelli, à l'aube d'un dimanche, face à la ville, sur la plus haute terrasse de sa propriété, au milieu des arbres.

Sa fille Mafalda avait retrouvé près de lui, couché contre son corps, le « magao », au manche usé, dont il essayait encore de se servir chaque matin, griffant entre les troncs la terre qu'il ne pouvait plus creuser.

Il posait sa canne contre l'un des arbres, marchait en s'appuyant à la bêche, et sans la lever, il la traînait, traçant les lignes des sillons, éraflures zigzagantes qu'il obligeait souvent ses petits-fils, Robert Merani ou Yves, à reprendre, à approfondir.

Il était d'abord tombé à genoux et sur ses pantalons noirs la terre avait laissé deux traces rougeâtres. La même couleur sale teintait les paumes et les coudes, car il avait dû vouloir se redresser, mais il avait roulé sur le côté.

Mafalda l'avait découvert couché sur le dos, les yeux face au soleil, nu-tête, la nuque blanche contre la terre, parce que le chapeau avait glissé.

Quand Alexandre était arrivé à Gairaut, Carlo Revelli avait déjà été porté sur son lit. Le médecin avait déboutonné le gilet, ouvert la chemise. Assis, il rédigeait le permis d'inhumer.

Alexandre vit d'abord la peau dans la saignée des vêtements, ces os qui paraissaient la déchirer et, avant même de parler à Mafalda, il reboutonna la chemise et le gilet, repoussa le nœud de cravate. Sa main toucha ainsi le cou du père, découvrit ce froid inerte qui l'avait saisi. Il se contraignit à embrasser le front parce qu'il l'avait fait pour sa mère. Il se souvenait encore de cette dure matière glacée que rencontraient ses lèvres.

Le médecin ôtait ses lunettes.

— Une mort que je me souhaite, murmurait-il en se levant.

Il saluait cérémonieusement Mafalda, Alexandre le raccompagnait et là, devant la porte, il fallait le payer, toucher le cuir chaud du portefeuille, faire glisser entre ses doigts les billets tièdes. Alexandre eut brusquement un mouvement de révolte et de dégoût, cette chaleur de la main que le médecin lui tendait après avoir rangé les billets, ces premiers mots de convention :

— À son âge, Monsieur Revelli, pour votre père, c'est ce qu'il pouvait espérer de mieux.

La main s'attardait, moite.

Quand Alexandre enfin ouvrait la porte, le soleil l'aveuglait, et passait un cycliste sur la route.

Un corps, seul, avait été repris par le froid d'avant la vie.

Nathalie venait d'arriver avec Yves et Sonia, elle entraînait Alexandre hors de la chambre de son père, lui caressait les cheveux. Elle savait qu'il fallait qu'elle le recueille, l'entoure, le couvre. Elle chuchotait :

— Laisse-toi aller.

Elle aurait voulu qu'ils puissent tout de suite s'allonger l'un contre l'autre. Elle aurait placé ses deux mains sur la nuque d'Alexandre, l'obligeant à enfouir son visage entre ses seins. Elle l'aurait aussi serré avec ses jambes, et peu à peu, elle lui aurait donné de sa force, de la volonté brûlante qu'elle avait de le voir vivre.

Elle s'étonnait de cette résolution, de son courage. Elle avait été capable de regarder Carlo, de le toucher, de sentir sous ses doigts le duvet argent des joues mortes. Elle avait accompagné Sonia au Jardin.

— Ne fais pas de bruit, murmurait-elle à sa fille, cueille des fleurs.

Elle préparait du café, en apportait une tasse à Mafalda qui était assise à la tête du lit et qui priait. Dans la cuisine elle posait une tasse devant Alexandre.

— Bois, c'est chaud, disait-elle. (Puis plus bas.) Laisse-toi aller.

Mais peut-être était-ce trop tôt encore.

Le deuil s'étend peu à peu, comme le gel, une tache d'abord. Nathalie connaissait son cheminement depuis le jour où elle avait appris que, sur les marches de l'*Hôtel Impérial,* ils avaient arrêté Gustav Hollenstein, qu'ils l'avaient poussé dans une voiture aux roues jaunes et elle ne l'avait plus revu. Le gel gagnait encore, aujourd'hui, tant d'années plus tard. Il restait toujours une zone où il pouvait s'insinuer, une nuit, un moment d'insomnie et il avait saisi un souvenir, devenu roide, douloureux.

— Bien sûr, dit Alexandre, il fallait bien, n'est-ce pas ?

Il buvait le café et Nathalie remplissait à nouveau la tasse, s'asseyait en face de lui, lui prenait les poignets, les serrait. Elle se sentait plus forte, elle avait la résistance de l'eau qui se déchire et se renferme. Elle était morte avec son père et avait revécu avec la naissance de Sonia ou l'amour qu'elle portait à Yves, issu d'elle aussi. Deux vies. Derrière les vitres de la cuisine, elle apercevait Sonia, penchée, dans les planches, au-dessus des fleurs.

Alexandre allait avoir si mal, plus qu'il n'imaginait, plus qu'elle n'avait souffert et pourtant cette glace en elle qu'il fallait contenir. Mais Alexandre avait pris l'habitude folle — qui peut la refuser — de croire que Carlo Revelli demeurerait toujours entre lui et la mort. Les années s'étaient ajoutées aux années, le père survivait et le fils restait un fils alors que déjà il avait franchi la ligne de crête, qu'il était sur le versant sombre. Il s'approchait du vide et tout à coup le père s'effaçait comme un appui qui cède. Alexandre allait comprendre qu'il marchait depuis longtemps déjà, qu'il avait maintenant atteint le bord.

Il fit face pourtant.

Nathalie aimait qu'il dissimulât ainsi son vertige, qu'il réussît à sourire à Yves et à Sonia, à téléphoner à Gili :

— Pour l'entrepôt, bien sûr, rien n'est changé, je passerai, peut-être pas autant que mon père, mais je serai là quand il faut. Voyez Roland aussi.

Il déchirait sans trembler l'enveloppe sur laquelle Carlo Revelli avait inscrit à l'encre noire, et la main était ferme, les lettres amples : *Pour mon fils, à ouvrir le jour de ma mort.*

Une lettre d'il y a quelques mois, écrite d'un seul jet, un ou deux mots seulement avaient été rayés, les autres étaient serrés et les lignes montaient, la signature était belle, simple et nette, comme un grand geste de la main sur une route.

Pour Alexandre, mon fils.

Je me souviens de la mort de mon père. Un arbre l'a écrasé. Ce n'était pas un homme qui parlait. Il est mort au travail et le travail a été toute sa vie. Il aurait travaillé plus pour nous. Mais le travail manquait. Il était aussi rare qu'une pièce d'or et il a fallu que j'aie presque vingt ans pour en avoir une, en tenir une dans ma main, à moi.

Je voudrais comme lui mourir au travail, comme lui.

Je t'écris parce que j'aurais aimé qu'il me parle, mais quand je suis rentré, on l'avait déjà couché sur le lit, et mes frères et ma mère étaient près de lui.

Ce qu'il ne m'a pas dit me manque encore.

Il est mort de travail et de misère. Il n'aurait pas dû monter à cette coupe trop haute, parce qu'il était déjà vieux. Mais Luigi était encore petit, et il fallait bien le nourrir.

Je ne mourrai pas de misère. Toi non plus, tes enfants non plus. J'ai travaillé pour ne pas avoir besoin des autres, pour ne pas avoir à demander du travail ou du pain. J'ai préféré prendre et je n'en ai aucun remords. J'ai rendu ce que j'avais pris mais même si je ne l'avais pas rendu je n'en aurais eu aucun remords. On a pris à mon père toute sa vie et on ne lui a rien donné.

Je me suis fait tout seul. Peu de gens m'ont aidé. Je n'ai pas eu le temps d'avoir des amis. Ceux que j'ai eus dans ma jeunesse, le carrier qui m'a appris à lire, j'étais si jeune, je ne savais rien, c'était un de ceux qui parmi les pauvres avaient des idées et refusaient de baisser la tête.

Sans lui je n'aurais rien pu faire.

Souvent pense à cela pour tes enfants, dans une vie c'est la première rencontre qui compte.

Ces amis-là, et je me souviens aussi du charpentier Sauvan, je les ai perdus.

J'ai connu un homme juste, droit, et pourtant il était d'une autre origine, je n'ai rien fait pour lui, mais il a fait beaucoup pour moi. Ils s'appelait Frédéric Karenberg.

À ton grand-père Forzanengo je dois aussi. Il était comme moi parti de rien.

J'ai travaillé mais j'ai gagné. Je suis fier au moment de mourir de ne pas m'être laissé écraser, d'avoir fait ce que j'ai fait.

Je n'ai pas pu souvent te parler, à toi, à Mafalda, à ta mère. On ne peut pas tout faire et j'avais choisi le travail. J'ai eu la chance de vivre assez vieux pour vous voir, toi mon fils, et Mafalda, devenir un homme et une femme, avoir des enfants. Mais je regrette aussi d'avoir oublié mes frères, Vincente, Luigi.

Depuis que je suis vieux, je pense souvent à notre enfance, à mon père, à ma mère. J'étais l'aîné, j'aurais dû les aider. J'ai travaillé d'abord pour moi. Je pouvais peut-être faire autrement, mais je n'en suis pas sûr. J'ai toujours dû choisir et renoncer à bien des choses que j'aimais. Tu ne sauras pas,

Alexandre, combien c'est dur d'échapper à la misère, de bâtir tout ce que j'ai bâti. Tant mieux pour toi et en même temps je le regrette. Tu me comprendrais mieux. Toi, pense aux autres Revelli.

Je ne fais pas de testament. Mes biens je les ai gagnés seul. Je n'ai pas envie de les partager. Je sais que tu seras juste.

Je ne veux pas de grand enterrement. Je veux, comme mon père, une caisse de bois, la plus simple. Pas de plaques, de monument. Je me souviens, comme si c'était hier, de mon père. Et je ne suis jamais retourné à Mondovi.

Tu te souviendras, fils, pas parce que je te laisse de la pierre et de la terre, mais parce que tu es un bon fils et que tu sais, même si je n'ai pas beaucoup parlé, que j'ai toujours à ma manière pensé à toi comme tu penses à tes enfants.

Tu es le chef des Revelli maintenant.

Je vous embrasse tous.

Ton père.
Carlo Revelli

Nathalie pliait la lettre qu'Alexandre lui avait tendue avant de sortir, et elle savait qu'il fallait le laisser seul, un long moment.

22

Jeanne avait vu Roland partir.

Le train s'était d'abord arrêté à la hauteur du réservoir d'eau, peu avant la courbe qui le dissimulerait. Des soldats avaient sauté sur le ballast et gesticulaient, lançant leurs calots en l'air, s'asseyant sur les talus, cependant que d'autres, agglutinés aux portières, semblaient appeler les parents restés sous la verrière de la gare. Jeanne avait commencé à marcher vers le bout du quai, d'abord lentement, au rythme de la tristesse — il va partir, — et c'était la voix de Roland qui la retenait de s'élancer.

— Tout le monde ira, avait dit Roland quand il avait reçu sa feuille de rappel. Des moutons, tous, on est tous des moutons.

Jeanne n'aimait pas cette hargne, la colère qui emportait Roland quand il hurlait :

— Des cons. Ils ont voté socialiste, communiste, bravo, des cons.

Elle essayait timidement de le calmer, ce rappel ne durerait que quelques semaines, on ne pouvait pas recommencer en Algérie comme en Indochine, peut-être un mouvement, quelque chose. À Antibes, à Grenoble, les rappelés avaient arrêté les trains. À Rouen, ils avaient foncé avec les camions contre les murs de la caserne et les ouvriers les avaient rejoints. On ne savait pas. Peut-être quelque chose. Jeanne écoutait son beau-père qui, dans la cour de l'*Hôtel Impérial*, les raccompagnait jusqu'au porche :

— Les socialistes, ils se sont dégonflés, comme en 14, mais tu verras, ça va bouger, ils ne peuvent pas toujours, comme ça, envoyer les jeunes se faire tuer, tu verras.

Sur le quai, Jeanne se mettait à courir, des cheminots, imaginait-elle, allaient sortir des entrepôts, des ateliers, ils allaient rejoindre le train, crier avec les soldats. Ce soir, demain, Roland rentrerait. Elle était au bout du quai avec d'autres, une femme près d'elle murmurait :

— De toute façon, il faudra qu'ils y aillent, il faudra bien.

Jeanne se retournait :

— Qu'est-ce que vous en savez ?

Elle sautait sur la caillasse du ballast suivie par deux ou trois personnes. Un employé de la gare, les bras écartés, venait à leur rencontre :

— Ne restez pas là, le train part. Ils ont tiré le signal d'alarme, il n'y en a que pour quelques minutes.

Un point vert, les deux coups brefs de la machine et le train s'engageait dans la courbe, les soldats courant derrière lui, s'agrippant aux wagons.

La voie demeurait vide et Jeanne retournait vers les quais.

La première nuit, ce fut si long. Il lui manquait d'avoir à se pelotonner sur le bord du lit parce que Roland n'aimait pas qu'elle le touche, qu'il ne pouvait s'endormir que si elle demeurait silencieuse, retenant sa respiration, attentive seulement à ne pas être tendue car Roland alors se retournait vers elle :

— Qu'est-ce que tu as ? Tu es malade ?

Elle le rassurait, respirait pour pouvoir se détendre, écoutant le souffle de Roland, reconnaissant bientôt à sa régularité que son mari s'était endormi, qu'elle pouvait bouger avec précaution, se mettre sur le dos, espérer le sommeil si lent à venir.

Pour tromper l'attente, elle rêvait, elle imaginait la maison qu'ils habiteraient un jour, de grands rideaux grenat accrochés à des barres de cuivre, des assiettes peintes sur les murs de la cuisine, un jardin pour les enfants, une fille, un garçon, Elsa et Pierre, elle professeur, lui architecte. Ce qu'elle avait voulu être, ce que Roland avait espéré devenir.

Le matin elle l'entendait se lever et, avant de s'endormir à nouveau, elle reconstituait ses gestes, le bol sur l'évier, les livres qu'il ouvrait, la planche à dessin qu'il posait sur la table, l'équerre qu'il plaquait avec un petit bruit sec. Il étudiait et elle tentait de l'aider, remplissant, le soir, la casserole de café, pour qu'il n'ait plus qu'à la placer sur le fourneau, s'imposant surtout de ne pas le distraire quand le samedi ou le dimanche, alors qu'il faisait si chaud — la mer au loin était un miroir strié —, il s'enfermait en bougonnant, hostile :

— Si tu veux sortir, disait-il, mais va te baigner.

Elle restait dans la chambre, ouvrait la radio, lisait. Le soir, quand elle s'approchait de lui, qu'elle avait, dans leur cuisine, un geste vers sa nuque, elle essayait de comprendre pourquoi il se repliait, hostile encore, comme si elle était responsable, si c'était sa faute si Robert Merani, le fils de Mafalda Revelli, partait pour Paris s'inscrire aux Beaux-Arts et quand il reviendrait ce serait, avec Alexandre, le patron de l'entreprise.

— Tu es un ours, disait-elle à Roland en riant.

Il refusait de monter à Saint-Paul, chez Violette et Sam :

— Je n'ai plus rien à leur dire, expliquait-il.

Il ne répondait pas à Bernard Halphen, il ignorait Catto.

— Moi je ne m'ennuie pas, disait-il.

À l'entrepôt où elle était secrétaire de Gili, le directeur, Jeanne apercevait Roland, et souvent, les coudes appuyés de part et d'autre de la machine à écrire, le menton dans les paumes, elle le suivait des yeux. C'était injuste qu'il ne soit que chef de chantier. Il suffisait de l'entendre donner des ordres, précis et calme, pour savoir qu'il était fait pour diriger l'entreprise tout entière.

— Roland, disait-elle le soir en s'allongeant, je ne m'inquiète pas pour toi, tu verras, tu auras ce que tu voudras ; ce sera plus difficile que pour les autres, mais tu réussiras.

Elle le croyait. Elle essayait que dans sa voix passe toute sa conviction.

Roland se redressait, s'approchait d'elle :

— Tu dis ça, murmurait-il.

— Je le pense Roland, je le sens. Tu es fort, tu n'as pas à te tourmenter, si tu veux, si tu as confiance en toi.

Il l'embrassait sur les lèvres puis dans le cou. Elle restait immobile, parce que si elle avait avancé sa main, essayé de lui entourer la taille comme elle en avait le désir, si elle avait voulu embrasser sa poitrine — cela s'était produit quelquefois les premiers mois de leur mariage — il se serait détourné ou bien il n'aurait pu l'aimer, se vengeant de son impuissance par des jours et des jours de silence, de travail — il commençait plus tôt encore le matin — et elle avait hâte alors de partir à l'entrepôt, parce qu'il était contraint, devant Gili, de lui parler, de lui sourire même.

La belle-mère de Jeanne devinait leur malaise. Ils la voyaient chaque dimanche. C'était pour Jeanne des heures mortes durant lesquelles elle essayait de n'être qu'une forme assise en face de Denise Revelli. Mais Denise était habile :

— Ça ne va pas, Jeanne ? demandait-elle.

Roland ne bougeait pas.

— Mais si, mais si, répétait Jeanne.

Christiane essayait de protéger sa belle-sœur.

— Je pars à la rentrée, je suis admise en lettres, je suis tranquille maintenant, payée, indépendante à Paris.

— Je n'ai plus d'enfants, commentait Denise,

l'un... (elle soupirait) l'autre à Paris. Je pensais, j'ai une fille, elle restera avec moi, Roland je n'y comptais pas. Vous savez Jeanne, la première nuit qu'il a passée avec une femme, vous savez ce qu'il m'a fait en rentrant ?

Jeanne essayait de sourire, elle s'en voulait de la brûlure qu'elle ressentait, de l'envie qu'elle avait de s'enfuir en courant.

— Voyons, disait Dante, c'est de l'histoire ancienne, il était jeune.

— Toi, bien sûr, murmurait Denise.

Elle se levait, servait d'abord Roland, puis penchée près de Jeanne, elle ajoutait :

— La première nuit, j'étais inquiète, comme toutes les mères. Il est rentré et il m'a giflée. Ce qu'il avait fait (elle s'interrompait) ou pas fait, il ne l'a jamais dit.

Repas du dimanche. La haine se mêlait à l'ennui. Jeanne en arrivait à ne plus pouvoir regarder Roland. Quand il était assis à la table familiale, entre son père — bavard et soumis — et sa mère — insatisfaite et agressive —, son visage même changeait, ses traits paraissaient s'alourdir. Il mangeait sans retenue.

— Roland, disait Denise, je l'ai nourri au sein jusqu'à dix-huit mois. Il a marché à neuf mois. Sur la Promenade il courait, il parlait déjà, et il tétait encore (elle riait), Monsieur et Madame Baudis, si vous les aviez vus. C'est pour ça qu'il est en bonne santé.

Jeanne souhaitait qu'il meure dans l'instant, là à table, qu'il vomisse et que la nappe soit recouverte du lait aigre de l'amour maternel.

Christiane poussait sa chaise avec violence :

— Toujours les mêmes histoires, disait-elle, moi aussi tu m'as nourrie au sein, raconte-le. Faire des enfants, ce n'est pas un exploit, il en naît quelques millions à chaque seconde, il n'y a pas que ton fils.

Elle entraînait Jeanne dans la cour, dans la rue de France, lui prenait le bras. Son succès à l'École normale supérieure de Sèvres lui donnait de l'assurance.

— Pourquoi venez-vous déjeuner tous les dimanches ? demandait-elle à Jeanne comme elles atteignaient la Promenade des Anglais. Ma mère, c'est une louve, elle va vous dévorer. Le retour d'âge la met en appétit. Ces femmes qui n'ont pas eu le courage de faire ce qu'elles désiraient, quand elles perdent la jeunesse, c'est horrible. (Elle ajoutait après un silence.) Je l'aime bien.

Elles s'asseyaient face à la mer.

— Tu ne fumes pas ? demandait Christiane.

Jeanne hésitait puis acceptait la cigarette que sa belle-sœur lui tendait.

— Tu t'en vas ?

— Ouf, disait Christiane. Je les aime bien, mais, ouf. Mon père...

Elle parlait de Dante Revelli, elle aidait Jeanne à mieux le connaître, à découvrir ce qu'il avait laissé en Roland, cet enthousiasme parfois, ce goût du travail, la révolte aussi. Mais ces ferments avaient séché.

— Roland est intelligent, continuait Christiane, et égoïste, comme ma mère. Lui, lui toujours lui, l'enfant royal. Je le connais bien, mieux que toi.

Elles riaient toutes les deux, se levaient, marchaient vers le port.

— Je n'aime pas Nice, disait Christiane, je suis heureuse de partir. Les gens sont ici pour se distraire, ou survivre. On a presque honte de travailler. Mon père, dans une autre ville, aurait été différent, mais ici, les pauvres se cachent, il faut paraître. Tu as vu ces constructions ?

On commençait, sur les hauteurs, au-dessus du

port, à élever les bâtiments aux façades blanches, aux entrées revêtues de marbre.

— Le rêve de ma mère, disait Christiane, le marbre. Elle n'a pas de marbre chez elle et c'est le malheur.

Elles traversaient à nouveau la cour de l'*Hôtel Impérial*. Christiane poussait la porte, lançait :

— Nous voilà, vous ne nous avez pas attendues, j'espère ?

Le silence.

— Ta mère est sortie, disait Dante. Je lis un peu.

Roland passait devant Jeanne sans la regarder. La guerre comme à chaque fois. Il mettait le scooter en route et Jeanne embrassait Christiane qui murmurait :

— Oblige-le à ne pas revenir dimanche, oblige-le.

Mais il aurait fallu extirper de Roland ce qu'il était, et Jeanne renonçait. Cependant qu'il conduisait, elle entourait sa taille, le vent la contraignant à fermer les yeux, à parler dans l'oreille de Roland.

— Elle est intelligente, Christiane, disait-elle. On s'entend bien.

— Prétentieuse, criait Roland, elle croit parce qu'elle étudie...

Il accélérait, faisant un long détour par Cimiez, Gairaut, ralentissait devant la propriété de Carlo Revelli.

— Un jour, disait-il, moi aussi, je serai là, moi aussi.

En rentrant, un dimanche d'avril 1956, ils ont trouvé la convocation.

Revelli Roland, classe 52/2, placé en position de disponibilité est en vertu de... rappelé sous les drapeaux... devra dans les conditions prévues par... sous peine des sanctions... rejoindre son corps... se mettre en rapport...

Si longue la nuit sans la respiration de Roland, si vide l'entrepôt sans sa silhouette, sa voix.

— Ne vous inquiétez pas, disait Alexandre (il posait la main sur l'épaule de Jeanne), on ne se bat pas vraiment. Et puis on ne les gardera pas, Guy Mollet à la télévision l'a bien précisé. Vous avez déjà vu une émission ? Venez à Saint-Paul, un soir, vous passerez le week-end avec nous.

Il l'attendait à la sortie de l'entrepôt, et Jeanne s'asseyait dans la voiture, intimidée, gênée d'être vue par les filles du bureau avec le grand patron. Pendant une longue partie du trajet, elle se taisait, regrettant d'avoir accepté, soucieuse de ne pas dévoiler ce que Roland voulait dissimuler, cherchant pourtant à le servir quand peu à peu, Alexandre continuant de l'interroger, il fallait bien qu'elle réponde, qu'elle dise :

— Tous les matins il travaille, des cours par correspondance, une école de Travaux publics, nous ne sortons jamais.

Maintenant c'était Alexandre qui demeurait silencieux cependant qu'ils quittaient le bord de mer, découvraient les premiers lotissements qui, au-delà de Cagnes, gagnaient peu à peu vers le vieux village.

— Il y a beaucoup d'avenir pour quelqu'un comme Roland, disait Alexandre, il est jeune. À son retour, je vais lui donner des responsabilités plus larges. C'est un Revelli, n'est-ce pas ? Vous aussi Jeanne.

Nathalie et Sonia l'embrassaient. Yves, qui commençait des études de médecine à Marseille, lui serrait longuement la main.

— Le grand Roland, disait-il, quand j'étais

gosse, je l'admirais beaucoup, il me racontait, quand il venait ici, ses bagarres. À l'entendre, il passait ses journées à donner des coups de poing. C'est toujours vrai ?

Jeanne riait, oubliait un peu cette difficulté à respirer qui l'oppressait depuis qu'elle avait couru jusqu'au bout du quai, sauté dans la caillasse, qu'elle avait vu les soldats s'accrocher aux wagons et Roland parmi eux.

Ils allaient tous ensemble chez Violette et Sam. Violette la serrait contre elle :

— Il reviendra, et dans pas longtemps, disait-elle à Jeanne, crois-moi. Ce n'est pas facile mais c'est moins grave que pendant la guerre, va.

— Pourquoi vous n'allez pas le voir à Alger ? demandait Sam. Après tout, vous êtes mariés, il aurait droit à des permissions de nuit, non ?

À nouveau ce sentiment que le souffle allait lui manquer parce qu'elle se souvenait de la phrase de sa belle-mère quand elle avait eu cette idée devant elle.

— Pour me le faire tuer ! s'était exclamée Denise qui portait déjà les mains à sa bouche comme pour étouffer le cri de deuil.

Jeanne secouait la tête sans répondre à Sam. Elle était, depuis le rappel de Roland, devenue superstitieuse et elle avait peur de Denise.

La nuit, si longue, donnait aux mots des pouvoirs. Jeanne se signait, elle priait pour désarmer les terreurs mêlées de souhaits que formulait sa belle-mère devant elle.

— Laisse-la, disait Violette à Sam, il ne faut pas forcer ces choses. Une séparation, ce n'est pas mauvais.

Le soir, Jean Karenberg était venu dîner chez Alexandre et Nathalie. Assis près de Jeanne, il parlait d'une voix sourde. Il était voûté, d'une maigreur excessive, mais il accompagnait d'un mouvement des épaules ses affirmations et Jeanne découvrait la force de Karenberg, une sincérité qui l'émouvait. Elle osait à peine bouger les lèvres cependant qu'il parlait. Pour la première fois, elle rencontrait un homme grave et simple, qui mêlait la faiblesse à la détermination.

Karenberg ne paraissait s'adresser à personne en particulier, peut-être d'abord à Yves et à Nathalie, et parfois il se tournait vers Jeanne :

— Tout cela, lui disait-il, vous ennuie sans doute, mais voyez-vous, tant d'entre nous ont souffert, donné leur vie, qu'il faut essayer de comprendre.

Il regardait à nouveau Nathalie.

— Mon père, reprenait-il, ce devait être en 36, le soir du grand banquet de la victoire au Palais des Fêtes, eh bien, ce soir-là, vingt ans avant Khrouchtchev, il m'a expliqué ce qu'était le stalinisme. Naturellement, j'ai trouvé qu'il me dérangeait. Est-ce qu'on a idée de briser l'enthousiasme avec la vérité ?

— Qui pouvait savoir ? dit Nathalie.

— On peut toujours savoir, seulement on ne veut pas. On n'ignore plus rien de la torture en Algérie. Rien. Guy Mollet a les moyens de savoir, mais ce refus de connaître (il s'interrompait, fermait à demi les yeux), pas seulement les intérêts qui l'expliquent, mais quelque chose de plus profond, comme un aveuglement volontaire, la résistance à ce qui est évident.

Karenberg se penchait vers Sonia, caressait les cheveux blonds de la petite fille qui lui tendait les bras et il la prenait sur ses genoux.

— Le fait que la vie est un miracle, par exemple, c'est simple et on l'oublie.

— Tu es resté un propagandiste, dit Alexandre.

(Il s'étirait, passait ses deux mains dans sa ceinture, se dirigeait vers le salon.) Maintenant tu vas nous parler de Dieu. Avant, c'était le communisme, Staline. Pas de société idéale Jean, pas de paradis, ici ou ailleurs. C'est tout simple.

Alexandre s'asseyait dans l'un des fauteuils qui faisaient face au poste de télévision. Jean Karenberg se levait à son tour.

— Trop simple, disait-il. Moi je ne peux accepter que ceux que j'aime disparaissent (il s'avançait vers la baie vitrée), je refuse et j'ai besoin de croire. Je dirai (il faisait face à nouveau) que mon besoin et mon refus fondent philosophiquement ma croyance en Dieu.

Alexandre s'était approché du poste, il appuyait sur l'un des boutons, des clowns surgissaient, grimaces, cabrioles, et l'un d'eux roulait sur le sable de la piste cependant que tombait le rideau constellé d'étoiles.

— Roland, disait plus tard Jean Karenberg en reconduisant Jeanne à Nice — et elle désirait que la route se prolonge —, j'ai bien connu son père, nous croyions aux mêmes idées et peut-être Dante y croit-il toujours.

— Toujours, dit Jeanne.

— Bien sûr, bien sûr, murmurait Jean. Je me demande parfois si, pour la dignité de l'homme, quand il ne possède que cela, des idées, s'il n'est pas préférable de croire à des idées généreuses, même si elles sont fausses, sinon qu'est-ce que la vie ?

Ils retrouvaient le bord de mer, les établissements de bains illuminés, l'arc de la baie.

— Et Roland ?

— Il est ambitieux, dit Jeanne.

Elle s'en voulut de cette confidence, peut-être

une trahison. Elle se tut et Jean Karenberg ne la questionna plus.

Il conduisait lentement, la poitrine proche du volant, repoussant d'un geste machinal ses lunettes qui glissaient.

— Pour l'Algérie, dit Jeanne après un moment, vous croyez que cette guerre...

— Ils ne veulent pas voir, ils vont massacrer, comme en Indochine, et à la fin, il faudra bien qu'ils abandonnent, n'est-ce pas ?

Il lui prit le bras.

— Roland va revenir, bien sûr. Puisqu'il est ambitieux, il faut qu'il vive, c'est logique.

Elle se mit à rire et respira mieux, mais quand elle retrouva l'appartement, ce silence, ce trou des pièces vides, elle fut à nouveau oppressée.

Elle lut un peu, mais elle voyait d'autres mots, qu'elle croyait avoir oubliés : *Palestro. Tlemcen. Aurès. Vingt-deux soldats du contingent, tous originaires de la région parisienne... L'embuscade... Assassinats de trois prisonniers par le F.L.N.*

Elle se leva, chercha la dernière lettre de Roland. Il réclamait ses livres, demandait des nouvelles de l'entreprise Revelli, et terminait par cette phrase : *Les moutons sont des moutons, dis-le à mon père. Je ne veux pas être tondu.*

Si peu de tendresse, des phrases trop courtes pour l'enlacer.

— Il vous écrit, Roland ? avait demandé Denise.

— Il m'écrit, répondait Jeanne.

— Il vous dit qu'il a été reçu chez des colons, des gens très bien, ils ont trois filles. Ce n'est pas loin d'Alger, ils vont se baigner, il paraît que le pays est magnifique. Il prend des vacances. Il vous a parlé de tout ça ?

La nuit si longue.

Elle avait dit oui, Jeanne, mais quand sa belle-mère lui avait tendu la lettre — « Vous voulez la lire ? » — elle avait refusé.

Depuis, chaque nuit, quand le sommeil reculait comme une eau vers laquelle on marche, elle voyait le corps de Roland étendu au bord de la mer, et la vague avançait, refluait. La soif de Jeanne était plus vive encore, elle léchait ses lèvres, elle buvait un peu, essayait d'oublier, mais dès qu'elle croyait être recouverte, le sommeil se dérobait ou plutôt le rêve était si fort, le corps de Roland si proche, elle ne savait pas qui le caressait — que Jeanne se réveillait à nouveau en sursaut.

Les noms revenaient, *Aurès, Palestro, Tlemcen,* et la question de Denise : « Vous voulez la lire ? »

Jeanne se recroquevillait, les doigts sur les lèvres, elle priait à haute voix pour que la cadence ancienne l'entraîne, la berce, l'éloigne de ce corps dont elle imaginait tour à tour qu'on le caressait ou le blessait et c'était chaque fois sa torture.

23

Antoine Revelli apercevait Roland au milieu des ouvriers.

Il s'efforçait de ne pas entendre, de ne pas regarder, mâchant avec application, les yeux mi-clos, le visage tourné vers le port, mais quand il se penchait sur la gamelle calée entre ses cuisses, il voyait le groupe des maçons et des charpentiers autour de la bétonnière et Roland, debout sur le bâti de la machine, qui leur parlait.

L'envie de descendre, de quitter ce deuxième

étage où Antoine s'était installé, le dos appuyé à une poutre, les jambes dans le vide, la tête à l'ombre. Devant lui, sur les bassins et les quais, tout le long de la jetée du pharc, la marée, grise quand un nuage poussé par le vent de sud-est masquait le soleil. À l'entrée du port la mer était ourlée d'écume. Puis, après quelques minutes, l'étoupe se déchirait et la lumière blanche laquait les arcs du monument aux morts, la coque d'un cargot.

En bas, Roland parlait.

Il était arrivé au moment de la pause, quand les maçons plaçaient, dans un bac de tôle rempli d'eau terreuse, leurs gamelles, qu'ils ramassaient des débris de bois pour allumer le feu. L'un d'eux, près d'Antoine, avait vu la voiture de Roland s'arrêter devant la palissade qui fermait le chantier.

— Vé lou qui, le voilà, avait-il lancé.

Antoine, redressant la tête, avait aperçu Roland qui avançait les mains dans les poches du blouson de cuir. Visage de boxeur ou de soldat, cheveux coupés très court, tempes et nuque dégagées, Roland s'approchait, les épaules rejetées en arrière, attentif, d'une démarche à la fois souple et contrôlée. Les ouvriers le suivaient des yeux. Il s'était rendu directement à la baraque du chef de chantier et Antoine en avait profité pour monter au deuxième étage, s'installer à ce niveau vide, là où on n'avait pas encore commencé à élever les cloisons. Il avait ignoré le coup de sifflet, les appels du chef de chantier qui précédait Roland vers la bétonnière. Roland grimpait sur le bâti de la machine, commençait à parler et Antoine ouvrait sa gamelle.

Pas faim, mais il faut manger, en laissant de longs intervalles entre chaque bouchée, en prenant une goulée de vin.

Une à une les scènes glissent, Roland assis sur

la plage près du grand-père Vincente, un 14-Juillet, Roland qui pose son panier de figues sur la table devant Edmond.

Maintenant Roland est au milieu des ouvriers, responsable du chantier, soixante logements de luxe que l'entreprise Revelli construit au-delà du port, au milieu des palmiers.

Antoine somnole comme si la vie s'était déroulée sans qu'il bouge, chaque jour la pause, le dos appuyé à une poutre et la gamelle là, entre les cuisses.

Un dimanche, il y a deux semaines, Antoine et Giovanna, en revenant de chez leur fils, s'étaient arrêtés devant les palissades du chantier. Antoine quittait le bras de Giovanna, allumait une cigarette, écartait l'une des planches.

— Où est-ce qu'ils en sont ? murmurait-il.

Giovanna l'incitait à pénétrer dans le chantier.

— Va voir. C'est ici, demain, que tu viens ?

Elle l'interrogeait pour qu'il parle, qu'il brise ce silence morose où il s'enfermait chaque fois qu'ils avaient revu l'appartement du père.

Edmond s'était installé rue de la République, dans la maison du 42 reconstruite après le bombardement.

— Si tu te maries, avait expliqué Lucien Millo, tu seras en face de l'épicerie. Ne laisse pas perdre d'appartement.

Edmond avait donc quitté le boulevard de la Madeleine, Antoine et Giovanna, pour les pièces blanches et nues, où il y a des années, Lisa, Vincente, Violette, eux tous quoi, s'asseyaient ensemble autour de la table de la cuisine. On avait installé une salle d'eau, un bel évier. Sur le sol des briques rectangulaires remplaçaient les tommettes. Quand, le dimanche, Antoine et Giovanna venaient voir leur fils qui finissait tard — l'épicerie fermait à une heure et demie —, que Giovanna faisait un peu de ménage, qu'elle tentait d'effacer les taches de gras, près de l'évier, elle n'y réussissait pas :

— Les briques d'avant, disait-elle, c'était pas moderne, mais on les lavait bien.

Ils déjeunaient ensemble et parfois montaient Lucien Millo et Lili. Le repas était plus gai alors. Lili parlait de sa voix criarde de commerçante.

— Votre Edmond, disait-elle, s'il voulait je vous le marie demain, allez, il ne s'ennuie pas au magasin. Quand on est tous les trois, vous pouvez être sûre que les clientes, c'est pas Lucien qu'elles choisissent mais Edmond. Vous étiez comme ça, Antoine ? Votre fils, en tout cas, il n'a même pas à se baisser, c'est elles qui le ramassent, les femmes aujourd'hui...

Elle riait, Giovanna faisait la vaisselle.

— Tu manges bien ? demandait-elle à voix basse à Edmond.

Lili entendait, se levait, jouait à la colère :

— Non, mais vous croyez que je le nourris pas, votre fils ? Il mange toute la journée au magasin, vous le voyez pas, on dirait un gros veau.

Elle riait à nouveau et elle entraînait dans sa gaieté Antoine, Lucien.

Edmond avait changé et Antoine, sur le palier, au moment d'embrasser son fils, découvrait qu'il avait en face de lui un homme trapu, aux joues rondes, qui ressemblait un peu à l'oncle Luigi. Il hésitait à serrer Edmond contre lui et se contentait souvent de lui donner deux ou trois tapes sur l'épaule : « Ciào fiston », disait-il.

Dans la rue de la République, il s'arrêtait un instant devant la façade de la maison, un crépi jaune à la place du plâtre grisâtre d'autrefois, mais le porche qui donnait dans la cour n'avait pas été modifié, et il semblait à Antoine qu'il allait voir sortir un homme, si jeune — lui —, portant sa mère jusqu'au fiacre qui la conduirait à l'hôpital.

Giovanna prenait le bras de son mari. Elle savait qu'il fallait qu'elle s'appuie contre Antoine, qu'elle ne dise rien, qu'elle marche lentement pour qu'il puisse s'éloigner sans trop souffrir de cette maison où il était né, où maintenant habitait Edmond qui avait toute la vie à parcourir. Eux, il leur restait à retourner au Vallon de la Madeleine, dans l'appartement qu'Antoine avait repeint l'été dernier, où ils pouvaient croire, parce qu'ils n'avaient jamais changé les meubles depuis leur mariage, que le temps n'avait pas passé, qu'Edmond allait pousser la porte de sa chambre, courir vers Rafaele Sori, ou bien descendre jouer avec Roland qui venait souvent les voir, seul, à bicyclette.

— J'y viens demain, disait Antoine en désignant le chantier, en reprenant le bras de Giovanna.

Ils se dirigeaient vers la Tour Rouge, les rochers du Cap de Nice, avant de regagner le port où ils prendraient le trolleybus pour la Madeleine.

Ils s'asseyaient au fond pour être seuls et parfois ils descendaient à Magnan, remontaient à pied le Vallon en se tenant toujours par le bras. Un voisin lançait :

— Les amoureux, on rentre ?

Ils s'arrêtaient devant la maison des Morini, s'installaient sous la tonnelle.

— Et le fils ? demandait Antoine.

— Avec ces événements (Morini servait un verre de vin, secouant la tête) on a plus de lettres, de Gaulle, avec lui, qui sait, on saura peut-être où on va. Ils seront bien obligés de l'écouter lui, les Arabes et les colons, tout le monde, non ?

Antoine ne répondait pas. Plus de politique. Pour ce à quoi ça sert. Deux ou trois fois dans la vie il avait cru, juste après l'autre guerre, quand Dante rentrait, au moment du Front Populaire, et bien sûr, à la Libération quand... Mais maintenant, à quoi ça sert de parler ?

Dante, lui, continuait, Staline un saint, Staline un fou, les tanks russes qui parcouraient Budapest, les morts qu'on réhabilitait, et il rêvait toujours.

— Tu vois, expliquait-il à Antoine, c'est seulement plus long qu'on croyait, plus difficile. L'homme, ça se change pas comme ça. On est là depuis deux millions d'années et la révolution, c'est en 17. En quarante ans, c'est déjà un miracle ce qui s'est passé.

— Qu'est-ce que tu en dis ? demandait Morini. De Gaulle, il peut finir la guerre, non ?

Antoine Revelli haussait les épaules.

— On verra, ils nous demandent pas notre avis, alors ?

Le soir, cependant que Giovanna repassait, Antoine avait écouté les nouvelles. *Salan, Massu, Vive de Gaulle, Vive la République, Algérie Française,* et tutti quanti.

— Tu crois qu'ils vont se battre ? commençait Giovanna.

— Mais non, pour qui, contre qui ? Il y aura une petite mise en scène, chacun sauvera ses meubles. Et les ouvriers, comme d'habitude, dans le baba.

Il avait arrêté la radio et fumé lentement, accoudé à la fenêtre. Le vert des feuilles neuves était vif, la nuit à venir lente. Le linge pendu aux fenêtres se balançait à peine et jusqu'aux voix d'ordinaire trop fortes qui paraissaient douces.

Antoine se tournait vers Giovanna, s'approchait d'elle, la prenait par l'épaule.

— Ça va ? demandait-il.

Elle souriait, elle disait :

— Il fait bon. Mai, c'est le meilleur mois. À Turin, avec mes frères, on descendait au bord du fleuve, le courant, en mai, est si rapide.

Antoine débranchait le fer à repasser, obligeait Giovanna à venir près de lui, à la fenêtre, et ils demeuraient ainsi tous les deux un long moment.

— Au fond, commençait Antoine la tête appuyée contre ses bras croisés sur le rebord de la fenêtre, et Giovanna se laissait aller sur les épaules de son mari, au fond, je suis le dernier ouvrier chez les Revelli. Dante, c'est plus vraiment un ouvrier. Un gardien. Il va plus sur les chantiers depuis des années. Edmond, on en a fait un commerçant. Les autres Revelli, des patrons, et travailler chez eux, ça me dit rien, mais Beaufort...

Beaufort, l'entrepreneur d'Antoine, l'avait convoqué au milieu de la semaine :

— Les gros, commençait-il en faisant signe à Antoine qu'il pouvait s'asseoir, ils n'y arrivent pas. Tes Revelli, tes parents, je sais pas quoi, les logements qu'ils construisent au port, ils me sous-traitent pour les plâtres, ils sont en retard, j'ai pensé à toi, tu prends tes gars et tu vas là-bas.

— Les autres, reprenait Antoine, ça me dit rien de les rencontrer, si je vois Roland sur ce chantier du port, ce gosse qui commande.

— Qu'est-ce que ça fait ? disait Giovanna. Roland ou un autre. Il vaut mieux que ce soit Roland.

Roland était rentré d'Algérie après six mois passés là-bas et ils l'avaient retrouvé, à la fin de l'année 57, dans son nouvel appartement, pour le baptême d'Elsa. Jeanne, sa fille dans les bras, allait de l'un à l'autre.

— Il faudrait qu'on se voie davantage, disait-elle à Antoine et Giovanna, venez dîner un soir.

Alexandre Revelli s'était approché.

— On ne se connaît pas, à peine, on est cousins germains pourtant, le même âge, non ?

— Vous, disait Antoine, moi (il montrait ses mains) je suis resté un ouvrier, rien qu'un ouvrier.

— On pourrait se tutoyer, répondait Alexandre. Vous savez, ouvrier, patron, on est quand même tous des Revelli. Mon père, vous l'avez connu ?

Alexandre s'interrompait, la gêne naissait en lui à l'évocation de Carlo Revelli, de cette inégalité qui s'était créée entre les familles et contre laquelle, il le savait bien, il pouvait si peu.

— Il faudrait que vous veniez me voir, continuait-il. Vous êtes du métier, on peut travailler ensemble. Je rencontre souvent Violette, votre sœur. Elle devrait d'ailleurs être ici ce soir.

Il faisait mine de la chercher, en profitait pour s'éloigner, intimidé tout à coup par le regard d'Antoine, son visage marqué, la peau fanée de ceux qui travaillent depuis toujours en plein air, qui sont comme de vieilles roches crevées par les embruns.

Denise rejoignait Antoine et Giovanna :

— Ils sont bien ici, disait-elle en montrant l'appartement. Je n'aurais pas meublé comme ça, mais l'appartement est beau. Vous savez que Roland a la responsabilité des chantiers ? Ça, il est ambitieux, il tient de moi, parce que son père, enfin vous le connaissez. Heureusement, Roland ne lui ressemble guère.

Roland les avait raccompagnés en voiture et

Giovanna parlait, percevant entre Antoine et son neveu une certaine réserve proche de l'hostilité.

— Tu t'occupes des chantiers, alors ? avait demandé Antoine comme ils arrivaient.

— Je commence, disait Roland. J'ai soixante logements près du port.

Il était sorti de la voiture, se tenait adossé à la carrosserie, sans bouger.

— Elle est jolie, Elsa, dit Giovanna. Elle ressemble, à cet âge c'est bien tôt, mais elle ressemble à Jeanne.

— Je ne voulais pas d'enfant, dit Roland.

Il avait parlé d'une voix brutale, inattendue. Jusqu'alors distant, il livrait tout à coup à son oncle et à sa tante son intimité, comme pour leur donner dans un élan le plus vrai de lui-même, tout en restant lointain, en ne faisant pas un geste vers Antoine, au moment où celui-ci s'écartait de la voiture, disait : « Peut-être tu me commanderas ? » embrassant Giovanna sans ajouter un mot. Elle se retournait comme elle passait le seuil parce qu'il faisait hurler le moteur de la voiture en démarrant brutalement.

Antoine maintenant apercevait Roland qui était descendu de la bétonnière. Quelques ouvriers parlementaient avec lui, les autres s'étaient assis autour du foyer et avec des chiffons retiraient du bac de tôle les gamelles chauffées.

Roland bientôt se trouva seul avec le chef de chantier. Il allait et venait les mains derrière le dos et de temps à autre il avait un mouvement nerveux qui soulevait ses épaules, dégageait le cou.

Un plâtrier vint s'asseoir près d'Antoine, s'appuyant à l'autre poutre, laissant lui aussi ses jambes pendre dans le vide.

— Il y a grève demain, dit-il.

— Qu'est-ce qu'il a répondu ?

Antoine allumait une cigarette, désignait Roland qui continuait de marcher.

— Grève politique, de toute façon de Gaulle passera, ça sert à rien, seulement à perdre de l'argent.

— Et les autres ?

— Le délégué a dit qu'il fallait avertir de Gaulle, que le fascisme en France, on le laisserait pas faire.

Antoine remit le couvercle de la gamelle, pivota, se leva en appuyant ses deux mains sur la dalle de béton.

— Le fascisme, ils parlent tous de fascisme, dit-il, ça fait trente ans.

— Tu la fais pas alors ?

Roland, en bas, s'approchait du foyer. L'eau continuait de bouillir dans le bac. Il recommençait à parler, puis brusquement, les ouvriers restant le visage baissé sur leurs gamelles, il marchait vers la palissade, quittait le chantier.

— Tu la fais ou non cette grève ?

Antoine vidait un sac de plâtre. Il respirait cette odeur aussi familière que celle du tabac. Elle fait partie de vous, on fume, on ne s'en rend même plus compte, mais si on s'arrête, ça manque.

— Tu la fais ? répétait le plâtrier.

— Tu verras bien demain, dit Antoine.

24

Christiane Revelli ne pouvait plus parler à Roland.

Quand elle avait revu son frère pour la première fois, elle avait cru qu'enfin l'un des siens comprendrait. Elle s'était battue pour eux pendant quatre ans. Jours chuchotés, jours austères. Livre après livre, elle s'était contrainte à l'immobilité, au silence, et seuls ses doigts et ses yeux glissaient le long des phrases, pour qu'enfin leur nom soit inscrit sur la liste des reçus dans le hall de la bibliothèque. Ce nom, celui du père qu'on criait dans la cour de l'*Hôtel Impérial* : « Revelli, Revelli, et cette ampoule au troisième, tu la changes ou pas ? » Celui de la mère : « Vous êtes la concierge, Madame Revelli ? » et Denise rougissait. Celui de Roland. « Il ne veut jamais qu'on parle des études, disait Jeanne, il aurait aimé continuer tu comprends. »

Quand elle avait lu leur nom, Christiane était sortie en courant de la Sorbonne. Elle bousculait Sylvie qui l'interrogeait :

— Ils sont affichés ? Tu l'as ? Et moi ?

Essoufflée, elle ne répondait pas, elle ne savait pas, elle n'avait vu que son nom.

Elle courait jusqu'à la poste, obtenait enfin la communication avec l'*Hôtel Impérial.* « Je suis la fille de Dante Revelli », disait-elle. On cherchait en vain son père. Christiane entendait les klaxons sur la Promenade des Anglais, elle imaginait la baie ouverte sur le bleu léger et brumeux de l'horizon. Elle parlait trop fort, inutilement : « Dites-lui que sa fille est reçue. » L'orgueil l'emportait : « Sa fille est reçue à l'agrégation », ajoutait-elle.

Ces mots répétés, l'exaltation tombait, ne restait que la fatigue après cette longue guerre gagnée, la déception aussi parce que Christiane se persuadait qu'ils ne sauraient jamais que chaque jour elle avait eu peur comme un joueur qui double sa mise. Qu'elle avait renoncé à Alain. « La vie, il faut savoir choisir ses priorités, moi, pour le moment, c'est l'agreg ! » lui disait-elle.

Christiane rentrait dans la bibliothèque, terrorisée, parce qu'elle voyait en face d'elle l'une de ces femmes au visage gris peu à peu rongé par la lecture et ce serait peut-être son sort si elle gagnait.

Qui saurait cela ? Ce prix qu'elle avait payé. Parfois elle s'arrêtait de prendre des notes, elle écrivait en majuscules : AGOLAMORT. Elle encadrait d'un trait noir ce mot qu'elle avait créé. L'agrégation ou la mort : *agolamort* dans un rectangle comme son corps à elle, prisonnier du lit étroit. Chaque soir, dans son agenda, elle notait des petits chiffres *3, 8, 6, 2, 5* le nombre d'heures qu'elle consacrait au travail. En fin de semaine le total, la courbe qu'elle dressait.

— Tu es conne, disait Alain. L'agreg, merde, si c'est pas cette année, tu l'auras l'année prochaine.

Vie ou mort. *Agolamort.* Elle était le joueur qui regrette de parier. Elle rentrait dans la cour de la Sorbonne, elle relisait son nom sur la liste des reçus. *Revelli Christiane.*

Sylvie se précipitait :

— Je l'ai aussi, on l'a, criait-elle.

Une année perdue, gagnée. Alain qui disait :

— Tu l'auras bien assez tôt.

Une année pour que le père, les siens, plus vite, par elle soient vengés.

Mais si le gain était la perte ? Si l'on ne pouvait rien partager, s'ils attendaient autre chose, si elle s'était trompée d'enjeu ?

Dante Revelli prenait sur le quai de la gare la valise de sa fille.

— Tu es contente ? demandait-il.

Il faisait quelques pas, se tournait vers elle, montrait son visage d'homme vieux, joues creusées, comme si deux pointes s'enfonçaient profondément sous les pommettes.

— Ma mère ou mon père, disait-il, ça, professeur, ils n'auraient même pas pu imaginer. Et moi, un de mes enfants, toi surtout, je croyais pas.

Il s'arrêtait, elle essayait de reprendre la valise, heureuse, mais il repartait d'un pas vif.

— Mon père, continuait-il, pauvre homme, et lui, il savait lire, s'il t'avait vue, il aurait été si fier.

Il s'essuyait le front, allumait une cigarette, regardait à peine Christiane.

— Tu reviens alors ?

Ils étaient complices. Ils prenaient leur temps. Elle n'osait pas lui dire : « Tu vois ta fille, c'est toi qui dois être fier, parce que c'est toi, pour toi, grâce à toi. »

— En somme, continuait Dante, c'est si difficile que ça ? Tu vas enseigner quoi maintenant, les écrivains ?

Ils traversaient le jardin où Christiane avait souvent joué. Elle s'asseyait pour qu'il puisse se reposer, parce qu'elle avait besoin de rester encore seule avec lui avant de retrouver la mère. Devant Denise, Dante se tairait, revêtirait la défroque du vaincu et Christiane serait à nouveau engluée dans leur marécage.

— La littérature, oui, répondait-elle.

Elle était rassurée, elle croyait qu'il comprenait. Elle avançait, dévoilait ses projets :

— Réfléchis papa, si peu d'ouvriers dans les romans, essayer, analyser les causes de cette absence, une vie d'ouvrier après tout, c'est aussi un sujet tragique ?

Dante Revelli paraissait attentif, tenant la cigarette entre le pouce et l'index, la cachant dans ses doigts repliés. Écoutait-il vraiment ?

— Tu comprends ? répétait Christiane.

— Tu vas encore étudier, disait-il en soulevant la valise, en recommençant à marcher, puis il l'attendait. Et si tu te mariais ? demandait-il.

Le gain, la perte.

Elle leur rapportait le gain et ils parlaient de la perte.

Christiane ne répondait pas à son père, elle se laissait envelopper par la ville bruyante, dépoitraillée, elle marchait vers le soleil qui suintait des façades, la contraignait à détourner la tête. Elle avait lu dans la lumière poussiéreuse des bibliothèques, lu encore quand le bord des yeux brûle, qu'on les ferme un instant et les mots dérivent dans la nuit peuplée.

Qui comprendrait qu'elle craignait cette blancheur brutale de la ville ? Qu'elle arrivait à Nice différente, porteuse d'une ruche bourdonnante, son gain, quatre années de phrases agglomérées, compactes, et Dante répétait :

— Tu ne veux pas te marier ?

Dans cette ville, que valaient les livres ? Le silence ?

Les façades étaient en marbre, prétentieuses comme les bagues trop lourdes d'une femme entretenue ou la cravate voyante d'un de ces bellâtres pour qui, sur la Promenade des Anglais, toutes les passantes sont des proies. Ville maquillée dont Christiane avait oublié la langue. Là, ce qu'elle avait gagné n'avait pas cours. Le dégoût, le désespoir d'être revenue.

— Nice, Mademoiselle Revelli, avait dit l'inspecteur général en la recevant après le concours, un poste de fin de carrière.

Finir déjà, alors que rien n'a commencé.

Christiane regardait son père, s'efforçant à sourire, repoussait le souvenir d'Alain. « Et si on se mariait, avait dit tant de fois Alain en essayant de l'enlacer. Pourquoi pas ? » Elle l'avait tenu à distance, les mains sur sa poitrine et il saisissait ses poignets. « Tu es folle, continuait Alain, cette agreg, mais c'est l'ambition ? Quoi ? »

La rage plutôt, ce père qu'elle avait vu si souvent baisser la tête devant sa femme. Denise avec son visage boudeur, sa bouche de petite fille avide, qui récitait le long monologue, la litanie de l'amertume, des illusions, du trop tard maintenant, de la jeunesse perdue à cause de Dante. La rage de la venger elle aussi, qui aurait pu, dû. La rage pour ne pas être comme eux, qui avaient cédé, grains qui ne germent pas, et pourrissent dans la terre.

Christiane tentait d'expliquer cela à Alain dans ce café de la place de la Sorbonne où ils se retrouvaient.

— J'ai appris, disait-elle, qu'il faut d'abord être soi, jusqu'au bout, après, on peut partager avec quelqu'un, pas avant, pas en renonçant. Je veux l'agreg c'est tout.

Alain passait sa main ouverte dans ses cheveux noirs bouclés, se grattait la tête.

— Tu es une puritaine, et ça ne mène à rien. Tu es impatiente, pourquoi ?

Il avait le temps de ceux qui vivent depuis des générations dans la liberté d'être ce qu'ils désirent. Le temps bourgeois des dilettantes, de ceux qui savent profiter de l'existence comme on dit.

— Je ne sais que travailler, ajoutait Christiane. Nous sommes tous comme ça dans ma famille, c'est notre maladie. Mon frère, Roland, nous sommes différents, mais le travail lui et moi, sacré.

Elle retrouvait Roland dans la salle à manger des parents. Ils s'observaient.

Elle avait imaginé qu'ils iraient ensemble marcher au bord de la mer, sur cette Promenade où souvent ils avaient couru, et elle se souvenait de ces matins — était-ce un récit qu'on lui avait raconté plus tard — quand Roland lançait la voiture d'enfant et Christiane criait en serrant les montants.

« Qu'es-tu devenu, que s'est-il passé pendant ces années ? » diraient-ils de la même voix, au même instant. Elle avait rêvé. Ils ne réussissaient qu'à échanger les mots de passe de l'indifférence.

Parfois, quand en fin de semaine elle rendait visite à ses parents, qu'elle se garait sur la Promenade, qu'elle s'approchait à pied de leurs fenêtres, elle entendait la voix de Roland, assurée et forte, coupée de temps à autre d'un rire satisfait :

— Alexandre me laisse les mains libres. Après le chantier du port, je leur ai fait gagner au moins...

Il donnait un chiffre, le répétait jusqu'à ce que Dante ou Denise, chacun à leur manière, le commentent. Elle demandait d'un ton gourmand :

— Tu as un pourcentage sur les bénéfices ?

Dante, inquiet, interrogeait :

— Tu ne prends pas trop de risques ?

Roland riait encore :

— Je n'ai même pas eu besoin de le demander, disait-il. Alexandre me l'a proposé.

Alexandre Revelli n'avait jamais aimé ces conversations âpres avec les promoteurs, ces réunions de chantiers où il fallait tenir tête, feuilleter le cahier des charges, mentir, gueuler, taper du plat de la main sur le schéma de chauffage :

— Vous m'aviez dit, pour les tuyaux. Vous allez me respecter ça, n'est-ce pas ?

Roland le remplaçait. Robert Merani, jeune diplômé, l'assistait pour l'architecture. Alexandre, lui, dirigeait l'agence, concevait ces villages qui ressemblaient à des roches creusées que les vagues effleurent, ou bien inventait ces formes nouvelles, ondulations de béton et d'alvéoles qui couraient le long du rivage.

— Si vous me faites confiance..., lui disait Roland.

Il prospectait les terrains à vendre sur les collines, rachetait les vieilles serres, les terrasses à œillets sur les coteaux du Var.

— Vous verrez, dans quelques années, avec le nouveau plan d'urbanisme, le prix va tripler.

Souvent Alexandre, en l'écoutant, se souvenait de Carlo Revelli : la similitude de caractère entre Roland et Carlo paraissait s'accentuer, la sève irriguait d'abord le fils de Dante.

Quand Yves revenait de Marseille, Alexandre s'approchait de lui, regardait par-dessus son épaule la revue de médecine que feuilletait son fils, lui touchait du bout des doigts la tête.

— Pourquoi chirurgien ? murmurait-il. Roland va diriger l'entreprise.

— Si ça l'amuse, disait Yves en levant les yeux.

Nathalie se rapprochait d'eux. Sonia lisait, allongée sur le tapis.

— Roland, reprenait Alexandre, j'ai décidé de l'intéresser aux bénéfices, parce que... (il s'interrompait) mais je n'arrive pas à le comprendre, l'argent ne l'intéresse pas. Il veut s'affirmer. Une véritable frénésie.

— Une maladie, disait Yves.

— Ton grand-père Carlo lui ressemblait, murmurait Nathalie.

— Une manière de s'exprimer, disait Alexandre.

— Ou de se mutiler. (Yves se levait.) Je veux rester entier, ajoutait-il.

Il fermait la revue, embrassait sa mère, se penchait sur Sonia, la bousculait en riant, puis se tournait vers son père :

— Tu ne crois pas que le désir de pouvoir, ou bien l'envie de posséder sont des besoins primitifs, des façons si médiocres, si élémentaires de s'exprimer ?

Cette phrase qui comblait Alexandre justifiait ses choix, si bien qu'il osait à peine répondre, qu'il hochait la tête timidement.

— Peut-être, disait-il, mais Roland n'a pas eu nos facilités.

— Personne ne l'accuse, répondait Yves. Intéresse-le aux bénéfices. Sa fille sera plus calme. Je vais voir Sam, disait-il encore.

Nathalie et Alexandre se regardaient cependant que les pas de leur fils résonnaient dans la ruelle déserte.

— Et Christiane, demandait Nathalie, tu l'as vue ?

Christiane essayait de s'isoler, d'arracher ce masque qu'on posait sur son nouveau visage.

— Revelli, disait le proviseur, vous êtes parente avec les entrepreneurs, l'architecte ?

Il raccompagnait Christiane à la porte de son bureau et comme elle ne lui répondait pas, ajoutait :

— C'est un nom répandu, ici. Vous avez eu de la chance, niçoise, votre premier poste à Nice.

Elle commençait à haïr cette ville, à ne plus reconnaître ses souvenirs. Les coulées de béton, les traînées d'acier, pare-chocs contre pare-chocs, la Nice populaire et vivante, la Nice bistre où les tuiles et le linge qui sèche apportent les taches de couleur, peu à peu enfouie, les collines dallées de marbre. Ne restait que le ciel trop souvent couvert, dès que la chaleur gagnait, d'une brume qui semblait à Christiane nouvelle.

Après les cours, Christiane retrouvait Sylvie, sur le port. Là, au printemps, elles déjeunaient au soleil, dans le calme des milieux de journée, le dos appuyé à la façade du restaurant, la colonnade altière fermant, comme un décor d'opéra, le port.

— Belle ville, disait Sylvie.

— Je venais, racontait Christiane, avec mon père et mon frère, sur la jetée du phare, nous pêchions.

Elles ignoraient toutes deux les remarques narquoises des garçons :

— Alors mesdemoiselles, on les soigne les élèves, vous ne voulez pas nous donner des leçons ?

Elles continuaient de corriger des copies.

— Qu'ils sont idiots, murmurait Christiane.

Elle avait oublié la condescendance vulgaire des hommes d'ici, son père qui était l'un d'eux. Quand elle essayait de lui parler :

— De Gaulle, tu comprends, ce n'est pas seulement l'expression de la bourgeoisie, c'est aussi... Tu m'écoutes papa, tu es d'accord ?

Elle devinait son indifférence moqueuse. La politique, pas l'affaire des femmes. Qu'attendait-elle pour se marier. Elle continuait cependant, racontait comment, au lycée, ils se rassemblaient.

— Les communistes, tout le monde. En fait, il n'y a que quelques fascistes, des O.A.S.

Dante souriait et si Christiane lui tendait un journal : « Tu devrais lire... », il haussait les épaules, le prenait avec réticence.

— Tu t'occupes de politique aussi ? disait-il.

— Pourquoi pas ? (Elle allumait une cigarette.) On vote, non ?

Il parcourait l'article, souriait encore.

— Tu me fais penser à Violette. Ma sœur, elle n'en a fait qu'à sa tête. Elle était en avance.

— Elle s'est mariée, disait Denise. Tu fumes encore ?

Denise faisait un pas, hésitante, prise entre deux phrases, deux désirs.

— Après tout, le mariage, murmurait-elle, puisque tu es indépendante, tu gagnes bien ta vie, moi je suis mariée mais si j'avais su.

Christiane se levait. Les acteurs reprenaient leur place. Denise amère, Dante humilié.

— Vos histoires, disait Christiane.

— Tu verras, tu verras, reprenait Denise. Si les gens se marient, il y a des raisons. Tu te crois la plus forte, tes diplômes, tu sais, on vieillit quand même.

Christiane sortait, déroulait la capote de sa voiture que le vent faisait claquer et elle allait vers l'ouest par le bord de la mer, longeant les chantiers des hautes constructions qui, peu à peu, au-delà du Var, masquaient l'horizon.

Elle, reprise par eux, Roland, le père, la mère, tous prisonniers de leur histoire, si opaques à eux-mêmes. Le père plein d'allant encore, mais lié à ses capitulations, la mère prête à comprendre et qui, au dernier instant, se bouchait les yeux, criait qu'il fallait suivre cette route commune où elle s'était embourbée, tous deux si pathétiques, vies déchirées, mains qui se tendent et n'arrivent pas à se nouer.

Christiane arrêtait la voiture, marchait sur cette longue plage de galets, sans savoir que Violette, bien des années auparavant, elle aussi, avait affronté le souffle vif de la mer pour affirmer sa propre force, sa volonté de devenir elle-même. Et bras croisés sur la poitrine parce que les fins de journées, même au printemps, sont sur le rivage, fraîches, Christiane répétait qu'elle ne plierait pas comme Roland l'avait fait.

Elle aurait voulu lui parler — il pouvait encore battre les cartes, infléchir sa vie — mais souvent elle se persuadait qu'il n'était déjà plus qu'un de ces corps figés que seule une secousse brutale peut ranimer.

Un soir, alors qu'avec Sylvie elles revenaient lentement d'une longue promenade — elles avaient suivi la route sinueuse prise entre les rochers rouges de l'Estérel et les fonds verts —, Christiane avait cru reconnaître la silhouette de Roland dans une voiture garée sur la Croisette. Elle s'était mise à rire, racontant à Sylvie qu'elle aimait, gamine, épier Roland.

Elle s'avançait, dissimulée par les lauriers du jardin, elle apercevait son frère qui parlait avec Julia ou Danielle, partait avec elles vers l'une des tranchées creusées dans les pelouses. Alors Christiane l'appelait et il la chassait à coups de pied.

Tout en racontant, Christiane avait fait demi-tour. Elle ralentissait à la hauteur de la voiture de Roland. Une femme était assise près de lui.

Christiane accélérait avant qu'il ne la surprenne.

— Tu l'espionnes toujours ? disait Sylvie.

Plus tard, dans l'appartement qu'elles partageaient, Christiane allongée dans sa chambre, des copies dispersées autour d'elle sur le lit, répétait comme pour s'en convaincre :

— Sa vie ne me regarde pas, bien sûr. Pourquoi veux-tu que je me mêle de cela ?

Mais la révolte la gagnait, elle se souvenait de Jeanne qui lui montrait Elsa :

— Elle a cinq ans, disait Jeanne. Elle est espiègle, tu ne peux pas savoir.

Elsa, petite fille brune, courait dans la cour de l'*Hôtel Impérial* entre les voitures, obligeant sa mère à s'interrompre, à l'appeler, à la saisir par le bras.

— Je ne travaille plus, expliquait Jeanne, que veux-tu, avec elle.

— Et Roland ? avait demandé Christiane.

Peut-être un trop long silence avant de répondre puis la hâte pour dire :

— Il a toutes les responsabilités, ça marche très bien, mais (Jeanne baissait la voix, se penchait vers Elsa) il n'a plus une minute. Il n'est pas souvent là. Il est ambitieux, que veux-tu, c'est la vie, le travail.

La révolte et le dégoût devant cette duplicité des attitudes, les esquives, l'un avec l'autre et chacun pour soi.

— Et puis, criait Sylvie depuis sa cuisine, c'est tout ?

Christiane s'était renversée sur le dos, elle fumait, les yeux ouverts, rêvant à une vie différente où tout serait clair.

25

Souvent Jean Karenberg s'interrompait au milieu d'une phrase, posait son stylo, retirait ses lunettes, massait légèrement ses yeux du bout des doigts, puis il traversait la bibliothèque, poussait les portes-fenêtres et sur la terrasse, parce qu'il voyait au-dessus des palmiers et des cyprès, derrière les platanes du boulevard ou les eucalyptus du parc de la villa voisine, se dresser la grêle armature des hautes grues, il pensait à Roland Revelli.

Le fils de Dante.

Quatre mots qui suffisaient à Jean Karenberg pour qu'il se laisse emporter, qu'accoudé à la balustrade, les yeux tournés vers la mer — et malgré les constructions récentes, il apercevait encore le profil sombre de l'Estérel sur le couchant rouge —, le fils de Dante, quatre mots qui renouaient la trame et scandaient le temps.

Jean prenait une couverture, s'asseyait les jambes allongées, les doigts croisés devant sa bouche, les yeux mi-clos et il anticipait ainsi la nuit, cette pénombre qui allait recouvrir le parc, draper les bustes des Césars qui bordaient l'allée.

Roland Revelli était arrivé à la fin d'une matinée, montant rapidement les escaliers de la terrasse. Jean Karenberg cherchait à mettre un nom sur cette silhouette, ce visage qu'il lui semblait reconnaître, puis quand Roland se présentait, qu'il posait la serviette de cuir sur la balustrade, Jean pouvait retrouver sous les traits osseux, ceux de Dante, avant, dans les années 20, quand ils se réunissaient — et Frédéric Karenberg se tenait en retrait observant Jean —, dans l'une des salles du café des Quatre-Avenues.

Jean souriait à Roland, « je me souviens », voulait-il lui dire. Il reconnaissait aussi l'expression de l'enfant qu'il avait rencontré, au début de la guerre, dans la cour de l'*Hôtel Impérial.* Au retour du camp, quand Jean était encore alité, sa mère près de lui, Roland était venu avec Alexandre, Sam, Violette et Dante.

Maintenant Roland s'était assis en face de Jean. Il expliquait que le terrain à Cimiez valait ceci, que l'entreprise Revelli sous sa direction avait désormais un secteur promotion immobilière, qu'on pouvait envisager une division du parc, que trois petits immeubles de grand luxe, dans le fond, vers la maison du gardien — et Roland traçait sur le plan cadastral des rectangles —, ne gêneraient en rien Jean Karenberg. Bien sûr, il pouvait vendre la totalité du terrain, la villa ne correspondait plus d'ailleurs aux normes de l'époque et du quartier, n'est-ce pas ? Tôt ou tard, pourquoi pas aujourd'hui ?

— Tard, avait dit Jean Karenberg, très tard.

Il dévisageait Roland, parlait lentement pour que l'entretien se prolonge.

— Voyez-vous, reprenait-il, j'ai l'intention de léguer tout cela (il montrait le parc, la façade, l'allée et les bustes glabres) à la ville de Nice. Après ma mort naturellement. J'ai beaucoup de livres, ceux de mon père. Certains sont rares. J'imagine une clause obligeant la ville, en échange du don, à créer ici un centre d'études et de repos. Vous voyez ?

Roland se levait déjà, fermait sa sacoche.

— Tout cela ira à l'abandon, disait-il. Ils n'auront jamais assez de crédits. Si vous vendiez une partie, vous pourriez restaurer.

Jean secouait la tête.

— Vous êtes bien le fils de Dante Revelli ? demandait-il. Je ne me trompe pas ?

Cette raideur brusquement chez Roland, ce mouvement rapide de la tête.

— Je vous ai vu (Jean Karenberg indiquait de la main la taille d'un enfant), vous aviez une sœur ?

— Nous restons acheteurs, disait Roland. Tout ou partie. C'est votre intérêt, je crois.

Jean Karenberg répétait la question :

— Elle est professeur, répondait enfin Roland en descendant l'escalier.

Jean Karenberg l'avait regardé s'éloigner entre les palmiers et les statues.

Souvent, depuis, parce que le tremblement violent d'un marteau piqueur sur un chantier le réveillait ou bien parce qu'il apercevait, entre les arbres, au-delà des grilles, la façade d'un immeuble que surmontait encore la grue, il évoquait la visite de Roland.

Mais ce n'était que voie plus courte pour retourner à d'autres visages, ce peuple des morts, qu'il s'efforçait de garder vivant.

— Tu n'es pas avec nous, tu rêves, disait Nathalie quand elle rencontrait Jean, qu'ils dînaient ensemble à Saint-Paul.

Elle aimait prendre le bras de Jean Karenberg, faire quelques pas avec lui, cependant que Sonia marchait devant eux, et Nathalie se penchait vers Jean :

— Je n'arrive pas à croire, ma fille, déjà une femme.

Jean lui serrait le bras :

— Déjà, répétait-il.

Sonia se retournait, se laissait rejoindre, regardait à la dérobée ce jeune homme qui peut-être l'avait crue seule et qui maintenant s'éloignait. Sonia, les mains dans les poches de son pantalon, semblait ne pas l'avoir remarqué, mais tout en parlant à Jean Karenberg elle suivait la silhouette dans la ruelle.

— Je vais rentrer, disait-elle.

Et sans attendre leur réponse, elle les quittait,

sautait sur les pavés de Saint-Paul, sa longue tresse allant et venant dans son dos.

— C'est Sonia, Yves, reprenait Nathalie (sa voix chuchotait comme sur une confidence), qui m'obligent à sortir de moi. Si je ne les avais pas, je serais peut-être comme toi, et cela m'arrive, quand je suis seule.

Sonia qui chaque matin descendait au lycée de Nice, Yves qui ne venait plus que deux ou trois fois par mois, qui semblait préférer Marseille :

— Est-ce qu'on peut faire de la recherche à Nice ? disait-il. Quand ils auront un hôpital universitaire, je ne dis pas.

Nathalie les attendait. Elle s'était remise au piano maintenant quelle avait devant elle des heures vides, mais chaque note l'entraînait dans ce salon aux colonnes, à l'*Hôtel Impérial,* quand Gustav Hollenstein et Frédéric Karenberg l'écoutaient, assis côte à côte.

— Ton père, disait Nathalie à Jean, j'hésitais à jouer pour lui. Mon père insistait, peut-être était-il fier de moi, mais je ne crois pas, il sentait, comme moi, que pour ton père la musique était une émotion forte, douloureuse même.

À nouveau Jean Karenberg serrait le bras de Nathalie. Ils traversaient le village, se dirigeaient vers les remparts, rencontraient souvent des touristes, mais l'obscurité, la hautaine raideur des façades invitaient au silence, et les ruelles étaient calmes.

— Ce n'était pas la musique, disait Jean après un long moment, mais toi, ta manière de jouer, ta ressemblance sans doute avec ta mère.

Nathalie s'appuyait à Jean, marchait plus lentement.

— Je parle souvent à Sonia de sa grand-mère, disait-elle. J'essaie de comprendre. Yves est médecin, je l'interroge, je lui ai raconté, le suicide, mais il se désintéresse ; pourtant cette femme si belle, encore aujourd'hui, certains, je le sais, se souviennent d'Helena Karenberg, l'autre jour à l'hôtel...

Nathalie s'interrompait, soupirait.

— Tu vois, quand je suis avec toi, je me laisse prendre, cette nostalgie, la mémoire, comme un marécage, des sables mouvants. Quand je joue maintenant, je suis obligée de m'interrompre, sinon je suis prise tout entière et je ne veux pas.

Elle abandonnait le bras de Jean, commençait à redescendre la ruelle vers la place éclairée où sous les platanes les joueurs de boules s'interpellaient, puis elle attendait Jean.

— Souvent, je me demande, disait-elle, si tu sors assez. Tu n'es pas dans le moment présent, tu te laisses ensevelir par tes souvenirs.

— Tu me connais bien, murmurait Jean.

Il quittait rarement la villa Karenberg. En fin d'après-midi, il remontait le boulevard jusqu'aux arènes, entrait parfois dans cette ellipse blanche, s'attardait alors, s'asseyant sur les gradins corrodés, longeait le champ de fouilles qu'on avait ouvert, ces villas, ces thermes dont les soubassements dégagés marquaient les limites, l'ossature du temps, d'une vie mise à jour. Le terrain, de couleur rouge, était une vaste planche anatomique qu'on commençait de dérouler. Jean Karenberg y suivait longuement le croisement des murs, les cavités, la géométrie qui avait emprisonné l'existence.

Il rentrait enfin dans la grande villa vide, gagnait la bibliothèque et là, comme le pressentait Nathalie, il parcourait d'autres traces, ouvrant le journal de Frédéric Karenberg.

Chaque date et chaque mot l'aidaient à reconstituer cette vie dont il était issu.

Il avait eu, les premières fois, des pudeurs,

tournant les pages quand apparaissait le nom de sa mère : *Aujourd'hui j'ai parlé pour la première fois seul à seul à Peggy, dans le parc de la comtesse d'Aspremont.* Mais Jean ne put résister longtemps, avide de tout connaître, de ranimer chaque moment.

Dès que la nuit était tombée il commençait à écrire, à vivre. Il entendait mal d'abord cette cadence sourde, foule en marche, tambour voilé, mais au fur et à mesure que la nuit s'avançait, elle était plus distincte. Elle dictait les mots. Jean s'accordait enfin au rythme grave, battement du passé qu'il voulait faire renaître.

Peu de mots.

Il avait renoncé, après son retour du camp, à ce récit auquel, chaque nuit là-bas, dans l'odeur de mort, il avait imaginé qu'il donnerait vie. Mais pourquoi composer des scènes, raconter la vie de Frédéric Karenberg, ou les foules du camp courbées sous les aboiements des kapos ? Il fallait simplement dire que le sol se dérobe, que l'amour limité à la vie s'effrite et n'en reste que cette cendre blanche, retrouvée là-bas, devant les fours.

Jean s'était soumis à une autre écriture, brève, pliée à cette cadence entendue dont il n'était plus maître et qu'il recherchait chaque nuit comme la montée d'une voix intérieure.

Il ouvrait les portes-fenêtres. Le silence autour de lui avait retrouvé sa plénitude. Jean écrivait :

Je vais
De souvenir en visage
La nuit se rassemble en l'unité première
Je prie.

26

Denise Revelli avait la tentation de se confier à Roland, de parler à son fils comme elle n'avait jamais osé le faire avec personne.

Elle lui dirait enfin ce qui le soir, quand elle se couchait seule, l'empêchait de dormir, ce sentiment qu'il était trop tard, une brûlure là, au-dessous des seins, au creux de la poitrine. Elle essayait de respirer calmement comme le médecin le lui avait conseillé, mais la chambre était encerclée de bruits, un pas dans l'appartement du dessus, la toux de Dante dans la salle de bains, la porte qui claquait et son juron, ou bien le moteur d'une voiture dans le parking. Denise allumait. 11 heures à peine. Déjà. Elle essayait de lire, cherchait une voix sur le poste de radio que lui avait offert Roland, se reprochait d'avoir arrêté la télévision si tôt. Elle buvait un verre d'eau, se retournait dans le lit parce que les draps commençaient à brûler, pesaient sur elle et elle savait que, bientôt, elle irait à la fenêtre. Elle aurait peur de se laisser basculer, elle imaginait son corps, roulant lentement sur lui-même — et déjà la nausée et le vertige la prenaient —, tombant sur l'une des hampes d'acier qui fermaient les jardins du rez-de-chaussée.

Elle se réveillait en sursaut avec cette douleur au centre de la poitrine, là, peut-être était-ce le cancer qui la griffait, commençait à racler les os, atteindrait un jour la peau. Il y aurait un trou, il fallait bien mourir, et bientôt ce serait le moment. Ce sentiment alors qui revenait, elle avait à peine vécu, elle ne savait rien, tant de plaisirs à éprouver qu'elle ne connaîtrait jamais, toutes ces femmes qu'elle voyait à la télévision, jeunes, décidées. Madame Baudis qui visitait avec son mari les

États-Unis et l'année prochaine, disait-elle à Denise, « nous ferons l'Égypte ».

Trop tard. Si soif. Elle avait déjà bu tout le verre. Il lui fallait se lever, longer le couloir jusqu'à la cuisine, et chaque nuit, dans la demi-somnolence elle hésitait, ouvrait la porte de la salle de bains, ne reconnaissait pas, elle n'était pas chez elle, elle n'était plus elle, une autre, cette femme dont la date de naissance disait qu'elle était vieille, et si jeune pourtant qu'il lui semblait que, hier seulement, devant *Haute Couture,* alors qu'elle sortait du magasin la voiture du prince russe s'arrêtait et, quelle idiote, elle refusait de monter, elle traversait la place Masséna, elle écoutait Dante Revelli.

Dans la cuisine, elle ouvrait d'abord le robinet d'eau chaude, commençait à s'affoler. Mais qu'est-ce que je fais ? Chaque nuit, depuis qu'ils avaient déménagé, qu'ils habitaient cet appartement construit par Roland (« Vous serez bien, avait-il dit, il y a un parc, et l'appartement est à moi, c'est ma part de bénéfices »), chaque nuit, elle se demandait où elle était.

Plus de trente ans à l'*Hôtel Impérial,* les murs comme une peau ridée, et dans la cuisine elle savait que, derrière une porte, les traits au crayon marquaient la croissance de Roland. Elle haussait les épaules quand Dante disait à Roland : « Colle-toi bien contre le mur. » Il appuyait le crayon sur la tête de son fils, puis il écrivait la date : « Tu as bien grandi », disait-il.

Quand il était sorti, Denise s'approchait, regardait les traits. « Il est grand », murmurait-elle. Christiane après Roland et maintenant les murs lisses, froids, les voisins qu'on entendait, les meubles dont il avait fallu se séparer parce que l'appartement était trop petit. « Tu as des placards, disait Roland, c'est plus simple. » Ces boîtes accolées l'une à l'autre, ces locataires dont elle ignorait les noms mais dont elle connaissait les bruits, toute une vie pour se retrouver là, Dante qui toussait, Roland, Christiane qui n'étaient plus que ces photos, souvenirs plus flous que les rêves, et au milieu de l'après-midi, souvent, Denise les regardait. Il fallait qu'elle s'habille vite, qu'elle sorte, qu'elle retrouve une amie sur la Promenade, dans son ancien quartier, comme pour se persuader que rien n'avait changé.

Le temps d'un bavardage, elle oubliait. Mais elle rentrait. L'autobus, le quartier neuf, sur l'une des collines de l'ouest, Dante qui lisait, ce silence avec seulement ces sons assourdis, la vie autour de la boîte où ils étaient tous les deux enfermés, Dante, Denise, à attendre.

Elle appuyait sur l'une des touches de la télévision, elle prenait un cachet. Elle allait à la fenêtre, observait le parking, parce que Roland passait les voir une ou deux fois par semaine et parfois il était accompagné d'Elsa.

Denise prenait la petite fille contre elle, la berçait :

— Tu me la laisses ce soir ? demandait-elle.

— Jeanne, commençait Roland.

— Je suis sa grand-mère, non ?

Quand ils partaient, qu'Elsa, depuis le parking, lui faisait un signe, Denise pleurait.

— Tu n'es pas raisonnable, disait Dante. Il faut qu'ils aient leur vie, c'est comme ça.

Elle haïssait cette soumission, s'enfermait dans sa chambre. Toute sa vie elle avait été seule, comment avait-elle pu ne pas imaginer qu'un jour elle serait avec Dante, face à face ? Elle avait accepté pour les enfants, mais ils l'oubliaient, Roland tout à ses affaires, Christiane qui ne l'avait jamais aimée. Pourtant, quand elle était née, Denise avait cru qu'une fille, plus tard, serait son amie, qu'elles se confieraient leurs secrets. Une égoïste, Christiane, que les études avaient changée, qui parlait comme un homme, qui défilait dans les rues avec les étudiants.

Chaque fois que Denise commençait une phrase : « Oh ! toi maman, toi », disait Christiane avec un soupir de mépris.

Roland, s'il avait été seul, l'aurait écoutée, comprise.

Quand elle l'apercevait qui rangeait la voiture sur le parking, Denise se plaçait derrière la porte et, au moment où son fils s'apprêtait à sonner, elle ouvrait. Elle le surprenait à chaque fois.

— Une mère, disait-elle, c'est comme une sorcière, je te sens venir.

Il riait, l'embrassait, prenait une pomme sur la table de la salle à manger. Dante s'approchait, prononçait quelques mots. La gêne entre le père et le fils, Dante qui répétait :

— Tu n'as pas d'ennuis, ça va ?

Denise s'emparait de cette phrase.

— Tu crois qu'il te ressemble ? Qu'est-ce que tu veux ? Attirer le malheur ?

Elle voulait rester seule avec Roland, lui parler, chuchoter comme elle le faisait quand il était petit, qu'elle le prenait entre ses seins, et il avait si longtemps tété.

Elle sortait quelques photos.

— Je les regardais, disait-elle, tu étais beau.

Il mordait dans une autre pomme, ouvrait la fenêtre et Denise devinait l'inquiétude, la nervosité de Roland.

— Elsa, interrogeait-elle, je ne la vois plus, Jeanne pourrait venir.

Roland se retournait, repoussait sa mère qui murmurait : « Qu'est-ce qu'il y a, Roland ? »

Elle reconnaissait ce visage, celui de l'enfance, quand Roland rentrait tard, qu'elle l'attendait dans la cour, qu'il se mettait à pleurer : « Ils m'ont, maman, ils m'ont... » « Qu'est-ce qu'il y a, qu'est-ce qu'il y a ? » avait-elle dit alors et elle répétait tant d'années plus tard, avec la joie et l'anxiété des retrouvailles, la question.

Roland haussait les épaules, allait fermer la porte de la salle à manger, comme s'il ne voulait pas que son père entende.

— Je l'ai mise dehors, disait-il.

Il s'interrompait, regardait à nouveau vers le parc.

— Je suis seul maintenant, je vais pouvoir vivre.

— Tu es seul, répétait Denise, mais tu mangeras où ? Viens ici.

Il riait.

— Je reprendrai Elsa aux vacances.

— Je t'avais dit, murmurait Denise, je t'avais dit.

Roland tout à coup la bousculait, hurlait :

— Oui, tu m'avais dit.

Il claquait la porte, Denise courait derrière lui, le rejoignait sur le parking, l'obligeait à remonter.

— Ne fais pas de bêtises, disait-elle. Dans ta situation surtout. Tu vas dîner ici ce soir.

Déjà elle disposait la table, s'arrêtait.

— Tu n'es pas le premier, tu sais. Moi, Jeanne, si j'avais rencontré quelqu'un comme toi, ah ! elle le regrettera. Une femme, un homme comme toi, elle regrettera, toi tu pourras toujours trouver.

Dante poussait la porte :

— Tu dînes ici ?

Roland ouvrait la télévision.

— Jeanne, ça va ? interrogeait Dante.

— Il l'a mise à la porte, disait Denise, et il a bien fait.

Dante s'approchait de son fils, éteignait le récepteur.

— Qu'est-ce qui se passe ?

Il n'aimait pas l'expression de Roland, ce

menton en avant, cette manière de tenir les yeux baissés.

— Tes affaires, dit-il, tu as réussis, c'est bien, mais le reste ? Elsa, Jeanne, tu es sûr d'avoir raison ?

Roland se levait.

— Je m'en vais, disait-il à mi-voix.

Dante s'avançait, poussait violemment Roland dans le fauteuil, appuyait sur le bouton de la télévision et la lumière bleutée de l'écran envahissait la pièce.

— C'est moi qui m'en vais, disait Dante. Reste avec ta mère.

Dès les premiers pas dans la nuit, Dante regrettait son geste, sans qu'il ait envie de les revoir, la mère, le fils. Il allumait une cigarette, mais le tabac lui semblait trop âcre, il crachait, s'asseyait un moment sur l'une des bornes qui marquaient l'entrée du parking, puis, parce qu'il commençait à avoir froid, il descendait l'allée, la rue, se retrouvait dans son quartier de la rue de France, devant l'entrée de la cour.

Il fit quelques pas sous le porche de l'*Hôtel Impérial*. L'appartement était occupé par le nouvel électricien de l'hôtel. Ils avaient remplacé les vieux volets par des stores et, l'un des rares dimanches où Dante avait accompagné Denise sur la Promenade, elle avait dit en les voyant :

— Moi, j'ai attendu trente ans, et j'ai gardé les volets.

Dante ressortit de la cour.

Quelle importance ces bouts de planches, ces lattes de métal, volets, stores, voiture, marbre ? Ça, la vie pour tant de gens ? Souvent, quand il parlait avec des retraités rencontrés sur un terrain de boules, ou bien avec un voisin en attendant devant la caisse du supermarché, Dante essayait de comprendre ce qu'ils voyaient du monde. Il cessait vite de les interroger comme s'il avait employé une langue qu'ils ne pouvaient déchiffrer. Lui, il aurait voulu discuter de l'homme, de la société à venir, cette Chine, qui sait ? Savoir pourquoi tout ce en quoi il avait cru, et cela faisait presque un demi-siècle, ne s'était pas réalisé. Il avait alors un sentiment douloureux de solitude, comme s'il avait été un infirme dont on se moquait.

— Vous, Monsieur Revelli, il n'y a que la politique qui vous intéresse, mais ils sont tous pareils les gouvernants. À votre âge vous ne l'avez pas encore compris ! disait l'un des joueurs de pétanque qu'il commençait à connaître.

La politique ? Un mot. Ça voulait dire, pour Dante, pourquoi les hommes en sont-ils là, pourquoi mon fils refuse-t-il de me parler, pourquoi je m'emporte ?

Dante avait l'impression que les autres agissaient sans chercher à savoir ce qui les mettait en mouvement. Ils ressemblaient à ces ouvriers électriciens qui refusaient de lire un schéma, qui montaient une installation par habitude, noyés déjà dans la routine. À la moindre panne, ils restaient là, les bras ballants, devant le moteur :

— Nous, ça on l'a jamais fait, il faut voir avec l'entreprise, ils enverront un ingénieur.

Dante les écartait, se penchait, commençait à dévisser :

— Laisse tomber, lui disaient-ils.

Dante n'avait pas renoncé à savoir, à croire qu'un jour, bien après sa mort, ça irait mieux. C'est si court une vie, si court l'histoire des hommes, et quand même, l'espoir parfois l'emportait à nouveau. Ces jeunes qui le faisaient rire. Ça montait en lui sans qu'il comprenne pourquoi, comme un regain de vitalité. Il avait envie de marcher derrière ces adolescents maigres qui défilaient en désordre.

— Tu vois, disait-il à Christiane, moi j'étais habillé comme eux quand j'allais sur les chantiers. Mais on en avait honte. Le dimanche on mettait une cravate, les souliers vernis. Maintenant, et ça, ce n'est pas mal, ils s'en moquent.

— Ils sont sales, disait Denise. De quoi ils ont l'air ?

Dante lançait un coup d'œil à sa fille qui souriait.

— Je les entends, reprenait Dante, et il me semble que c'est nous quand on est revenus de la guerre. C'est drôle les idées. On a beau taper dessus, et des erreurs, des crimes, on en a vu, et voilà, tous ces jeunes, les idées, eux aussi. Comment tu expliques ça, toi ?

Les premiers temps après son retour de Paris Dante avait eu du mal à discuter avec Christiane. Il avait trop attendu de Roland, un peu oublié sa fille. Une fille, ça reste une fille. Mais elle s'asseyait près de lui, lui prêtait des revues et quand Denise haussait la voix, elle faisait front, à sa place.

Surtout elle avait lu, elle savait expliquer, clairement, et un soir, il était allé, comme elle le lui avait demandé, au ciné-club. Il attendait pour entrer que la salle soit obscure, il s'installait dans les derniers rangs, et quand Christiane s'était levée, à la fin de la projection, qu'elle s'était placée au centre de l'écran, Dante s'était tassé dans son fauteuil. Elle avait commencé à parler de *La Règle du jeu*. Quelqu'un avait levé la main, posé une question. Elle avait répondu. Dante peu à peu se redressait, regardait autour de lui, voyait

Christiane avec les yeux de ce jeune homme assis près de lui.

Dante prenait une cigarette, la gardait entre ses lèvres pour empêcher ce rire qui surgissait en lui. Il n'osait pas applaudir.

Il sortait l'un des premiers, voulait partir mais ne pouvait s'y décider, alors il restait sur le trottoir qui faisait face au cinéma. Il apercevait Christiane au milieu d'un groupe, la plus grande. Elle parlait avec tant d'animation qu'elle devait, d'un mouvement de tête, rejeter les cheveux qui lui couvraient les yeux. Elle l'avait vu. Il se dérobait mais elle traversait la rue en courant, le prenait par le bras, revenait avec lui vers le groupe :

— Mon père, disait-elle.

Elle présentait Sylvie, Sonia, Gérard qui posait son bras sur l'épaule de Christiane. Dante riait encore. Il disait :

— Vous savez, moi, je n'ai pas compris grand-chose. *La Règle du jeu,* je ne suis pas un intellectuel, je suis un ouvrier électricien.

Gérard lui offrait une cigarette.

— Allons, allons, pas de modestie et pas d'orgueil. Vous avez compris et vous êtes un petit-bourgeois comme tout le monde.

Dante était à l'aise avec eux quand ils s'asseyaient au café des Quatre-Avenues.

— Ici, disait-il, en 1920, on imaginait.

Il fit un geste de dérision, puis il vit que Sonia le regardait. La fille d'Alexandre, sa longue tresse retombant sur sa poitrine, souriait à Dante ému par ce visage, cette roseur de la jeunesse.

— On imaginait, répéta-t-il.

Il se tourna vers Christiane, dit à mi-voix :

— Je vais rentrer.

Avant qu'ils répondent il s'était levé, quittait la salle, s'éloignait rapidement, mais Christiane et

Gérard l'avaient rejoint, raccompagné en voiture. Assis sur la banquette arrière, Dante les écoutait.

Sa vie, comme la gaffe d'un gabier, avait trouvé une prise à laquelle elle pouvait s'accrocher.

Depuis, il interrogeait Christiane, sollicitait des conseils.

— Tu devrais lire ça, disait-elle.

Il se hissait vers elle, livre après livre.

Ce soir, après avoir bousculé Roland, il traversait la ville, fumant trop parce qu'il était nerveux, qu'il voulait se donner le courage de sonner chez Christiane.

Sylvie ouvrait, lui serrait vigoureusement la main.

— Christiane est avec la petite, chuchotait-elle. Elle dort.

Elle faisait un clin d'œil à Dante Revelli, le guidait dans le couloir, ouvrait une porte.

Au milieu d'un grand lit, Elsa dormait, menue, les bras écartés, tenant encore serré dans sa main droite le poignet de Christiane, dans sa main gauche, celui de Jeanne.

27

Jeanne, les premiers jours, s'étonna. Elle voulait souffrir de l'absence de Roland parce qu'elle l'avait aimé, porté avant que vienne Elsa, comme un enfant à naître.

Le matin, quand il se levait alors que les meubles dans la chambre n'étaient encore que des volumes sombres aux contours imprécis, Jeanne était réveillée depuis quelques secondes déjà. L'instinct et plus tard, à chaque fois, avant qu'Elsa ne crie, elle serait réveillée aussi. Penchée sur le berceau, elle murmurait : « Qu'est-ce qu'il y a, mon ange ? »

Elle avait eu pour Roland la même attention inquiète. Parfois, si rarement, quand il était satisfait de lui, qu'il avait écrit sur l'enveloppe l'adresse du cours par correspondance, et c'était Jeanne qui posterait le pli, ces heures enfermées là, sous ce papier bistre, Roland se recouchait quelques minutes.

Il s'approchait de Jeanne qui jouait à être endormie, il lui ouvrait les bras, il glissait sa tête entre ses seins, il geignait, soupirs plaintifs d'enfants malheureux, et Jeanne le berçait.

Mais c'était il y a des années, avant l'Algérie, si loin qu'elle oubliait ces matins-là, se souvenait seulement de la violence de Roland quand il poussait les volets. Le soleil incisif décapait la chambre.

— Excuse-moi, disait-il, tu vas être en retard.

Jeanne reconnaissait ces gestes, le claquement des talons sur les dalles, le ton de la voix et elle se pelotonnait pour ne pas offrir de prise, pour que les mots glissent sur elle, se perdent. Mais il était habile à l'atteindre, à se venger par elle d'une déception, un dessin inachevé, un chantier difficile.

— Si personne ne m'aide, disait-il. Je ne peux pas seul. Je ne peux pas. Je viens de trop bas. Trop d'obstacles.

Jeanne s'avançait. Il avait disposé le piège. Elle le savait mais elle était prête à s'y précipiter.

— Je peux t'aider ? demandait-elle.

Il serrait le collet d'un coup sec.

— Qu'est-ce que tu peux faire ? répondait-il. Taper à la machine, c'est tout. Je n'ai pas besoin d'une dactylo, mais d'une femme qui m'apporte quelque chose.

Il était inutile qu'il la regarde pour deviner qu'il l'avait prise, que chaque phrase allait l'atteindre.

— L'oncle de mon père, Carlo, pas fou lui, continuait-il. Il avait épousé la fille de Forzanengo. C'est comme ça qu'il a réussi. Il n'y a pas de mystère, jamais.

Longtemps Jeanne avait accepté. Elle comprenait la hargne de Roland. Robert Merani brandissait son diplôme d'architecte aux réunions de chantier : « Le point de vue de l'homme de l'art », disait-il et la phrase frappait Roland comme une lanière.

— J'en ai marre de tous ces cons, répétait-il le soir.

Il marchait dans l'appartement, il refusait de dîner, brisait un morceau de pain, coupait une part de fromage, jetait un coup d'œil vers la table mise, les plats que Jeanne avait préparés, qu'elle n'avait plus de goût à manger. Elle sentait bien que s'asseoir à table, en face d'elle, se laisser servir, c'eût été pour Roland l'accepter, admettre qu'il était son mari, qu'ils formaient un couple qui partage le pain.

Il voulait demeurer seul et la naissance d'Elsa n'avait rien changé entre eux. Il aimait pourtant sa fille, tendre avec elle comme s'il avait voulu montrer à Jeanne ce qu'il lui refusait.

Au mariage d'Edmond, il avait gardé Elsa sur ses genoux durant tout le repas. Il était assis non loin de la sœur de la mariée, une brune aux cheveux bouclés, au teint mat, qui se penchait vers Elsa, l'embrassait. De sa place, Jeanne imaginait que Roland devait, tout en jouant avec Elsa, voir les seins de cette femme volubile.

Ce jour-là, sous la treille du restaurant de Saint-Isidore, Jeanne brusquement s'était sentie elle-même, comme si autour de son corps un vide s'était creusé, la laissant droite, inaccessible. Les autres, tous, sa belle-mère qui devait raconter une fois de plus sa vie à sa voisine, tous, Roland parmi eux, étaient de l'autre côté, lointains, faisant désormais un siège inutile.

Jeanne avait commencé à parler :

— Vous êtes des rapatriés ? demandait-elle à la mariée.

Sans doute avait-elle parlé fort puisqu'ils se taisaient un instant, tous. Jeanne se levait alors, s'approchait de Roland, prenait Elsa, retournait s'asseoir à sa place.

— Je me souviens, continuait-elle, quand Roland a été rappelé, à la gare les soldats ont essayé d'arrêter le train. La guerre d'Algérie, ici, ce n'était pas très populaire.

Elle tenait Elsa par la taille, lui embrassait les cheveux.

— Elle est née juste après, continuait-elle. Vous êtes mieux qu'en Algérie ici, non ? Il n'y a plus que des pieds-noirs, et vous retrouvez même les Arabes. À l'entreprise, presque tous les terrassiers sont algériens et, dans notre quartier, les commerçants sont pieds-noirs.

— Alors vous ne nous aimez pas ? lançait quelqu'un.

— Mais non, disait Dante. Vous êtes des émigrés, comme nous. Il y a les riches, les pauvres. À Oran, en 36, tout le monde a voté pour le Front Populaire, il paraît.

Jeanne s'approchait d'Edmond et de sa femme, les embrassait : « Beaucoup de bonheur », disait-elle, puis, portant Elsa, elle s'éloignait de la table, traversait la route qui longeait la terrasse du restaurant, s'asseyait au milieu d'une terrasse plantée d'oliviers.

Elsa se mettait à jouer, s'allongeait, riait sans raison autre que de sentir la terre tiède contre son dos, de voir le vert tendre des feuilles d'olivier. Jeanne posait sa main sur la poitrine de sa fille, l'embrassait, la caressait de ses cheveux, couvrait de son corps Elsa, chaton blotti contre sa mère.

Jeanne se redressait, étourdie par le rire, la chaleur, peut-être le vin. Elle était surprise de découvrir Christiane à demi allongée près d'elle, appuyée sur les coudes.

— Te voir, disait Christiane, me donne envie d'un enfant.

Christiane fumait, observait Jeanne qui retrouvait sa timidité, secouait sa jupe à laquelle des brins d'herbe s'étaient accrochés.

— Tu sais, commençait-elle, un enfant.

— Tu n'as pas confiance en toi, reprenait Christiane en l'interrompant, pourquoi ? Roland ne vaut pas mieux que toi. Tu t'inclines toujours. Tu te tais quand il parle. Tu as ta vie à faire, tu ne crois pas ?

Jeanne rougissait, soulevait Elsa, la plaçait sur ses genoux, pour se protéger, se rassurer aussi.

— Je me suis arrêtée de travailler, répondait-elle.

— Je connais Roland, il faut que tu deviennes toi, toi. Il faut lui résister.

Jeanne baissait la tête, cette sensation qu'elle avait eue, ce fossé autour d'elle qu'ils ne franchiraient plus, peut-être le début.

— Tu as jeté une bombe, tout à l'heure, continuait Christiane. Ma mère est hors d'elle, mon oncle Antoine s'amuse, mon père est heureux. On parle enfin d'autre chose que de bouffe et les mariés sont partis.

Jeanne et Christiane rirent ensemble. Elsa vint

se glisser entre elles qui l'embrassaient chacune sur une joue.

Elles restèrent là, toutes les trois, Jeanne acceptant une cigarette, rejetant la fumée sans l'avaler, invitant Dante à s'asseoir quand il s'approchait d'elles, qu'il disait :

— Ils ont recommencé. Quel est le meilleur restaurant de la Côte ? Qui fait le meilleur couscous ? Roland, avec ses déjeuners de promoteurs, commence à connaître tout ça.

Dante s'installait près d'elles.

— Qu'est-ce qui est anormal, disait-il tourné vers Christiane, de s'intéresser à ça, les restaurants, le tiercé, l'argent, ou de ne pas s'y intéresser ? Je voudrais savoir parce que toute ma vie...

— Laisse-les papa, disait Christiane.

Elle regardait devant elle, la ville rongeuse, hauts parallélépipèdes plantés comme des pieux encerclant les collines elles-mêmes striées des barres blanches d'immeubles plus bas. Une saignée jaune franchissait les vallons, creusait les pentes, semblait se diriger vers cette cavité ouverte à flanc de montagne qui, à intervalles réguliers, se couvrait d'un nuage de poussière long à se dissiper.

— C'est une carrière de l'entreprise Revelli, dit Dante. (Il tendait le bras, montrait les quartiers nord.) Là, continuait-il, c'étaient des cressonnières. Avant l'autre guerre, je me souviens, avec mon père, une ou deux fois, nous sommes venus jusque-là, mais c'était surtout Antoine qui partait avec lui pour les livraisons. (Il s'interrompait.) Oui, dit-il, c'est un siècle formidable, quand je pense...

Christiane et Jeanne attentives, et l'intérêt qu'elles lui portaient était pour Dante une revanche, comme si à la fin, quand même, la vie lui donnait raison.

— Quand je pense, reprenait-il, que l'électricité, quand j'ai commencé, vous n'imaginez pas, ça semblait un miracle, et la façon dont on nous traitait, le Docteur Merani avec mon père, et maintenant, tout ce qui a changé, un siècle formidable.

Il tapa de ses deux paumes sur ses poches.

— Je ne devrais pas fumer, dit-il, mais quand je parle comme ça, que je suis content.

Il se mit à rire, caressa les cheveux d'Elsa.

— Être avec les jeunes, ça fait du bien, on les embête, mais c'est bon.

Il allumait sa cigarette en se penchant, protégeant la flamme de son briquet avec les paumes.

— C'est dommage, dit-il, j'aurais bien voulu voir l'an 2000.

Il rêvait à haute voix et son visage s'animait, les rides s'effaçaient ou plutôt Christiane et Jeanne ne les voyaient plus, les yeux vifs, joyeux, éclairaient toute l'expression de Dante.

— En l'an 2000, tu auras quel âge, toi ? demanda-t-il à sa fille.

Il posait la main sur l'épaule de Christiane, geste de tendresse discrète, façon d'affirmer qu'elle allait vivre après lui.

— Soixante-trois, non ? Dix ans de moins que moi maintenant.

La tristesse, un désespoir insidieux comme une douleur qui irradie empêchaient Christiane de répondre.

Elle se leva brusquement, sauta sur la planche suivante, découvrant ainsi entre les oliviers un nouveau secteur de la ville, vers l'ouest, les bâtiments gris, lourds de la faculté des lettres où elle commençait à donner quelques cours.

— Tu devrais entreprendre quelque chose, dit-elle tournée vers Jeanne, des études, pourquoi pas ?

Dante se leva à son tour. Il craignait d'être indiscret, d'apprendre ce qu'il pressentait des relations de Roland et de Jeanne.

Il fit quelques pas le long de la route. On commençait à danser sous la treille, et il vit Roland qui invitait la sœur de la mariée, l'entraînait au milieu des couples.

Dante s'éloigna du restaurant, observant Jeanne et Christiane qui continuaient de bavarder assises au pied des oliviers.

Les femmes surtout avaient changé depuis le temps où Dante poussait les jeunes bonnes de l'*Hôtel Impérial* vers son atelier.

Peut-être ce qui lui avait manqué c'était une femme qui... Mais pourquoi accuser Denise ? Elle essayait de vivre, et ça n'avait pas été facile pour elle, si belle et autour d'elle tant de femmes qui n'avaient pas son corps, son visage lisse encore aujourd'hui. Elles avaient vécu mieux qu'elle, dans l'un de ces appartements de la Promenade des Anglais dont Denise avait rêvé toute sa vie.

Pourquoi lui reprocher d'avoir désiré ce que tout le monde voulait obtenir : l'argent, le luxe. On pouvait vivre avec autre chose. Lisa, ma mère, était heureuse dans sa cuisine noire de fumée, rue de la République, mais les femmes changent.

Dante marchait à pas lents, montant vers le village.

Roland maintenant comme sa mère, le même désir, la même insatisfaction. Le gain, le succès n'y faisaient rien, il voulait encore.

— Ton fils, disait Alexandre à Dante, un bulldozer. C'est lui qui a eu l'idée de créer notre secteur promotion immobilière, les programmes de la Trinité-Victor, ceux de Saint-Laurent. C'est lui. Il a acheté les terrains, constitué les Sociétés Civiles, lancé les publicités, on ne peut pas l'arrêter. Il a les affaires dans le sang, pas comme toi.

Dante, les premières années, quand tous autour de lui parlaient de Roland : « Ton fils, mon vieux, disait un vieil ouvrier électricien, c'est quelqu'un sur le chantier », éprouvait une fierté inquiète.

« Ton fils. » Ces deux mots comme la première bouffée d'une cigarette quand on n'a pas fumé depuis longtemps.

Dante écoutait, jouait les modestes.

— C'est pas le patron, il fait pas ce qu'il veut, disait-il.

Puis quand il était seul, il riait. Roland, Christiane, qui aurait dit ?

Seulement, peu à peu, il mesurait le prix. La hâte de Roland, ses brusqueries.

— Tu as le temps, non ? disait Dante.

Et la réponse, hurlée presque :

— Mais non je n'ai pas le temps, vous ne savez pas ce que c'est.

Roland embrassait sa mère, ignorait Dante, Jeanne, Elsa, et du balcon Dante apercevait sa voiture qui doublait la longue file embouteillant l'avenue.

Les préoccupations prenaient ainsi le dessus. Dante rentrait dans l'appartement, jouait avec Elsa, disait à Jeanne :

— Tu ne peux pas lui conseiller de laisser un peu les choses maintenant, qu'est-ce qu'il veut encore ?

— Toi, bien sûr, répondait Denise, quand quelqu'un a de l'ambition, de l'énergie ; Roland, il n'est pas comme toi.

Pourquoi répondre ? Denise ne comprendrait pas que Dante s'interroge sur ce qu'il fallait faire de l'énergie et de l'ambition de l'homme.

Mais souvent, dans l'un des journaux que lui prêtait Christiane, Dante retrouvait ses doutes. Il osait alors les reprendre à haute voix, autant pour se convaincre qu'un autre avenir était possible, que pour savoir ce qu'il devait penser de Roland.

Depuis qu'il était à la retraite, Dante faisait souvent de longues randonnées à vélomoteur. Il aimait s'arrêter au bord d'une route dans la campagne, grappiller quelques mûres, rêver, comme il disait, à la société future. Il se souvenait : « En attendant Merani racontait Vincente, et souvent je devais l'attendre deux ou trois heures, quand je l'accompagnais à une réception, moi je rêvais, je préférais comme ça imaginer des choses, plutôt que de dormir comme les autres cochers. »

Dante rêvait, allait jusqu'à Saint-Jean, se faufilant au milieu des voitures.

— Je suis pas très prudent, disait-il à Christiane, mais je me débrouille.

Il bavardait avec les pêcheurs sur les rochers, ou bien montait à Saint-Paul, voir Violette, ou plutôt, discuter avec Sam.

Dante s'asseyait dans un coin de l'atelier, silencieux d'abord, puis Sam donnait le signal, commençait à parler politique. Dante maintenant voulait aller au-delà. La politique, il ne la voyait que comme l'écume des choses, tant d'autres problèmes.

— Cette énergie quand même, disait-il à Sam, tous ces moyens pour la concurrence, des produits inutiles, si on la mettait au service de l'homme ?

Sam écartait les bras, s'approchait de Dante :

— Service de l'homme, mais tout est au service de l'homme. Ça bout une société. Guerre, art, publicité, et finalement il en sort l'Histoire, et nous voilà.

Dante secouait la tête, reprenait :

— Le gaspillage, les uns qui crèvent, nous ici, tous ces produits qui ne servent à rien, ces ambitions, même mon fils.

— Quoi, votre fils ? Il a un désir, une volonté, il entreprend, bon. Ça fait pousser des immeubles, voilà. Ça vaut la bureaucratie, la planification ? Le capitalisme (Sam s'approchait de Dante) finalement ce n'est pas si mal, on n'a pas fait mieux.

Sam entourait Dante de son bras. Il sentait bien qu'il ne l'avait pas ébranlé, il essayait de le provoquer encore :

— Allons Dante, on vous aurait déporté cent fois en URSS, je vous l'ai dit déjà, et moi je serais de l'humus sibérien, vous voyez.

Ce n'était plus cela, l'URSS, la révolution qui tourmentaient Dante mais la question de savoir — une question si simple, mais si importante pour lui au bout de la vie — est-ce que les hommes, un jour, entre eux, pourraient enfin éviter de se battre, de s'humilier, est-ce qu'un jour, chacun pourrait avoir la certitude qu'il avait vraiment fait de sa vie tout ce qu'elle portait, qu'elle n'avait pas été une vaine somme d'actes — plaisirs, deuils — mais qu'elle était une trace rejoignant d'autres vies vers ce point de fuite, l'avenir ?

Avec qui parler de cela ?

Christiane se dérobait aussi et à l'instant même, sous les oliviers, elle avait encore refusé, peut-être parce qu'il n'est pas facile d'évoquer l'avenir avec ceux qui ne le vivront pas.

Jean Karenberg, quand Dante le rencontrait — et il montait une ou deux fois par mois à Cimiez, retrouver le camarade des années 20, le fils du vieux Frédéric —, n'avait qu'une réponse : « Tu es croyant, et tu l'ignores, c'est simple. »

Mais Dante n'éprouvait pas la présence de Dieu, seulement celle de la collectivité des hommes. Il redescendait le boulevard, soliloquant, suivant le mouvement des feuilles des platanes qui tournoyaient, jaunies, au pied des arbres.

Dante était à nouveau devant le restaurant. Quand il leva la tête, Elsa courait vers lui. Il la soulevait. « Belle petite fille », disait-il.

Il apercevait Jeanne près de Roland. La jeune femme avait la beauté de la révolte, le visage tendu et pâle. Dante l'appela pour ne pas les surprendre.

Jeanne vint vers lui, le regarda, grave.

— C'est dommage que votre fils ne vous ressemble pas, dit-elle.

Maintenant qu'elle ne vivait plus avec Roland, Jeanne se souvenait de cette phrase qu'elle avait osé dire, de ce qu'elle avait pensé et fait le jour du mariage d'Edmond comme des premiers signes de la mort, en elle, de Roland.

Elle n'avait cru d'abord qu'à de la jalousie, une colère due à l'effronterie de cette femme brune, à la goujaterie de Roland. Le sol d'ailleurs pour quelques mois s'était refermé et ils avaient repris leurs habitudes, elle discrète, attentive, Roland méprisant ou hargneux.

Parfois Jeanne tentait d'aller vers lui.

— Tout marche bien, disait-elle.

Elle lui montrait le journal. Une photographie de Roland alors qu'il présentait à des personnalités politiques du département la maquette du port de plaisance que l'entreprise Revelli commençait à construire, lançant ses jetées de ciment vers le large.

— Tu t'intéresses à ça, répondait-il ironique.

— Tu as ce que tu voulais, continuait-elle, tu diriges, tu gagnes.

Il se tournait vers elle et comment pouvait-elle accepter qu'il la méprise ainsi au moment où elle essayait de lui dire qu'il avait réussi ?

Peu à peu le sol avait recommencé à s'ouvrir.

— Si tu veux que nous nous séparions, avait-elle dit un soir avant d'éteindre la lampe de chevet.

Il était pour une fois rentré tôt et — elle se le reprochait encore — elle avait eu un mouvement vers lui, comme une invite, qu'il avait repoussé avec violence. Mais sans doute ce geste n'avait-il été pour elle qu'un moyen de savoir, de mettre à jour leur indifférence.

— Se séparer ? Tu es folle.

Il avait rallumé, et ils étaient restés allongés côte à côte sans parler. Jeanne n'osa pas aller plus loin ce soir-là.

Mais la faille était dessinée dans leur sol, large et franche.

Il avait suffi d'une autre nuit, quand il avait annoncé l'accident sur le chantier, trois ouvriers ensevelis dans une tranchée, ce sable qui s'était déversé sur eux, qui emplissait la gorge de Jeanne. Elle avait attendu Roland, anxieuse après l'annonce de la mort des ouvriers à la radio. Elsa avait un peu de fièvre, une inquiétude renforçait l'autre.

Roland rentrait, jetait sa sacoche sur l'un des fauteuils :

— Ces cons, répétait-il, on leur a dit cent fois.

— Ils étaient mariés ? demandait Jeanne.

Il paraissait s'apercevoir qu'elle était là, assise sur le divan, dans l'obscurité.

— Qu'est-ce que tu veux que ça nous foute ?

— Je ne m'en fous pas.

— Toi, toi, tu ne mènes pas le chantier. Tu rêvasses avec cette conne de Christiane.

Elsa, réveillée, commençait à pleurer.

— Qu'est-ce qu'elle a celle-là ? criait Roland.

Il n'y avait plus qu'un immense fossé, le sol s'était effondré.

Jeanne habillait Elsa, deux jaquettes, le manteau à capuchon, les moufles, elle prenait un sac de voyage, les remèdes, un thermomètre, pyjama, chemise de nuit. Elle traversait sans hâte le salon, passait son imperméable.

— Qu'est-ce que tu fous ? demandait Roland.

— Je m'en vais.

Il ne bougeait pas du fauteuil. Il la suivait des yeux quand elle reparaissait tenant le sac de voyage à la saignée du bras droit, portant Elsa sur le bras gauche et la petite fille laissait sa tête retomber sur l'épaule de sa mère.

— Tu t'en vas ? demandait-il.

— Tu vois.

Pour qu'elle reste, il eût fallu qu'il la tue et il devinait cette résolution puisqu'il demeurait immobile.

Elle ouvrait la porte, la tirait lentement parce qu'il ne s'agissait pas d'un coup de tête qui claque, mais d'une décision souterraine qui venait enfin à la lumière. Elle s'installait chez Christiane et Sylvie.

Et depuis, bien qu'elle eût voulu souffrir de l'absence de Roland, elle s'étonnait de ne rien ressentir d'autre que la fatigue douce des convalescents.

28

Une ou deux fois par semaine, Sam Lasky rencontrait Roland sur le chantier.

Sam arrivait au début de la matinée, bien avant

l'heure du rendez-vous pour rester quelques heures seul, tendre une cigarette au plâtrier, observer l'ouvrier qui, le corps légèrement penché, vérifiait le tracé de la courbe enveloppant de plâtre l'escalier. Sam, assis sur une marche, se taisait. Au bout d'un moment le plâtrier oubliait sa présence, commençait à chanter à voix basse, mélopée souvent interrompue, parce qu'il fallait reprendre un plan, égaliser une surface. Le plâtrier reculait, clignait des yeux, puis recommençait à chanter et Sam reconnaissait ses propres gestes de peintre et de sculpteur. Quelle différence entre ces ouvriers et lui ? Qui décidait de ce qui était art ou artisanat ?

Sam se levait :

— Ça va bien ? demandait-il.

Le plâtrier se retournait, crispait son visage dans une expression d'incertitude.

— Vous savez, avec vos dessins tordus, faut pas s'attendre à des miracles.

Sam riait, prenait la main d'un maçon qui l'aidait à franchir une passerelle au bout de laquelle s'évasait la terrasse, courbe extrême de la construction d'où l'on dominait le paysage, les hauteurs qui fermaient l'horizon et barraient la couche ouatée de la mer.

Sam s'asseyait, respirait l'odeur d'écorce et d'aiguilles vertes de la pinède, la lourde senteur grasse de la terre retournée, puis il descendait dans la salle hexagonale, au centre de la Fondation. Là il retrouvait Roland qui avait posé les plans sur le sol, convoquait les contremaîtres. Sam n'aimait pas la brutale autorité de Roland :

— Ça, vous me le recommencez ; je ne veux pas de ce gâchis ici.

Sam entraînait Roland loin des échafaudages, dans la pinède, vers les blocs de ciment qui, au milieu des arbres, devaient recevoir les structures de métal qu'il achevait dans l'atelier de Saint-Paul.

— Tu n'as pas besoin de hurler, disait-il à Roland.

— Nous n'avons pas le même métier. Vous êtes un artiste, moi, un entrepreneur ; vous avez fait des plans de votre Fondation, moi je construis.

L'envie de pousser Roland hors de lui-même, de retrouver sous les décombres l'adolescent, le fils de Dante.

— Jeanne, disait Sam.

Roland se retournait vivement.

— Quoi Jeanne ?

— Elle travaille avec nous. Je compte l'installer ici comme secrétaire de la Fondation.

Le soir, dans l'atelier, Sam racontait à Violette. Elle lisait sur la terrasse mais, quand Sam commençait à parler, elle posait le livre ouvert sur le sol, rentrait.

— J'ai dit à Roland que Jeanne avait une sensibilité artistique tout à fait exceptionnelle.

— Ne joue pas avec lui, répondait Violette. Je suis sûre qu'il est fragile.

Elle avait essayé de le voir plusieurs fois, mais Roland se dérobait, téléphonant au moment où elle s'apprêtait à le rejoindre : « Une visite de chantier, imprévisible, je ne peux pas aujourd'hui », expliquait-il. Il avait peur.

— Il faut le forcer à parler, disait Sam. On ne gagne rien à laisser pourrir quelqu'un et Roland pourrit. Il est tendu, il conduit comme un fou.

De la terrasse de la Fondation, Sam apercevait la voiture de Roland qui dérapait sur la route en terre battue, abordait la descente raide à pleine vitesse, et s'engageait sur la route de Vence, après un bref — trop court — temps d'arrêt.

— Conduite suicidaire, commentait Yves. Conduite fasciste, non ? (Il riait.) Roland ne doit pas voter à gauche.

Les Revelli venaient souvent chez Sam et Violette. On était bien dans l'atelier. Sonia, Yves, Vincent s'installaient dehors sur la terrasse, discutaient violemment entre eux. Nathalie, Alexandre et Violette restaient dans l'atelier sous la loggia. Sam allait d'un groupe à l'autre, s'asseyant par terre près des jeunes, se tournant vers Alexandre, criant :

— Ton Mitterand, tu sais que ta fille ne l'aime guère. Trop modéré, social-démocrate, dit-elle, une gauchiste, notre petite Sonia.

— Je ne vote pas ! hurlait Sonia. Je ne suis qu'une irresponsable, n'est-ce pas papa ?

Christiane, Sylvie, Gérard, Jeanne et Elsa venaient le dimanche et tous montaient vers la Fondation par le chemin qu'avaient ouvert au milieu des pins les bulldozers. Yves ou Vincent ou parfois Sam portaient Elsa sur leurs épaules. On s'arrêtait. Entre les arbres on apercevait Saint-Paul, les collines couvertes de brume. Nathalie prenait le bras de son mari.

— Tu te souviens, disait-elle à Alexandre, ici nous sommes venus un jour, nous habitions Saint-Paul depuis peu. Yves n'était pas né encore, nous nous sommes promenés avec Jean Karenberg, tu parlais de ton père (elle s'appuyait contre Alexandre), nous n'avons parlé que de nos pères.

Elsa criait, trop haute sur les épaules d'Yves qui la déposait sur le sol.

Jeanne marchait près de Violette.

— Tu n'as plus revu Roland ? demandait Violette à voix basse. Tu vas bien ?

Mais la question était superflue. Jeanne avait

changé de coiffure et les cheveux courts donnaient à son visage une forme ronde, une expression rieuse. Quand Elsa se mettait à courir, Jeanne la poursuivait, sautant les ornières.

— Je suis le vieux, disait Sam arrivé aux limites du chantier de la Fondation. (Il montrait les bâtiments.) Voici ma consécration et ma dernière œuvre. Artiste honoré, artiste mort.

Vincent s'approchait de Sam en faisant mine de le pousser dans une tranchée. Sam réagissait avec vivacité, s'agrippant au fils de Violette.

— Tu es encore vivant, disait Vincent. (Il se dégageait.) Mais quelque chose est vrai, Sam, tu es devenu l'artiste officiel de la Ve République, artiste-serviteur.

Il s'enfuyait sur le chemin pour échapper aux mottes que lui lançait Sam, puis tout le monde regagnait l'atelier.

Jeanne se tenait un peu à l'écart. Elsa, qui s'endormait et qu'elle devait bercer, servait de prétexte à son silence. Elle pouvait observer. Yves maigre, les yeux déjà profondément enfoncés dans les orbites, les cheveux rares, était toujours à l'affût, incisif, jetant un mot, flammèche vive, dans la conversation. Violette et Nathalie restaient assises l'une près de l'autre, Nathalie le corps lourd mais le visage jeune, rêveuse, Violette plus tendre, musclée, incapable de demeurer longtemps immobile, servant à boire. Alexandre choisissait de s'asseoir à côté de sa fille, cette Sonia dont l'ardeur et la désinvolture fascinaient Jeanne.

— Mais oui tu t'es vendu, Sam, disait Sonia, à Malraux, à de Gaulle, au régime. Vincent a raison.

— Vous êtes des petits cons, répondait Sam.

Il semblait impossible qu'il eût plus de soixante-dix ans. Les avant-bras étaient noueux, la peau rouge à force de soleil, et la vieillesse n'était marquée que par le gris des sourcils, les grimaces que Sam faisait parfois en se levant.

— De Gaulle (il désignait tour à tour Alexandre, Yves, Christiane, Gérard, s'interrompait, marchait vers Sonia) et toi ma petite gourde, de Gaulle vous le regretterez comme le dernier moment d'une histoire encore humaine. Après, ce sera le règne des médiocres, des petits Florentins ou de vos technocrates. Toi (il s'asseyait près de Christiane) tu devrais comprendre, de Gaulle c'est la littérature, l'esthétique au pouvoir.

Ils haussaient le ton, Yves donnait le signal du départ.

— De toute manière, la politique... Venez dans un hôpital, vous l'oublierez.

Ils bavardaient encore sous les platanes sur la place, Gérard portait. Elsa jusqu'à la voiture de Sylvie, Christiane s'éloignait avec lui et Jeanne, tenant Elsa serrée contre elle, somnolait cependant que Sylvie conduisait lentement.

Jours nouveaux pour Jeanne, rencontres étonnantes. Quand Jeanne couchait Elsa après l'une de ces visites à Saint-Paul, elle restait assise au bord du lit alors que sa fille déjà dormait.

Jeanne venait d'un monde de pesanteur ; l'argent, le travail avaient englué sa vie, celle de Roland : « Il me faut... », disait Roland. Elle le sentait étreint par cette nécessité qu'il s'imposait, qui peu à peu, comme on dit d'une pièce de métal qu'on martèle, changeait son âme.

Dante Revelli, Denise étaient soumis aux mêmes lois, et les parents de Jeanne — si peu qu'elle se souvenait d'eux —, la tante qui l'avait élevée, chaque jour en revenant du marché, posaient sur la table le porte-monnaie. « Il faut que je calcule », disaient-ils.

Assise sur le lit, et Elsa s'était rapprochée de sa mère, Jeanne repensait aux propos de Sam ou d'Yves, d'Alexandre ou de Violette. Berwin, un écrivain voisin de Sam, Servet l'acteur, étaient passés prendre un verre avant de retourner à *La Colombe d'or,* où on les voyait attendant de dîner, le dos contre la façade tiédie par le soleil. Ils ne paraissaient vivre que d'interrogations ou d'indignations. Le marécage de la vie quotidienne, ils l'avaient traversé, oublié et Jeanne regardait Elsa dans la pénombre pour s'accrocher à la réalité, ne pas se laisser duper. Elle devait compter, compter des billets et non pas seulement les idées justes ou fausses.

Jeanne avait appris qu'on ne prête jamais longtemps, qu'il lui faudrait vite pouvoir se passer de tous pour ne pas dépendre d'eux et à ce moment-là, à ce moment-là seulement, ils deviendraient des amis. Elle n'aimait plus Roland, mais comprenait mieux son désir de conquête, son excessive volonté de réussite.

Roland, seulement, à trop regarder le but, perdait la route.

Jeanne embrassait Elsa. Pour sa fille aussi il fallait qu'elle n'oublie jamais de compter.

Jeanne accepta de travailler pour Sam Lasky, à l'atelier d'abord, puis à la Fondation.

Elle vit ainsi souvent Vincent, le fils de Violette, un homme jeune, plus jeune que Jeanne — elle l'avait su très vite —, aux longs cheveux hirsutes, aux traits vigoureux, à la démarche un peu lourde.

Dans la salle de projection de la Fondation, il organisait des débats autour des films de court métrage qu'il avait tournés, et Jeanne se passionnait pour ces scènes dépouillées, un visage en gros plan, un regard, une bouche et la confidence ainsi qui éclatait, voix sans apprêt de clochards ou d'étudiants, de prêtres ou de combattants du Viêt-nam, toute une sociologie vivante que Vincent rapportait à chacune de ses enquêtes.

Après la projection, alors que s'éloignaient dans la pinède les derniers spectateurs, Vincent restait près de Jeanne, la tête rentrée dans les épaules, avec une maladresse dans les mouvements et le choix des mots, un bégaiement parfois qui émouvait Jeanne, une timidité qu'elle percevait si forte qu'elle avait envie de rire, pour entraîner Vincent près d'elle dans une gaieté commune.

Elle se souvenait de sa rencontre avec Roland, de la manière dont il l'avait saisie aux épaules, embrassée avec une résolution qui l'avait surprise parce qu'elle avait souhaité de la tendresse.

Maintenant, elle allait prendre l'initiative. Vincent se contenterait toujours de lui expliquer comment dans les résidences universitaires de Nanterre il avait réussi à interviewer des gauchistes, des exaltés, disait-il.

— Vous avez vu *La Chinoise* de Godard ?

Jeanne lui saisissait la main, s'approchait de son visage et elle ne savait plus qui faisait le dernier mouvement pour que leurs lèvres se rencontrent.

Jeanne ainsi découvrit le corps de l'homme. Car ce n'est pas le connaître qu'en sentir seulement le poids.

Roland s'était toujours refusé aux abandons. Il se dégageait, se cambrait quand elle voulait embrasser sa poitrine et Jeanne s'était réduite à la passivité.

Enfin, elle pouvait inventer un corps, savoir l'aine et la cuisse, l'aisselle et la taille. Il lui semblait que ce corps de Vincent qu'elle dessinait de ses lèvres ou de ses doigts transformait le sien, qu'elle était davantage une femme, les seins plus droits, la cambrure plus marquée. Elle pouvait, et n'était-ce pas cela aussi la femme, ouvrir sa tendresse, enfoncer son visage dans la chevelure de Vincent avant qu'il se redresse et ne plie Jeanne à son tour.

Aimer, ne pas aimer. Jeanne se gardait de prononcer ce verbe grave.

Elle s'était confiée à Christiane, un matin, alors qu'elles étaient toutes deux seules dans la cuisine, de part et d'autre de la table.

— Tu te sens bien ? disait Christiane.

Jeanne riait, faisait oui, en baissant les yeux. Christiane se levait, embrassait Jeanne.

— Tu es une drôle de bonne femme, tu prends des airs, timidité, silence, et puis hop ! Il est sympa, Vincent ?

— Qu'est-ce que je fais ?

— Tu vis, voilà !

Sylvie entrait dans la cuisine.

— Jeanne nous quitte, chantonnait Christiane qui se tournait vers Jeanne. Tu vas t'installer toute seule, j'imagine ?

Jeanne louait quelques jours plus tard, à Fabron, non loin de la faculté des lettres, un appartement au rez-de-chaussée d'une villa. Elle disposait d'un jardin où Elsa pouvait jouer, traçant entre les plantes grasses de longues routes. Elle y promenait ses poupées sur de minuscules voitures.

Quand Vincent arrivait, Elsa dormait déjà et pour Jeanne commençait une deuxième vie, limitée à la nuit, une fable que l'aube, une douche prise après le départ de Vincent dissipait.

Jeanne réveillait Elsa, elle embrassait la peau de sa fille, tiède encore de sommeil, avec une joie paisible qu'elle n'éprouvait jamais avant de connaître Vincent.

Il lui semblait même qu'Elsa était plus calme, depuis qu'elles vivaient seules toutes les deux et que Vincent était l'hôte clandestin que le jour chasse.

Le matin, Elsa riait en apercevant sa mère penchée sur le lit. Elle se penchait à son cou, l'obligeait à se coucher, l'attirant avec une force inattendue et dans le regard une complicité ironique qui troublait Jeanne. Elsa peut-être savait ou devinait.

Que peut-on dissimuler ? pensait Jeanne en roulant vers Saint-Paul.

Chaque jour en rentrant dans l'atelier de Sam, c'était la même appréhension, le même désir de dire après avoir embrassé Violette : « Vincent et moi. » La même impossibilité aussi.

— Plus tard, disait Christiane. Tu verras. Ma tante comprendra.

Franche et claire Violette.

Le matin, Jeanne l'apercevait qui, pieds nus, arrosait les fleurs devant l'atelier. Vincent arrivait. « Salut Jeanne », lançait-il sans la regarder, puis il embrassait sa mère et la manière dont Violette marchait près de son fils, le tenant par le bras ou bien ce geste vers les cheveux de Vincent, doigts ouverts — et Jeanne pensait à la nuit quand elle enfonçait son visage entre les mèches —, inquiétait Jeanne qui n'était plus sûre de la compréhension de Violette.

Christiane la tranquillisait. Violette qui n'avait jamais cédé aux conventions, qui avait construit sa vie toute seule, et ce fils qu'elle avait voulu, malgré la guerre, avec un homme, Sori, qu'elle avait refusé d'épouser, Violette qui serait heureuse pour Vincent. Plus vieille Jeanne ?

— Tu n'as pas l'âge de sa mère ? Et les hommes alors ? Est-ce qu'ils se gênent ?

L'intuition pourtant qui ne trompe pas et la surprise quand même. Violette serrait ses lèvres, visage émacié, cheveux tirés en arrière, dégageant son grand front osseux.

— Ah ! tu es fine, disait-elle à Jeanne. Elle allait de long en large dans l'atelier. Mais tu t'es levée trop tard. J'en ai vu des comme toi, sainte-nitouche dehors, garce dedans, tiens j'avais une amie, Katia...

Jeanne, ce matin-là, avait été surprise de trouver Violette dans l'atelier, le corps pris dans un tailleur sombre. Violette qui l'attendait, allumait une cigarette, la jetait dans le jardin, en reprenait une autre.

— Mais la différence, continuait Violette, c'est qu'avant, au moins, les femmes comme toi elles se collaient avec des vieux, Katia...

Elle s'interrompait.

— Qu'est-ce que tu veux ? Qu'est-ce que tu espères ? Roland, Vincent, pourquoi pas Sam maintenant ?

Jeanne a reculé. Elle écoute, observe ce visage nouveau. Cela aussi, c'est Violette ; et c'est d'elle qu'elle parle.

— Je ne veux rien, dit Jeanne.

— Je ne te laisserai pas lui gâcher sa vie, dit Violette. Tu sais quel âge il a ?

Elle crie maintenant, répète :

— Tu sais quel âge il a, Vincent ?

Sam entre dans l'atelier, les regarde ; Jeanne s'éloigne, Violette s'accroche au bras de Sam :

— Elle et Vincent, dit-elle, Vincent.

— Non ?

Sam rit, lance :

— Jeanne, Jeanne, il faut fêter ça.

Ce sont les derniers mots qu'entend Jeanne.

Elle roule vers les crêtes blanches, le calcaire taraudé, les champs de pierre qu'interrompt parfois une vasque verte où se dresse un noyer, une cabane.

Elle monte entre les falaises, vers le lieu d'où l'on aperçoit à la fois la mer lointaine et le plateau de terres hautes. Elle traverse ce défilé où se côtoient deux paysages, végétation que couche le vent salé et déjà à quelques mètres à peine — il suffit d'une courbe de la route — arbres de la montagne, des contrées intérieures, comme si le rivage était à des milliers de kilomètres de là alors que Jeanne revenant sur ses pas, quelques mètres à peine, l'aperçoit, sinueux, bordé d'écume et recouvert de brume. Mais elle s'est arrêtée dans un défilé, sur la frontière sévère qui passe au sommet des falaises.

Puis Jeanne redescend, gare sa voiture loin de chez elle, pour pouvoir marcher, gagner du temps avant de retrouver l'appartement qui sera vide jusqu'à ce que Elsa revienne.

Après il faudra attendre, guetter le pas, Vincent, savoir s'il a osé, et quelque chose, même s'il frappe à la porte, s'est effrangé.

Violette est assise dans la pénombre, sur la première marche de l'escalier.

Elle se lève difficilement, s'approche de Jeanne :

— Pardonne-moi, dit-elle, pardonne-moi.

Elle se laisse aller sur la poitrine de Jeanne, murmure :

— Je suis vieille, tu sais, pardonne-moi, je suis vieille.

29

Jusqu'au mois de mai, Bernard Halphen avait ignoré que Christiane Revelli était la sœur de Roland.

Si lointaine l'enfance, et les souvenirs, comme Roland, se dérobaient, ensevelis sous les quartiers neufs, dissimulés derrière le masque de cet homme actif qui s'était assis en face de Bernard, lui offrait un cigare à la fin du repas, disait :

— Tu comprends, ils m'amusent avec leurs revendications. Moi je construis, je sais ce que c'est que l'économie. Je l'apprends chaque jour, pas dans les livres, sur les chantiers. Alors les syndicats, les technocrates des finances, avec leurs histoires, je peux les juger.

Qu'était devenu Roland ? Quel était cet homme qui lui avait emprunté son identité, et jusqu'à certains traits du visage, le front, et parfois le regard ; quand un court silence s'installait Bernard surprenait cette anxiété, reconnaissait Roland l'adolescent. Mais l'homme recommençait à parler :

— Et toi, tu es nommé ici ? C'est nous qui avons construit les bâtiments de la faculté. Tu verras. J'ai eu tes collègues sur le dos. Je devais les consulter. Fou, ils m'ont rendu fou.

Bernard et Roland avaient fait ensemble quelques pas sur les quais du port. Là, dans la

Nice oubliée de leur enfance, ils couraient, se retournaient, imaginant qu'ils étaient suivis.

— On se téléphone, on se voit, disait Roland.

Il ouvrait la portière de sa voiture.

— J'ai divorcé, ouf ! (Il riait.) Tu n'es pas marié j'espère ?

Perdu Roland, perdue la ville.

Les guirlandes du carnaval couvraient les façades roses de la place Masséna. Au bout de l'allée de palmiers, la villa de Violette avait disparu, remplacée par un immeuble à l'entrée de marbre. Bernard redescendait à pied le boulevard de Cimiez bordé de constructions nouvelles.

Pourquoi être revenu ?

Il s'installait à Villefranche, dans un appartement donnant sur la rade, pour fuir la ville étrangère, ne pas se heurter aux hasards des rues à ces collègues péroreurs, que peu à peu la ville transformait. Que valait un livre au pays des yachts ? Bernard avait placé sa table de travail devant la fenêtre ; face à la mer huileuse, il suivait le balancement des embarcations, regardait l'équipage d'un trois-mâts amenant les voiles. Écrire, lire, cela voulait dire ici plus qu'ailleurs s'arracher, s'opposer et la plupart renonçaient, corrodés par cette présence de l'argent-roi, du plaisir physique. Bernard, pour s'affirmer, accusait encore sa silhouette d'intellectuel malingre, il refusait les vêtements clairs, le hâlé de la peau, s'imposant chaque jour trois ou quatre heures de travail aux archives et parfois Gounichet, l'un de ses collègues, se penchait sur son épaule :

— Votre histoire du Moyen Âge, vous n'allez pas me dire que ça vous empêche de vous baigner ? Ce qu'il vous faut, c'est une méthode, un emploi du temps régulier, on peut concilier. Nous avons la chance, dans cette région...

Bernard Halphen refusait cette chance. À Nice il découvrait combien il aimait la France grise, ses universitaires timides et scrupuleux, la bourgeoisie discrète qui cachait ses biens, achetait des livres rares, s'accordait le luxe de la culture et visitait les musées. Paris lui manqua comme s'il avait changé de continent, atteint à Nice l'enclave différente, un futur qui peu à peu allait gagner tout le pays, niveler ce qui restait d'histoire pour laisser le passage aux autoroutes, et Nice commençait à être percée de part en part.

— Il faut bien, n'est-ce pas ? répétait Gounichet. Toute époque a ses impératifs.

Bernard Halphen, face à ce collègue qui bombait le torse comme un forain, qui tentait vainement de devenir un personnage dans la cité, revendiquait l'archaïque comme on signe. Il parcourait l'arrière-pays en quête de villages désertés, de paysans immuables, il apprenait le patois, abandonnait la Promenade des Anglais aux majorettes, la mer, la neige, le présent aux Gounichet. « Il faut adapter l'Université, mon cher, le colloque de Caen, de ce point de vue, est positif. »

Bernard se détournait, recopiait ses chartes du XIIIe siècle, suivait les drailles pour rencontrer un berger, et là, assis sur les hauts plateaux secs, les moutons regroupés autour de la mare, il oubliait la ville étouffée, et cet avenir qui, préfiguré ici, était peut-être inéluctable.

Il avait aperçu à plusieurs reprises Christiane Revelli au ciné-club ou bien dans ce petit théâtre du vieux Nice où quelques acteurs maladroits et exigeants brandissaient sur la scène *Les Fusils de la mère Carrar*. Il l'avait revue sur l'avenue, dans l'une de ces soirées humides de l'hiver niçois, ville différente, étudiants assis au milieu de la chaussée, C.R.S. barrant les rues : *Paix au Viêt-nam, paix au Viêt-nam.*

Dans la course qui avait suivi, Bernard s'était retrouvé proche du groupe de Christiane.

— Vous êtes à la fac ? lui demandait-elle.

Un remous, des bagarres sur les trottoirs.

— Il y a Sonia, criait Christiane.

Elle s'élançait, tentait de séparer les étudiants qui s'opposaient : gauchistes, communistes, fascistes. Le Viêt-nam était loin.

Des semaines plus tard, dans un café, à la frontière de la vieille ville, Bernard était encore assis près d'elle.

— Je vous ai vue, disait-il, à la pièce de Brecht, *Les Fusils de la mère Carrar.*

— Vous enseignez quoi ?

Il souriait, s'excusait :

— Ce n'est pas très actuel, le Moyen Âge.

Elle présentait Gérard, Sonia, Sylvie. Quand il donnait enfin son nom, elle répétait :

— Halphen, Halphen, votre prénom ? Bernard ?

Les souvenirs, cette cour de l'*Hôtel Impérial* :

— Tu ne m'as pas reconnue ?

Ils riaient, laissaient entre eux le vide recouvert, Roland, dont ils ne parlaient pas. Ils se retrouvaient bientôt dans les amphithéâtres, elle au milieu des étudiants, se levant pour répondre à Gounichet, appelant à voter la grève, lui adossé au mur, tout en haut, tant de phrases à dire qu'il taisait, d'enthousiasmes et de craintes, cette foule, son flux et son reflux sur l'esplanade devant la faculté, cette nuit passée dans l'appartement de Jeanne, assis par terre avec les autres.

— C'est maintenant, disait Sonia, si on ne s'organise pas, Charlot va nous avoir encore.

Les défilés sous les platanes, Dante Revelli qui rejoignait leur groupe :

— J'ai une fille professeur, disait-il, alors je reste là, on a jamais vu ça, jamais, tenez en 36...

La certitude chez Bernard que cela allait se dissoudre, qu'à nouveau ils seraient répandus, tous isolés, comme des grains. Il n'osait pas leur dire, à Sonia qui, la hampe d'un drapeau rouge sur l'épaule, courait sur les flancs du cortège : *Charlot au musée. Une seule solution la révolution.*

Il s'approchait de Christiane.

— Tu n'imagines pas, commençait-il.

Elle refusait de répondre, sautait.

— Regarde (elle se haussait sur la pointe des pieds, s'appuyait des deux mains aux épaules de son père), tous ceux-là, ils n'oublieront pas.

— Ces jeunes, tant de jeunes, disait Dante et il riait.

Ils apercevaient sur le bord du trottoir Sam Lasky et Violette, les entraînaient. C'était le jour des rencontres. Violette prenait le bras de Bernard, lui reprochait son silence.

— Et Roland ? demandait-elle.

Bernard faisait une moue et ils continuaient à marcher.

— Vincent, reprenait Violette, au Festival de Cannes, un enragé.

Sam se plaçait près d'eux, saisissait l'autre bras de Bernard.

— Vous n'allez pas me dire que vous aussi, un historien, vous croyez à l'avenir de ce carnaval. Si jamais ils affaiblissent de Gaulle, la France finie. Il restera une région de l'Europe, un appendice de quelque chose, l'Amérique, l'Allemagne ou l'URSS, voilà ce qui les attend. Et les communistes, pas si fous, ils sont prudents.

Il se mit à crier : *Vive de Gaulle, vive de Gaulle* d'une voix forte, mais on crut autour de Sam qu'il plaisantait et plus loin son cri repris par les manifestants devint : *De Gaulle c'est fini, de Gaulle c'est fini !*

— Montez à Saint-Paul, dit Sam en retenant Violette, que je vous explique votre connerie à tous.

Au début du mois de juin, quand la faculté commençait à se vider, que Gounichet reparaissait, palabrait, à nouveau sûr de lui, que Sonia et quelques autres occupaient encore des bureaux, collaient des affiches manuscrites sur le béton — *Élections trahison* —, ils se retrouvèrent chez Sam Lasky. Bernard assis près de Violette, silencieux comme elle, Jeanne la main posée sur le genou de Vincent, Christiane, bras et jambes croisés, qui répétait :

— Si les étudiants savaient ce que c'est qu'un ouvrier, mais ce sont tous des bourgeois comme Sonia, oui, comme Sonia.

Bernard, le premier, avait vu Roland s'avancer sur la terrasse, puis Jeanne l'avait aperçu et elle ne bougeait pas, regardant Vincent. Enfin, quand il fut dans l'atelier, Christiane tourna la tête :

— Papa, dit Roland, en ne s'adressant qu'à elle.

Elle se levait, le visage exsangue tout à coup.

— Impossible de vous avoir au téléphone, expliquait Roland. Sylvie m'a dit que tu étais ici.

Yves les rejoignait.

— Je viens avec toi, disait-il à Christiane.

Elle marchait près de Roland qui racontait, cette douleur dans la nuit qui avait saisi Dante Revelli, la mère affolée, l'ambulance, Roland prévenu le lendemain, et déjà plus de vingt-quatre heures que Dante était à l'hôpital.

— Moi, tu comprends, disait Roland, mes chantiers, ça ne peut pas attendre, toi (il levait la tête, fixait sa sœur) tu es en vacances, n'est-ce pas ? Et avec papa tu t'entends bien.

— Donne-moi seulement le numéro de la chambre, répondait Christiane.

Ils s'étaient immobilisés sur la place, Yves continuait de marcher vers les voitures.

— Maman ?

— Je m'en occupe, disait Roland, bien sûr, pour les frais, je suis là.

— Tu es là, oui, je sais.

Christiane s'éloignait. Elle marchait vite, mordant ses lèvres, ses joues, pour arrêter ses larmes, cette peur violente, ces souvenirs d'il y a quelques jours à peine, Dante dans le cortège : « J'ai jamais vu ça, ces jeunes, répétait-il, tant de jeunes. » Ces revues que lui prêtait Christiane, qu'il lisait : « C'est difficile pour moi, mais enfin, je recommence et finalement je comprends. Le cerveau, hein, c'est comme un muscle, tu l'entraînes, non ? »

Il semblait à Christiane que son père, avec les années, s'affinait, rajeunissait. Elle lui parlait comme elle aurait parlé à Gérard ou à Sylvie, il l'écoutait, ce regard si attentif, puis ces désaccords qu'il formulait en riant : « Vous autres les intellectuels, vous coupez les cheveux en quatre. »

Elle allait le découvrir dans cette chambre d'hôpital. Christiane prenait le bras d'Yves qui s'installait près d'elle dans la voiture.

— Tu me diras, n'est-ce pas ? murmurait-elle. Je veux savoir.

Yves répondait d'un mouvement de tête.

De la hâte et de la prudence dans la manière de conduire de Christiane. Seconde. Troisième à la sortie du virage. Quatrième. Troisième, seconde. Elle effleurait à peine la pédale de frein. Code, phare, code. Première, seconde.

Déjà la promenade du bord de mer à Cagnes, la tiédeur douceâtre de l'air, les gestes qui obligeaient à garder le contrôle de soi.

D'abord savoir. Il faut mourir. Soixante-seize ans, c'est un âge pour mourir.

La vie de Dante qui passe ; ce qu'elle en sait Christiane, la plage arrière d'un destroyer en rade de Sébastopol, en 1919 : « Le commandant, tu comprends... », avait raconté Dante tant de fois.

Il parlait à Roland, Christiane jouait dans un coin de la pièce, petite fille qu'on laisse à ses poupées, mais elle écoutait. Elle partageait l'espoir des années 20. Elle se souvenait — ou bien son père le lui avait-il raconté aussi —, les deux gendarmes qui traversaient la cour de l'*Hôtel Impérial* et Dante Revelli au milieu d'eux. Plus tard, alors que chaque nuit « l'avion fantôme » — à quel parti appartenait ce pilote qui rasait les toits, bombardait la ville, italien, allemand, résistant ? — rôdait, elle avait dans un rêve appelé son père. Elle l'imaginait qui, d'un seul coup de feu, interrompait le vol sinistre. La Libération venue, elle avait vu Roland partir avec Dante quand on tirait encore dans les rues. Christiane glissait sa main dans le brassard tricolore, petite fille qui ne sort pas mais qui regarde, surprend, parce qu'on oublie qu'elle est là, que ça compte si peu une fille. Jour après jour elle a ainsi collé côte à côte les récits.

À Paris, quand elle lisait, une phrase parfois dans un roman l'obligeait à s'interrompre, l'envie d'écrire à son père, de lui dire simplement : « Je suis ta fille et je suis fière », toutes les images qui faisaient la vie de Dante qu'elle revoyait alors.

Depuis qu'elle était rentrée, elle aimait l'observer à la dérobée : il allumait une cigarette, il commençait à lire, et elle découvrait cette jubilation gourmande dans son regard, cette attention juvénile.

Dante Revelli avait l'enthousiasme d'un adolescent qui s'empare des mots.

Ce n'était pas un âge pour mourir alors que la jeunesse était en lui, si vive, bleue au-dessus des braises. Tant de choses à partager avec lui encore, que Christiane voulait apprendre dc sa bouche.

Elle marchait dans le couloir aux murs jaunes poussant ces battants de caoutchouc lourds et souples, respirant l'odeur d'éther et de sueur, et Yves répétait :

— Pas de visite à cette heure-ci, nous viendrons demain. Ils font une exception parce que je suis médecin.

N'écouter personne, s'accrocher au lit, rester là jusqu'au bout.

Christiane a ouvert la porte.

Un seul lit. La veilleuse qui rosit l'oreiller. Quelques secondes pour découvrir un vieillard au visage livide, maigre, si maigre, cette respiration bruyante, ces tubes qui semblent issus de lui comme déjà des excroissances de matière qui le lient, le vident ou le remplissent, sac de peau sans regard. La terreur qui emporte Christiane, la rejette, il faut qu'elle s'agrippe, ne voie qu'Yves d'abord. Il touche le front de Dante, vérifie la courbe de température en s'approchant de la veilleuse.

— Il est sous antibiotique, murmure-t-il, je vais demander à l'infirmière.

Le désir de retenir Yves, mais il faut qu'elle reste seule, là, près du lit, qu'elle s'avance, redresse l'oreiller, effleure le front, répète à mi-voix :

— Je suis là, je suis là.

Il peut mourir, il peut vivre.

Elle se penche pour mieux le voir, parce qu'elle doit regarder en face ce qui peut survenir de pire, apprendre que la mort est dans la vie.

Christiane pleure, dents serrées, ongles plantés dans ses paumes. Elle voudrait pouvoir s'enfoncer dans la bouche bruyante de son père, s'envelopper de ce corps. Elle lui donnerait la vie ou bien étoufferait avec lui. Elle n'a pas entendu Yves qui est rentré.

— Rester ici, dit-il, ça ne sert à rien.

— Je veux savoir.

Yves écarte les mains.

— Les reins, l'estomac, c'est imprécis encore, diagnostic réservé. Voilà.

Donner ses yeux, une part de soi, la plus vitale, pour qu'il s'éveille, qu'il parle, qu'en une intonation toute sa vie — c'est long soixante-seize ans et c'est un âge pour mourir — se dise encore.

Hier il suffirait d'un mot, d'une attitude, d'un regard pour que Christiane devine tout, l'enfance dans la cour de la maison Merani, la joie quand les mains dans les poches, le soir, Dante faisait le tour de la pièce, le visage levé sur les fils électriques qu'on devinait à peine, à la rencontre du plafond et du mur : « Pas mal, murmurait-il, hein, pas mal. » Il allumait une cigarette avant d'appuyer sur l'interrupteur : « Vous voyez, ça marche. » Il avait raconté si souvent cette scène, dit son orgueil d'après le travail : « Des électriciens comme moi, tu sais, à Nice, on était pas nombreux. » Et la brûlure de la colère si souvent : « L'injustice, tu comprends, tous ces massacres, quand on est revenus de l'autre guerre on pouvait plus accepter. On a cru qu'en six mois, on allait réussir à tout changer, que là-bas, le pain serait gratuit. Plus de police, rien. On était naïfs. »

Naïveté sacrée des pauvres, levain sans lequel rien ne naît.

Elle pleure, Christiane, et elle se recroqueville sur la chaise. Elle n'était que par lui. Il l'avait portée, il lui avait donné cet élan.

— Toi, disait Sylvie à Christiane, tu es une force de la nature, tu lis, tu lis, tu ne t'arrêtes pas.

Elle vivait parce qu'il était là-bas, la regardant avancer. Elle se retournait souvent comme lorsqu'elle était petite fille et qu'elle apprenait à nager, qu'il restait au bord du rivage, qu'il l'encourageait : « Allez, va, va. » Elle écartait les bras, gagnait sur la peur, l'eau salée mouillant ses lèvres. Elle criait, effrayée de son audace : « Je n'ai plus pied ! » « Va, va encore », disait-il. Il riait.

Christiane craignait de ne plus savoir vivre, si cherchant sur le rivage, seule au large, elle ne l'avait plus vu.

Ça ne sert à rien de rester, chuchotait Yves.

Elle lui tendait les clés et les papiers de la voiture, l'obligeait à les prendre. Yves se penchait pour l'embrasser mais elle se dérobait afin qu'il ne sente pas les larmes sur les joues, pudeur, comme s'il avait pu ne pas l'entendre, ne pas deviner, malgré l'obscurité où elle se tenait, qu'elle pleurait.

Enfin Yves partit et Christiane put se blottir, la tête sur les genoux, les mains bouchant les oreilles pour étouffer ce souffle de gorge, mécanique, qui devait quelque part dans le corps lacérer, sectionner.

Elle demeura ainsi jusqu'à ce qu'une infirmière, le matin, la secoue.

— Il faut que vous sortiez, je dois faire sa toilette.

— Je suis sa fille, dit Christiane.

Elle se leva, s'adossa au mur près de la fenêtre.

Voir, savoir, partager.

Elle eut mal à la saignée du bras quand l'infirmière retira d'un coup sec le goutte-à-goutte, quand elle piqua une autre veine, elle eut envie de vomir, ce gros tuyau de caoutchouc qu'on retirait. Elle vit ce corps qu'on découvrait, elle s'obligea à tout regarder, pour mieux affronter.

— Je vais vous aider, dit-elle en s'approchant de l'infirmière.

Et elle commença à laver le corps de son père, à sentir sous ses doigts les os, si fragiles semblait-il, qu'elle effleurait à peine la peau chaude.

— Il va mieux aujourd'hui, dit l'infirmière.

Dante geignait doucement, les yeux fermés, et Christiane passait le coton sur son front, ses joues. Elle devenait la mère du vieillard-enfant si humble, si frêle et elle trouvait, à toucher ce corps malade, un apaisement, une assurance inattendus, comme si elle acceptait la vie dans toute sa courbe.

Elle borda le lit.

— Des filles comme vous, dit l'infirmière, on en voit peu aujourd'hui. Les vieux, les gens les laissent maintenant.

Christiane s'assit au bout du lit, pensant à Roland. Viendrait-il ? Pour oser regarder les vieux mourir il fallait accepter sa propre mort, connaître ce qu'on était.

Dante se mit à tousser, les yeux toujours clos et pourtant, quand Christiane l'embrassa, elle fut sûre qu'il la voyait.

Elle lui humecta les lèvres parce qu'elle sentait qu'elle devait le rassurer, le prévenir qu'elle creusait de l'autre côté des éboulis, avançant à sa rencontre, entendant son appel, cette douleur qui le forçait à geindre, à tousser. Il fallait qu'il sache qu'elle était là, comme il avait été sur le rivage, rôles inversés du bout de la vie, et n'avait-elle pas déjà commencé à la guider depuis qu'elle était revenue à Nice, qu'elle l'obligeait à lire, qu'elle l'entraînait : « Viens au ciné-club, viens. » Lui, il avait dit, quand elle hésitait à aller vers le large : « Va, va. »

De l'un à l'autre, d'elle à lui.

Christiane versait un peu d'eau dans la cuillère à café, puis l'approchait de la commissure des lèvres, elle soulevait le menton de Dante. « Bois un peu, bois », murmurait-elle comme s'il avait pu entendre, et qui pouvait dire qu'il était enfermé dans la nuit ?

Elle ne sortit qu'au moment de la visite, à la fin de la matinée, ne s'éloignant pas de la porte, interrogeant Yves du regard. Il la rassurait.

— Rien n'est joué, disait-il. Tu devrais dormir un peu.

Elle rentrait dans la chambre. Elle voulait voir le mieux ou le pire, profiter aussi, jusqu'au dernier instant s'il devait venir vite, de la vie. Et même ce mouvement instinctif des lèvres, à peine un tremblement, celui d'un nouveau-né au bord du sein, c'était toujours la voix de Dante Revelli, toute sa vie qu'elle lisait encore et qu'il ne fallait pas laisser perdre dans le vide de la chambre.

Elle resta donc.

Roland passa à la fin de la journée avec leur mère. Ils regardèrent Dante. Denise avec l'effroi dans les yeux, Roland se détournant le premier.

— L'infirmière m'a dit qu'il allait mieux, murmurait-il.

— Il mange trop, je l'avais averti, dit Denise.

Christiane ne leur répondait pas. Elle s'approchait du lit comme pour cacher Dante jusqu'à ce qu'ils soient sortis.

— Je me sens mal ici, disait Denise.

— Je m'occupe de maman, ajoutait Roland.

Christiane devint l'une de ces femmes qui se couchent sur le corps blessé de ceux qu'elles aiment.

Elle écartait Gérard, Jeanne, Violette, Sylvie. Elle voulait garder Dante Revelli seule, luttant contre l'insomnie, dormant par brèves saccades, vite brisées. Elle se redressait, écoutait la respiration, lisait. Gérard ou Sonia apportaient des journaux : « Charlot, il a refait le coup depuis 40, et ça marche les remake », chuchotaient-ils.

Elle imaginait la passion de son père, s'il avait pu, comme il disait, « suivre les événements ». Il portait en lui une irréductible confiance qui renaissait comme une pousse ténue à chaque déception. « Quel siècle formidable », répétait-il. Il devait vivre encore.

Christiane restait dans la chambre pour qu'il sente ce désir qu'elle avait, au-delà de toute raison. Il avait résisté jusque-là. Il devait aller plus loin. Chaque nuit passée, chaque goutte de sérum — et Christiane en suivait le chemin dans le tube —, chaque parcelle de temps, l'arrachait au gouffre et Christiane suivait les premiers appels des paupières, elle attendait que le regard renaisse enfin.

— Tu es bien optimiste, disait Roland dans le couloir. (Il était venu quatre ou cinq fois ne restant que quelques minutes dans la chambre.) Malgré tout, il a soixante-seize ans et on meurt. Je ne dis pas ça pour t'effrayer. Mais tu sembles tellement persuadée.

Elle lui tournait le dos, s'appuyait à la porte, dans la chambre, pour qu'il ne puisse pas l'ouvrir. Elle refusait le réalisme.

Agolamort. L'agrégation ou la mort. Elle avait vécu. Il vivrait.

— Je crois qu'on peut être raisonnablement optimiste, disait Yves, si rien ne lâche, parce qu'à cet âge, tout est fragile.

Elle se laissait embrasser. Elle couvrait son père, entrouvrait la fenêtre, regardait la cour intérieure de l'hôpital, les murs ocre, les arcades, les galeries où passaient les silhouettes blanches des infirmières.

Elle connaissait maintenant la progression de l'ombre. Un triangle effilé s'élargissait, noyait d'abord les galets qui pavaient la cour. Il s'évasait, envahissait les étages, s'accrochait aux rambardes de fer forgé des galeries, aux piliers des arcades les dessinant sur les façades, enveloppant les troncs des quatre palmiers dont la cime, jusqu'à la nuit, flottait dans la lumière, au-dessus des toits de tuile, eux aussi dorés par le crépuscule.

Un bruit, une voix :

— Mais ça va mieux le grand-père.

Quand Christiane se retourne, l'infirmière a passé son bras sous les épaules de Dante Revelli qui regarde sa fille.

30

Roland était le seul nom que Denise Revelli n'avait pas oublié.

Assise devant le miroir de la salle de bains, Denise faisait glisser entre ses doigts un foulard comme on dévide un chapelet, absorbée par ses gestes, puis tout à coup elle levait la tête, regardait fixement son image, le menton était pris d'un tremblement qui peu à peu gagnait tout le visage.

— Je vous vois, vous savez ? disait-elle.

Les mots paraissaient rugueux, la phrase noueuse.

— Pourquoi vous êtes là ? Qu'est-ce que vous voulez ? Si vous voulez je vous raconte quand Roland était petit, c'était mon petit, un beau petit Roland.

Elle fouillait dans les poches de son tablier, elle semblait prendre quelque chose, ouvrait sa main vide.

— Il était le plus beau Roland, sur la Promenade j'avais toujours peur qu'on me le vole. Une fois, j'ai cru que je l'avais perdu, je l'ai appelé. (Denise commençait à haleter.) Je l'ai appelé, personne ne l'avait vu, alors j'ai couru (sa respiration devenait plus forte), j'ai appelé, Roland, Roland, Roland.

Elle lançait ce nom, ce cri, puis le son de sa voix semblait l'effrayer. Elle baissait la tête comme si elle avait eu honte, reprenait son foulard, ou le bord de sa jupe, et recommençait à les pétrir, à les rouler entre le bout de ses doigts.

Dante, à l'heure des repas, entrait dans la salle de bains. Il évitait de la regarder.

— Viens, viens, disait-il.

Denise sursautait.

— Qu'est-ce que vous voulez ? demandait-elle.

Il la prenait avec douceur par le bras mais elle était vigoureuse, pleine d'une santé qu'il n'avait plus depuis sa sortie de l'hôpital. Elle se dégageait, tentait de parler, mais la langue paraissait envahir sa bouche, couvrir ses lèvres. Elle marmonnait :

— Je ne veux pas venir avec vous.

Elle secouait la tête.

— Je veux mon petit, mon Roland.

Elle prenait tout à coup le visage des enfants boudeurs. Dante lui caressait la joue.

— Oui, oui, murmurait-il, il va venir, il faut manger d'abord.

Il la conduisait à la cuisine, l'aidait à s'asseoir, tenait sa main parce qu'elle tremblait depuis que, après l'accident, le médecin lui avait ordonné ces fortes doses de tranquillisants.

Elle voulait saisir la cuillère mais ses doigts ne réussissaient pas à la toucher, se fermant sur rien. Il semblait alors qu'elle prenait conscience. Elle pleurait calmement, exprimait un désespoir passif, répétait :

— Mon petit, il a faim, il faut lui donner à manger, où il est Roland ? Roland !

Dante préférait encore qu'elle crie, qu'elle ne sache plus qui elle était, où elle était, cela l'atteignait moins que cette douleur profonde qui avait oublié sa cause et restait comme une tumeur rayonnante dans une mémoire morte.

Il avait su, dès les premiers instants, que Denise ne résisterait pas.

Quand Jeanne et Christiane étaient entrées, trois mois déjà, et Jeanne hésitait, Denise s'approchait, disait d'une voix aiguë :

— Tiens, vous êtes là vous, vous regrettez, hein ? Mais Roland, il n'est pas ici Roland.

Dante regardait les deux jeunes femmes. Elles se ressemblaient. Si étonnant ce masque d'anxiété et de tristesse sur leurs visages que Dante avait ressenti à nouveau, à la hauteur de ses reins, le mal de l'année précédente, quand il avait perdu connaissance au milieu de la nuit. Il portait la main à sa cicatrice comme pour contenir la souffrance, il n'osait pas questionner, mais il s'avançait vers Denise, parce qu'elle semblait si désarmée avec son arrogance, si incapable de recevoir un choc, et que pouvaient-elles annoncer, Christiane et Jeanne, toutes deux ainsi masquées ?

Christiane regardait son père et sa mère.

— Quel est le numéro de téléphone de votre médecin ? demandait-elle.

Denise secouait la tête.

— Tu as de drôles de questions. On va bien, tu sais. Si c'est pour ça que tu viens nous voir.

— Papa, je veux ce numéro, répétait Christiane.

Il prenait son carnet, le lui tendait.

— Il habite dans le quartier ?

— L'immeuble à côté, disait-il en s'asseyant.

Cela faisait un an exactement, puisque le mal l'avait frappé au milieu du mois de juin, un temps comme aujourd'hui, printemps limpide et dans le parc toutes ces fleurs, le gazon encore vert avant l'ocre sécheresse d'été. Dante regardait ce voile bleu, ciel ou mer, tendu au-delà des palmiers et des pins parasols du parc, dans la trouée d'une rue, entre les blocs d'immeubles. Il respirait avec lenteur, il détendait ses muscles, il se souvenait du moment où on l'avait introduit dans le bureau du commandant du camp, juste au début de la guerre en 39. Il savait qu'on allait le frapper, coups de poing ou coups de pied, les deux gardes mobiles le regardaient avancer. Il s'efforçait de devenir mou comme un sac, pour se gonfler d'air, et pouvoir, quand ils se jetteraient sur lui, absorber leur force, la laisser se perdre, s'enfoncer. Cela il ne l'avait jamais raconté à personne, même pas à Roland.

— C'est Roland ? dit-il.

Christiane ferma les yeux, fit oui de la tête.

— Quoi Roland, dit Denise, quoi ?

Jeanne s'approchait d'elle, essayait de lui

prendre les épaules, de l'envelopper d'affection, Christiane tendait les bras vers sa mère.

— Quoi Roland, quoi criait Denise, qu'est-ce qu'il y a ?

Dante interrogea Christiane du regard. Elle ferma à nouveau les yeux, respira, dit seulement : « Maman ».

La voix annonçait la mort, l'accident, ce fracas là-bas, au-dessus des lauriers qui bordent l'autoroute, alors qu'on aperçoit déjà les îles, dans le miroitement de la mer. Il a suffi peut-être d'un reflet ou d'une inattention de Roland perdu dans le paysage, ce mouvement de la lumière entre les îles, la masse abrupte des massifs à l'horizon et c'était le moment de la plus grande beauté, quand le soleil s'efface, ce creux d'angoisse, entre le jour et la nuit, ou bien la tentation d'aller droit, plus vite, de nier cette suite de courbes, pour atteindre le but d'un seul jet, et quand on se reprend, trop forte est la poussée, les lauriers se précipitent et derrière eux dressés, l'acier et le béton où meurt le désir.

Denise a écarté les bras comme si la nouvelle de la mort de Roland était une masse lancée au centre de son corps.

Elle tombait en arrière, raidie, cambrée, le visage brusquement rouge. Dante rassemblait sa force pour tenter de lui parler, ne sachant que répéter : « Denise, Denise » parce qu'il n'y avait à cet instant entre eux que les noms, les visages, Roland, Denise. Et Christiane, à genoux près du divan où ils avaient allongé Denise, ne savait aussi que dire : « Maman, maman. »

Printemps noir quand la mort s'avance.

Dante tenait la main de Denise, se reprochait d'être en vie, comme si un marché avait été conclu quelque part, je donne, je prends, jour pour jour, sa vie payée de celle de Roland. Denise ne bougeait pas, les veines gonflées, paraissant suffoquer.

Jeanne téléphonait au médecin. On hospitalisait Denise le jour même.

Trois mois plus tard, dans un septembre brumeux, le relief et le rivage ensevelis, le soleil, le matin, n'apparaissant qu'un court moment, disque rouge qu'on pouvait fixer, puis estompé à nouveau et la nuit venait insensiblement comme passe la vie, Denise rentrait.

Roland était le seul nom qu'elle n'avait pas oublié.

31

Souvent Dante Revelli allait attendre Elsa, la fille de Roland, à la sortie de l'école.

Il arrivait trop tôt, s'asseyait sur l'un des bancs de la Promenade des Anglais, face à la mer. Il commençait à lire, mais des mouettes tournoyaient au-dessus d'un remous boueux de l'eau, entraînaient le regard de Dante vers le rocher de Roba Capèu, le Mont Boron, la courbe de la baie où s'inscrivait sa vie.

Il pliait le journal, s'apprêtait à traverser. Deux électriciens, leur camion garé sur le trottoir, vérifiaient les ampoules des lampadaires. L'un d'eux, monté dans la nacelle de l'échelle dépliée, interpellait son camarade, voix des chantiers, fraternité des gestes, et le rire de l'homme, là-haut, le refrain qu'il entonnait, le juron quand l'outil glissait, rebondissait sur la chaussée.

Dante ramassait la pince, l'ouvrait et la fermait, la soupesait en la tendant à l'autre ouvrier :

— Un bel outil, disait-il.

— On aurait pu vous blesser.

Dante haussait les épaules, souriait :

— Ceux qui font les marioles sur les échelles, je reste jamais dessous, je les connais, j'en ai vu.

L'ouvrier riait :

— Lui surtout, disait-il, un jour c'est lui qui tombe. Oh ! t'entends ?

Voix des chantiers, d'il y a si longtemps.

La cloche sonnait. Dante murmurait : « Salut les gars. » Il traversait avec prudence la double chaussée de la Promenade. Elsa était déjà sortie de l'école, la plus grande au milieu d'un groupe d'enfants, enjouée, si vive, deux tresses tombant sur ses épaules. Elle apercevait son grand-père, courait vers lui, en balançant son cartable à bout de bras. Dante montrait les ouvriers :

— Ces deux-là, des électriciens comme ça, je t'ai dit déjà, moi, sur les chantiers, je travaillais autrement.

Elsa s'accrochait à sa manche, l'interrompait :

— Il faut que je te raconte, commençait-elle, Vincent m'a donné un film pour qu'on le passe en classe. Je l'ai dit à la directrice.

— Regarde-les, regarde-les, ces deux-là, reprenait Dante, toujours tourné vers le camion.

Mais Elsa l'entraînait :

— Écoute-moi, criait-elle, j'ai averti les autres. Demain...

Dante Revelli la suivait et Elsa parlait, parlait.

Paris-Speracedes.
1975-1976.

TABLE

Imprimé en France par

CPI
BRODARD & TAUPIN

à La Flèche (Sarthe)
en avril 2010

POCKET – 12, avenue d'Italie - 75627 Paris cedex 13

N° d'impression : 57767
Dépôt légal : février 2010
Suite du premier tirage : avril 2010
S20168/02